ディープフィクサー　千利休

波多野　聖

幻冬舎文庫

ディープフィクサー　千利休

ディープフィクサー　千利休・目次

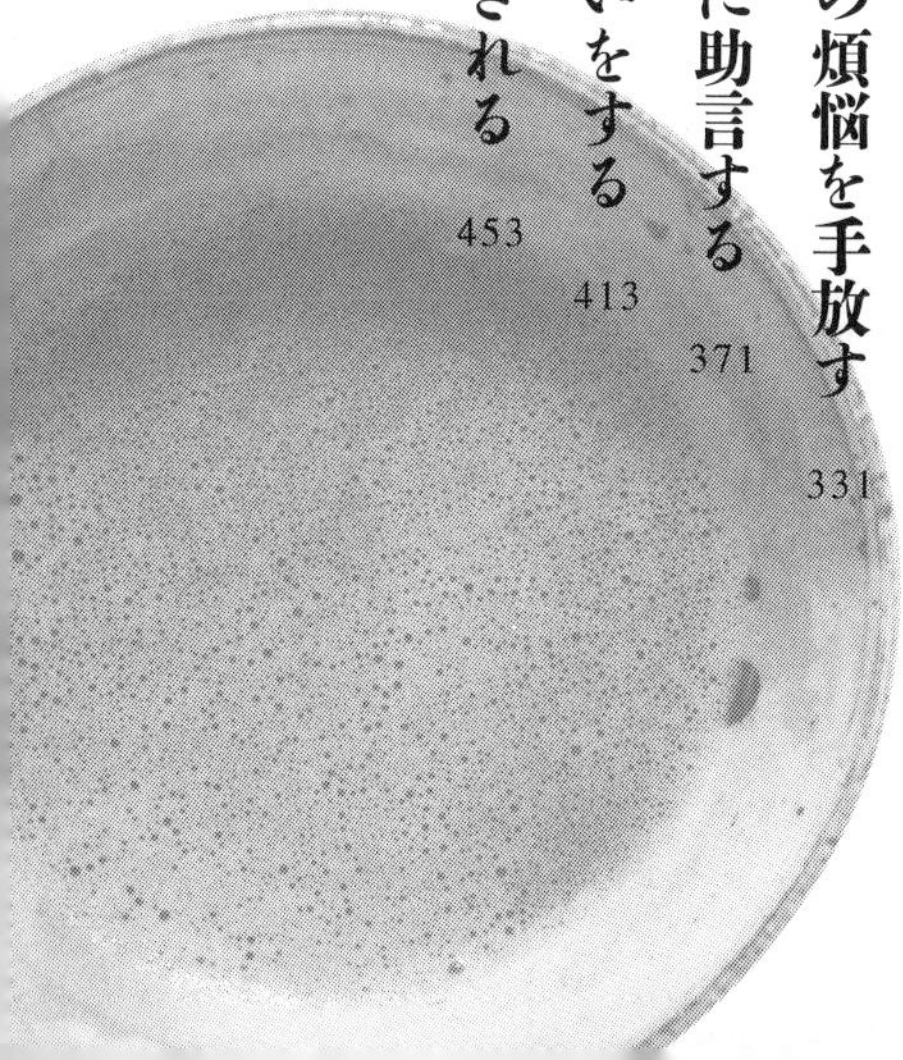

第一章　利休、根回しをする

その高札が京、大坂、堺、奈良に一斉に掲げられたのは天正十五（一五八七）年八月二日、読んだ人々は驚くと同時に華やかな興奮を覚えた。

文面は七ヶ条からなっていた。

第一条……京の都、北野の森に於いて十月一日から十日間、大々的な茶会を開く。

第二条……関白殿下（豊臣秀吉）所持の茶器御名物を取り揃え、茶の湯に熱心な者に見せしめるために行うものである。

第三条……茶の湯に熱心でない者、茶の湯に関心の薄い者、若者、町人、百姓にも声を掛け、釜、吊瓶、呑物、茶焦がしなど持ち合わせのものでよいので持参せよ。

第四条……この大茶会は松原で行う為に畳二畳敷の席を基本とする。但し、貧しい者は継ぎ合せの畳や、稲掃きの筵を敷くだけの粗末な席でもよい。

第五条……日の本だけでなくあらゆる国の者で茶に関心のある者は出席せよ。

第五条……遠国の人々にまで呼びかける為開催の延長もある。

第六条……このような大茶会を行うのは、貧しい者、道具を持たぬ者を不憫に思っての特別な計らいである。それ故、この茶会に出席しない者は今後どんな粗末な茶でも点てることを許さない。

第七条……貧しい者には関白殿下自らのお点前で茶を振舞われる。

関白豊臣秀吉による泰平と茶の湯御政道の遍満を天下に知らしめたものだ。

本能寺の変から五年が経っていた。

天下布武――織田信長の武の威力が全国に行き渡るかと思われたその時、明智光秀の謀反によって信長は横死を遂げた。

その後、信長が切り拓いた天下統一への道を、一気呵成に突き進んだのが秀吉だった。

電光石火で光秀を討ち、その勢いで周囲を平定して大坂に巨大な城を築き、関白、太政大臣と位を上げて豊臣姓を賜り、その治世を盤石なものとしようとしていた。

秀吉は自らが支配する世を、万民に分かり易いものとすることを第一と考えた。

それは派手で明るく、平らかで広く豊かなものだ。万民が泰平を享受し、戦など起こそうと思わない。そんな世を実現しようとしていた。

「関白殿下の天下泰平の世は、皆の目にはっきりと見えるものであること。殿下はそのようなものをお創りになることが肝要と存じます」

秀吉にそう告げその偉業を助ける者がいた。千利休……関白秀吉の茶頭だ。堺の納屋（なや）、〃ととや〃の主人であり本名は田中与四郎、号を千宗易（せんのそうえき）。禁中茶会に赴くにあたって居士（こじ）（在家で仏道の修行をする者）となり利休の名を賜った。

茶頭としてだけでなく、秀吉の側近として縦横に働き隠然たる力を持っている。

北野大茶会の仕切りも当然のことながら利休が全て行っていた。まさにそれは利休の創造する『関白秀吉の世』そのものだった。

「凄いのぉ!!」

大茶会前日、秀吉は供の者を引き連れて北野の松原を下見して回ると、感嘆の声をあげた。

北野の森、経堂から松梅院に至るまで……見渡す限り立錐（りっすい）の余地もなく、公卿（くぎょう）、武将から町衆、僧侶、市井の者たちの手による八百余軒の茶屋が建造されていた。

秀吉はそれを見て、改めて茶というものの力を思った。

茶のために貴賤（きせん）を超えてこれだけの人間が参集するのだ。それを実現したのは自分の力、茶の湯御政道でありその中心に利休がいる。秀吉は茶屋の群れを見回しながら高揚した。

その時、あることが頭に浮かんだ。

(……同じようなものが過去にあった)

それは六年前の春、天正九(一五八一)年二月二十八日、京で信長が行った馬揃えだ。配下の武将たちが煌びやかに着飾った軍馬を集め、その調練と演習を信長が検閲して士気を鼓舞する観閲式で、上京の内裏の東に南北八町(約九百メートル)の広大な馬場が築かれて行われた。帝や公家衆も臨席、武が示す華やかさを大々的に披露したのだ。

秀吉はその時は遠征中の為に参加できず、後にその派手やかさを聞いてその場におれなかったことに歯ぎしりをしたのだ。

目の前の北野の森の膨大な茶席が創り出す賑やかさにそのことを思い出した。

(信長様の〝天下布武〟を示した一大行事。あれも確か……)

そう思い出して秀吉に付き従い後ろを歩く千利休に声を掛けた。

「利休、これへ」

ゆったりとした調子で、大柄な利休は秀吉のそばに寄った。

「この華やかな盛大さ……思い出さぬか？　馬揃えを……」

秀吉の言葉に利休は何も言わず、伏し目がちにはにかんだ表情を見せるだけだ。

「馬揃え、奉行は確か……」

秀吉は茶目っ気たっぷりな表情をしてそう言うと、利休の顔を覗き込んだ。

利休は逆に厳しい顔つきになって言った。

「大謀反人、惟任日向守」

そして不敵な笑みを浮かべた。秀吉は嬉しそうに、そうそうと頷く。

馬揃えの奉行、つまり全ての仕切りを行ったのは明智光秀だった。

「そして此度は大茶会を催す、か……」

その秀吉の言葉に利休は、少し間を置いてから小さく首を振った。

「全ては関白殿下のお力。殿下あっての千利休でございます。是非この大茶会、殿下の治世の下の茶の力、茶の湯御政道……万民に対し存分にお見せ頂きとうございます」

そう言ってから深く頭を下げる利休に、秀吉は満足そうに頷いた。

利休は内心で強く思っていた。

「信長様の〝天下布武〟を壊して本当によかった。〝武〟の先の新たな世は、〝茶〟によって平らかなものとなるのだ！」

その時、一陣の風が松原を吹き抜けた。


翌日大茶会開催日となった。

公卿の一人として吉田兼見は参会していた。

「えらい散財やったなぁ……」

自分の茶席を見回してそう呟いた。

茶室は大工に命じて造らせ、三日前に完成したものだ。三条の釜座で新しく購入した利休形の釜を始めとする道具一式を長櫃に入れてここへ運ばせたのが昨日のことだ。

「釜だけで銀二百疋も掛かったがな」

公卿は決して裕福ではない。それでも晴れがましい茶会で矜持は示さなければならない。

「それにしても茶をこんだけの大きさにして世を平らかに治めようとは……あのお方はやっぱりとんでもないお人やったな」

兼見はその男のことを考えた。

「あのお方のお覚悟を聞いたあの時、ただただ驚いたが……」

それは本能寺の変、直後のことだ。

「織田信長が討たれた!?」

それも重臣の明智光秀に討たれたとの知らせに、吉田兼見は耳を疑った。

本能寺の変から五日後、兼見は禁中からの勅使として、光秀を安土城に訪ねた。

兼見は型通りに戦勝祝いの言葉を述べた。しかし、内心は一体何がどうなっているのか分からず、混乱で満たされている。

(頭脳明晰、冷静沈着、高い教養を備え全てにそつがない……信長の信頼厚く忠臣中の忠臣ともいえる明智光秀が何故?)

兼見が見た光秀の顔は全てを悟りきった落ち着いたもので、主君を討った高揚のようなものは感じられない。

光秀も兼見に型通りの返礼の言葉を発してから、人払いをすると二人きりとなった。

兼見は光秀のそばににじり寄って訊ねた。

「まだ私には信じられまへん。なんで?　なんでこないなことを?」

光秀はもっともだという表情で頷いた。

「全ては火急の成り行き。何の思惑も何の準備もなく上様を亡き者とした次第……」

兼見には分からない。光秀は静かに言った。

「これから……私は死にます」

唐突とも思える光秀の言葉に驚き、兼見はさらに訳が分からなくなった。

「何がおましたんや?　明智様と織田様の間に一体何が?」

光秀は首を振った。

「それを口にするのは……恐ろしい」

兼見は食い下がった。

「教えて貰えんと帝にご報告できまへん!!」

光秀は暫く黙った。

目を閉じてじっと考える光秀を兼見は見つめ続けた。ようやく光秀は口を開いた。

「あのまま、あのまま上様の〝天下布武〟が成れば……この日の本は永遠の下克上の世、地獄と化した筈。私はそれを止めました。それは吉田様のお言葉があったから……」

兼見は驚いた。

「な、なんや？　私が何を言うた？」

光秀はその兼見を見据えた。

「吉田様はおっしゃいました。禁裏は中が空、〝空〟であり続けている……萬世一系の系統が神代から続き未来永劫も続くと万民が思うことで何ものにも代えがたい尊さとなって日の本にあると。〝空〟であるが故に静謐……私はそれを聞いて確信しました。日の本に朝廷ある限り、どれほど世が乱れても最後は〝空の中心〟に従い静謐が訪れると……」

そこで兼見はあっとなった。

「ま、まさかッ!?」

光秀はゆっくりと頷いた。

「永遠の下克上は何としても避けねばならなかった。それでやむを得ず私は上様を討ちました。主君を討った私は逆賊、大謀反人として惨めに死ぬ。さすれば下克上を終わらせる契機となる。今から私は自裁の戦いに臨み、汚名を背負って死んでいくのです」


「終わったな……」

爆発音が本能寺の敷地内から聞こえ、黒煙が朦々と昇るのを見て明智光秀は呟いた。

自らが二年前に普請を行って要塞化した本能寺、その鉄炮蔵が爆発したことで織田信長の自死を確信した。

光秀はその後、本能寺を離れると同じく京にいる信長の嫡男信忠を襲った。

信忠は光秀の信長襲撃の報を受けて、宿舎の妙覚寺から二条御所に入って光秀軍に応戦した。二条御所には誠仁親王と親王の皇子がおなりであったのを上の御所（禁裏）に御移座頂いてのことで、それには光秀も協力した。

信忠の家臣は譜代を除いて大半は逃亡していた。光秀の大軍に二条御所を囲まれ、覚悟を決めた信忠は自死を選んだ。

光秀の完勝だった。

短時間で立案した作戦ながら、水も漏らさぬ勝利は我ながら見事だと光秀は思いながら、ここから最後に向かうことの難しさを考えた。

「愚かにも天下取りを狙って主君の不意を討った卑怯(ひきょう)千万の輩(やから)、逆賊、大謀反人の汚名を己に着せる自裁の戦いが待っている」

それには敵ではなく、味方を全て欺かなくてはならない。

「俺の家臣は俺を裏切らん！　それだけに不憫だ！」

下の者たちを皆、公平公正に扱う光秀はあらゆる家来から慕われている。

そして次に光秀は家族のことを思った。

「妻や子も死なねばならん。だがこれは……家臣の手で楽に逝かせてやりたい！」

光秀はかっと目を見開いた。

「全ては天下泰平の為！　応仁の乱以来の下克上を終わらせ泰平の世を創る為！　その為の人身御供(ひとみごくう)、皆も往生してくれる筈！」

そして夕刻、本拠地の坂本城に入った。

光秀は周囲の城へ家臣たちを放って速やかに押さえさせた。そして、安土城には自らが入り、貯蔵してあった茶道具や重宝、金銀珠玉などを全て家臣に分け与えた。

同時に様々な工作を行っていった。

まず盟友である細川藤孝とその息子で光秀の娘婿である忠興(ただおき)に対し、草（忍びの者）を使って密書を送った。そこには「決して動くな」と光秀の真意をしたため、その後で表向きの明智軍への加担の覚書を送った。覚書は誰が読んでも光秀の焦りが滲み出た内容とし、藁にも縋る惨めな心情を書き記したものとした。

その他の武将たち、全国の敵味方の武将にはこの状況下での型通りの書状を出した。信長を討ち果たした自分に協同或いは誘降を促す内容になっている。

「だが……こんなもので殆ど誰も動かん」

光秀は今という状況を誰よりも冷静に読んでいた。武将たちの心理が手に取るように分かる。

――あの織田信長が死んだ。それも家臣の明智光秀に殺された。圧倒的な力を誇示していた信長があっけなくいなくなった。詰まるところここからの天下は分裂必至。信長を殺したというだけで直ぐに明智に加担しても利は無い。ここはどのような形勢になるのか見定めてから動くのが肝要――。

「全ての武将がそう思う筈だ。あの男を除いて……」

それは光秀が大謀反人として、惨めな死に至るここからの芝居の主役のことだ。

光秀は草からの報告で、その男の動きを知り流石だと思った。

「迷いがない。ここというところを見極める勘の鋭さ。そして何より速い！」

羽柴秀吉だ。

本能寺の変から僅か五日で、中国からの大返しを成功させて本拠地の姫路城に入っていた。

光秀は考えた。

「本来なら秀吉もここは籠城して様子を見るところだろう……だが動けるようにしてやった。さぁ動け！　秀吉!!」

光秀は奇妙な興奮を覚えた。ここからの戦いで自分は死ぬ。

「俺は死なねばならない。惨めに死ぬことが必定。それで天下泰平の世の開闢となる」

永遠の下克上を阻止する為、主君である信長を殺した。次にはその〝主君殺し〟を〝究極の大罪〟に演出する。

「それによって下克上を終わらせる」

それを、今からたった一人でやる。

「天下泰平を創るのだ」

本能寺の変から七日目、羽柴秀吉は姫路城から軍勢を率いて出陣した。

「上様を弑逆した憎き謀反人、明智光秀を討つ!!」

家臣たちにそう檄を飛ばしたが、内心では一抹の不安はあった。

（本当なのか？　罠ではあるまいな？）

ここまでの秀吉の果敢な行動を支えてきたのは、信頼する草の新月からもたらされた光秀の伝言……。

（ここまでその通り進んでいる……信じて突き進むしかあるまい！）

そうして、秀吉軍は光秀軍との決戦に臨んだ。


光秀は〝必敗の戦い〟〝自裁の戦い〟に着手した。

真意は家臣たちに絶対に悟られてはならない。勝利への戦いの自然な流れを、将として表向きは作らなければならない。

そして、周辺のどの武将も、自分に味方することがないようにしておく必要がある。

「主君を討つことは〝不名誉〟な〝罪〟としなければならない。そんな者には誰も与することはない、という不文律をここで作り上げなくてはならない。主君を討った〝不名誉〟な明智光秀は〝愚か者〟と後々まで語られなくてはならない！」

その為の策を練っていった。光秀はさも自分に味方しそうで簡単に裏切る人物を選び出した。光秀組下で大和を支配している筒井順慶だ。

順慶が松永久秀の治めていた大和を、己のものに出来たのは光秀の尽力があったからだ。

その順慶を戦いの要とすればよいと考えたのだ。

「恩あるこの光秀に味方するのは当然の武将。だがあの男は日和る。形勢次第で簡単に裏切る。そんな男を肝心なところで頼った光秀を〝愚かな謀反人〟とすることが出来る」

実際、順慶は光秀軍に一旦は与するが秀吉の大返しを知って兵を引いた。

光秀は、恐ろしいほど自分の頭脳が回転しているのを感じた。心はどこまでも澄んで、落ち着いている。ふと嘗てこんな状態に自分がなったことを思い出した。

「比叡山全山焼き討ち……」

それは信長の天下布武の開闢として、己が立案実行した大量殺戮、大量破壊だった。

「あの時と同じだ。だが今度は天下泰平の開闢だ！」

光秀は今、どんな戦いにも勝つ自信がある。

そんな光秀の様子から形勢が不利であるにも拘わらず、家臣たちは光秀を信頼し誰一人として逃亡する者はいない。

（皆、許せ……）

光秀は内心で涙を流した。

六月十三日、山城国山崎で、光秀軍と秀吉軍の戦いは鉄炮隊同士の激突から始まった。

秀吉に与した池田恒興の隊が、右翼から果敢に攻め立て明智軍を後退させる。

「なんだ？　異様に脆いぞ。罠か？」

明智軍の強さを知っている恒興は、驚くほど速やかに自隊を進められることに驚いた。

秀吉からはどんどん攻めよと命じられ、先鋒からの伝令も問題なしと連絡して来る。友軍の加藤光泰隊が猛然と明智軍に攻め込んでいるのを知って号令を掛けた。

「よしっ!!　一気に蹴散らせ!!」

その池田隊の動きを見た中央の高山右近、堀秀政らの諸隊が進出、左翼山手方面隊も動き有利に戦いを展開させていく。

秀吉は、続々と入って来る自軍優勢の戦況を聞いて思った。

（やはりそうか……これは明智殿本来の戦いではない！）

その内心を隠して、大きな笑みを浮かべた。

「さぁ。逆賊、大謀反人を一気に葬れッ!!　上様の仇を討てッ!!」

（おかしい！）

明智軍の諸将は、光秀から発せられる攻撃命令が、ことごとく時を逸しているのを感じた。

だが、それを口に出すことはなかった。

(殿には何かお考えがある筈……こんな負け方は絶対にしない！)

奮戦を続けるが、形勢はどんどん不利になっていく。そして遂には、総崩れとなってしまった。光秀は逃れて長岡の勝竜寺城に入った。

「皆には……あいすまぬことになった」

光秀は近臣たちに敗戦を詫びた。誰も何も言わなかった。ただ本能寺を攻めてからの急展開を、まるで夢の中にいるように思うだけだ。

(何故？　何故こんなことに？)

皆の胸の裡は、その疑問だけだった。

「秀吉の軍勢が押し寄せて来ます。どうか坂本城へお逃げ下さい！」

光秀は近臣数名に伴われて闇夜に乗じて城を出た。敵の包囲網を巧みに逃れ淀川の右岸を伏見方面へ向かい、大亀谷を過ぎて桃山北方の鞍部を東へ越えて小栗栖に出たところだった。

黒装束の一団が光秀たちの前に突然現れた。

そこから、光秀には記憶がない。

雀の鳴き声が聞こえる。

「朝か？」

明智光秀は、布団の中で目を覚ました。

(俺は……生きているのか？)

まずそう思った。体を起こそうとして腹に痛みが走った。戦の経験の長い光秀は、それが当て身を食らわされた後の痛みだと瞬時に分かった。そして頭が重い。

「この頭痛……薬で眠らされたか？」

「どこだ……ここは？」

気持ちを落ち着けて周りを見回した。どうやら寺の小間のようだ。

光秀は体を起こし立ち上がろうとした。すっと障子が開いた。

「お目覚めですか？」

光秀は驚いた。寺男の装束だが、よく見知った精悍(せいかん)な顔立ちがあったからだ。

「新月……」

草の新月だった。

「ここは？」

光秀が訊ねると山崎、妙喜庵(みょうきあん)だと言う。

「確か、臨済の禅寺。なぜここに？　そして……今は一体何日なのだ？」

新月は黙っている。光秀は状況を理解しようとした。そこへ白湯(さゆ)を持って小僧が現れた。

飲むと五臓六腑に染み渡っていく。

「かなり長い間、眠らされたようだな」

新月は頷いた。

「ここはあの世とお考え下さい。明智様は亡くなられております」

秀吉軍に敗れた明智光秀は敗走途中、落武者狩りの土民に惨めにも殺され、その首は本能寺の焼け跡に晒されていると告げた。光秀は異様なほど冷静に聞いていた。

「坂本城の一族はどうなった？」

新月は少しの間目を瞑ってから言った。

「御家臣明智秀満様が……奥方様、御子息様、御令嬢様をお手に掛けられた後、お腹召されました。その後、坂本城には火が放たれ天守もろとも御一族は灰燼に帰してございます」

光秀はグッと歯を食いしばった。

(待っておれ、直ぐに行く！)

そして、暫く祈るようにしてから言った。

「脇差を頼む。腹を切る」

新月は笑顔になった。

「それをお止めする為私はここにおります。しばし御辛抱下さいま……！」

次の瞬間、目にも止まらぬ速さで新月は光秀の背中に回り、「ごめん」と猿ぐつわを噛ませた。光秀が舌を噛み切ろうとしたのを察知したからだ。

光秀は滂沱の涙を流した。

その日の夕刻、男は現れた。光秀は夢を見ているように思った。

「明智殿ッ！　お陰でえらい目にあいましたぞぉ！」

そう言って茶目っ気たっぷりな笑顔を見せて、光秀の前にどっかと腰を下ろした。

(相変わらずの人たらしぶりだな)

そう思うと、どこか懐かしくやはり夢のように思える。

光秀は、その羽柴秀吉を黙って見ていた。状況を全て把握して、光秀は落ち着きを取り戻していた。新月から秀吉の来訪を知らされて待っていたのだ。光秀はなんともいえない顔をして、その秀吉に訊ねた。

「私の首は本能寺に？」

秀吉は頷いた。

「その通り。上様にお見せする為。首のない屍の方は粟田口に晒しております」

そう言って笑顔を崩さない。双方共にどこか現実感がない。一息入れてから秀吉は言った。

「新月から明智殿の伝言を備中（びっちゅう）で聞いた時には、訳が分からんようになりました。だが……全て本当となった」

光秀は頷いた。

「羽柴殿なら全てを瞬時に理解すると信じておりました。そしてそれを実現してくれた」

光秀が本能寺の変の前日、新月に秀吉への伝言として託したのは簡潔なものだった。

――故あって上様と刺し違える覚悟に至り候。ついては……亡き上様に代わって拙者を刺す刃には羽柴殿になって頂きたく候。主君織田信長公を討った明智光秀を逆賊、大謀反人として誅（ちゅう）した後、公の仇を討ったと天下に号令して頂きたく候――

信長を殺して自分も死ぬ覚悟。信長を殺した後は秀吉の手で逆賊、大謀反人として自分を葬って貰いたいと頼んだのだ。

「明智殿が備中ではなく京への道へ軍勢を進めたことを新月から聞き、震えました。そして上様が本能寺で明智殿に討たれ、亡くなったと知った時……」

秀吉はぐっと声を詰まらせた。

「儂（わし）は……」

光秀は、秀吉が涙を流すのかと思った。

光秀は驚いた。秀吉が笑ったのだ。

「正直、ほっと致しました」

(凄い奴だ！)

光秀の心はその素直な言葉で、一気に秀吉に引き寄せられた。そしてずっと抱えていた重い気持ちが晴れるのを感じた。

「ほっとして心が軽くなりました。あの恐ろしい上様がこの世から消えたかと思うと……目の前がパッと明るくなった。あッ!? 上様ッ！ 平に、平にぃご容赦をッ！」

そう言って、手を合わせて天を拝んだ。光秀はその様子を笑ってから言った。

「追い詰めていたとはいえ、強敵の毛利に背を向けて大返しを打ったのは、相当な度胸が要りましたでしょう？」

秀吉は大きく頷いた。

「明智殿がご自分を討たせてやると……こちらが必勝となる弔い合戦を約束してくれていなければ……腹は据わらなかったでしょうな」

そこで二人は、まるで茶飲み話のように語っているのに気がついて互いに笑った。

途轍もない力を持った武将同士だからこそ、出来る対話だった。

秀吉は、その後で初めて真顔になった。

「一体、何があったのです。上様と明智殿の間に？」

光秀はここに於いては言霊(ことだま)を恐れず、秀吉にだけは本当のことを包み隠さず語ることを決心した。

「なッ!!　なんと、上様は天子様に成り代わろうとされていたのですかッ!?」

光秀は頷いた。

「おっそろしいお方じゃのぉ……上様というお方は……」

秀吉は、腹の底から震えを感じた。

光秀は言った。

「もし上様があのまま帝を弑逆されたら……下克上は永遠に続いていく。日の本は地獄となる。私はそれだけは止めねばならないと思い、上様を亡き者としたのです」

秀吉は訊ねた。

「だがなぜ、それで下克上が永遠に続くのです?」

そこで光秀は、吉田兼見の言葉を語った。

――禁裏は中が空、〝空〟であり続けている……萬世一系が神代から続き未来永劫も続くと万民が思うことで何ものにも代えがたい尊さとなって日の本にある。〝空〟であるが故に静謐――

「私はそれを聞いて確信しました。日の本に朝廷ある限り、どれほど世が乱れても最後は〝空の中心〟に従い静謐が訪れる。だがもし、もしその朝廷が滅せられたら……この世に争いを止めるものはなくなる！　応仁の乱から続く下克上は永久に止まらず。日の本は地獄と化す！」

秀吉は、目を剝いて光秀を見た。

「羽柴殿には明智光秀を徹底的に逆賊、大謀反人として貶めて頂きたい。謀反は悪であり、不名誉な恥である……と。そして謀反人はこの世で最も惨めで愚かな者であると知らしめて頂きたいのです。そうすれば下克上はなくなる。天下泰平の礎が出来る」

秀吉はじっとその言葉を考えた。光秀は今生の別れを秀吉に告げている。

そこから二人は黙った。暫くしてから、光秀が爽やかな顔つきになって言った。

「さて、私はもう逝きます。羽柴殿とこうやって、面と向かって最後に全てをお話し出来たのは僥倖だった。今から腹を切ります……脇差をお貸し下され」

そう言った光秀に秀吉は笑った。

「まぁ、そう急ぐことはござらん。明智殿は既に死んでおる。御家臣、御一族の後を追いたいお気持ちは重々承知だが……茶でも一服飲んでからにされんか？」

茶という言葉で、光秀はあっとなった。

（ずっと……茶のことを忘れていた）

するとある思いが口をついて出た。それは自分でも不思議だった。

「羽柴殿、お願いがござる」

秀吉は何なりと、と応えた。

「茶室を造りたい。これまで自分が思い描きながら造れなかった茶室を……二週間あれば出来る。そこで最後の茶を点ててから腹を切りたい。この願い、叶えて下さらんか？」

秀吉は満面の笑みで承知と言った。その秀吉は光秀の顔を見ながら、クルクルよく回る頭で考えていた。

（儂はここから天下取りに出る。もしも……もしも、儂の軍師として明智光秀を使えるなら……これほど頼もしいことはない。信長軍団最強の二人が組むのだ。確実に天下が取れる！

それを上手く実現させる手立てはないか……）

「待庵（たいあん）さま」

功叔（こうしゆく）和尚が声を掛けた。山崎の禅寺、妙喜庵だ。陽射しが照りつける庭先だった。

待庵と呼ばれた壮年の男は、大柄で坊主頭の剃（そ）りあとが青々としている。

白い着物に下駄履姿、汗をかきながら周りで立ち働く大工たちに指示を出している。

寺の書院の南側に継棟としての茶室の普請、それに掛かったところだった。

「和尚、ご用事か？」

待庵は茶室の図面を手にしながらそう応えた。

「千宗易と名乗る御仁がお見えです」

待庵の顔がぱっと明るくなった。

「私の居室に通して下され」

そうして待庵は、急いで手拭いで汗を拭くと中に入っていった。

襖を開けると町衆姿の男が座っていた。待庵を見上げる瞳が、みるみるうちに涙で溢れていく。

「あ、兄上!!」

男はそう言って立ち上がり、待庵の手を強く握った。

「生きて……生きておられたのですね!!」

待庵は頷いた。

「だが直ぐ腹を切る身だ。先に逝った家臣や家族たちに詫びねばならん……」

待庵……明智光秀の剃髪しての名だった。〝死を待つ身〟であることから待庵が良いと、自分で付けたのだ。

「竹次郎、いや、千宗易だな……息災であったか?」

宗易は頷いた。

「本能寺の変で堺も大混乱となりましたが、我が家の者は皆無事に過ごしております」

そうか、と待庵は嬉しそうな顔を見せた。

光秀の二つ下の実弟、明智竹次郎光定は数奇な運命の男だった。

兄の光秀と共に若い頃に美濃を出て、堺の納屋〝ととや〟で炮術師（ほうじゅつし）としての腕を磨いた。

そして越前朝倉家に光秀と共に仕官したが、その後、朝倉の敵方である織田信長の家臣となった兄の為に間者となって諜報（ちょうほう）に働き、越前を脱出した後にその過去は抹消され、亡くなった〝ととや〟の主（あるじ）、田中与四郎に成り代わり、新たな人生を堺で送っていた。

田中与四郎……号は千宗易。茶人としての力量高く、信長の茶会にも招かれていた。

「新月殿が突然現れ『会わせたいお方が……』と伝えられた時『もしや！』と思いましたが、本当に兄上とお会いできるとは……」

宗易は涙が止まらない。待庵はその弟の様子を見て思った。

（弟はこれほどまでに俺のことを心配してくれていたのか……妻や子はどれほどであったろう）

それを思うと、胸が張り裂けそうだ。

「何があったのです？　信長様との間に何が？」

そう訊ねた宗易に、待庵は首を振った。

「それはお前にも言えん。黙って死んでいく。そのことは分かってくれ」

兄が一度言ったことは絶対であることは、昔からよく知っている。宗易はそれ以上聞かなかった。

「だが、これだけは言っておく。俺がやったことは天下万民の為だ」

宗易は頷いた。

「それを伺えば十分でございます」

その宗易を見据えて待庵は言った。

「明智光秀は主君を討った逆賊、大謀反人、大悪人として未来永劫語られる……。未来、先の世とは下克上の無い平らかな世、これから日の本がそうなること。それが俺の本懐だ」

宗易は瞠目した。

「兄上はここからの世をどのように見ておいでなのですか？」

待庵は、きっぱり言った。

「秀吉が天下を取る。上様が敷いた天下布武の道、それを新たなものとして創り上げようとする性根と力があるのはあの男だ」

宗易は驚いた。待庵は剃った頭を撫(な)でながら、苦笑いをして続けた。

「あの人たらし。先週もここに来て『日向守殿、この猿めにどうか、どうか知恵をつけて下され！』と、いけしゃあしゃあと遜って頭を下げて意見を求めて来る。こちらがどれほど〝死を待つ身〟と言っても聞かんのだ」

「何の知恵でございます？」

待庵の目が光った。

「来週、秀吉の声掛けで清須城に織田家重臣が集まり今後の方針の評定を行う。ある意味、そこで天下の流れは決まる」

宗易はゴクリと唾を飲み込んだ。待庵は、秀吉との対話を思い出した。

「織田家の跡目を誰が継ぐか、それを家臣の誰が推すかということですな？　上様、そして嫡男信忠様亡き後の織田家を……」

二男である信雄と三男の信孝、どちらが織田家を継ぐかで、争いが見えている。

だが二人とも大した力はない。重臣たちの支えが無ければ、織田家と家臣団を束ねることは不可能だ。信長の跡目を継ぐ者を担いだ重臣こそが、織田軍団を真に率いる武将、天下布武を推進する者と目されることになる。

重臣の中で真に力のあるのは四人、柴田勝家、丹羽長秀、羽柴秀吉と池田恒興。滝川一益は北条との戦に苦戦中で評定に参加出来そうにはない。

その四人の中で、これまでは筆頭家老として絶対的力を有していたのは柴田勝家だが、信長の弔い合戦を主導して勝利した羽柴秀吉は勝家を上回る勢いを得ている。

「柴田殿は信孝様を推されるご様子」

秀吉はそう言った。

「羽柴殿はどうされる？　明智討ちを共に行った信孝様をやはり推されるおつもりか？」

山崎の戦いの主戦力は秀吉軍だったが、信孝の軍勢も少数ながら加わっていた。

そこなのだと秀吉は難しい顔になる。

「儂と柴田殿で信孝様を推せば決まりじゃが……そうなれば柴田殿の筆頭という地位は変わらん」

それでは秀吉が面白くないことは分かる。

「羽柴殿、天下を取る気があるのだな？」

待庵の言葉に、秀吉は大きく頷いた。

「死んだ明智殿と面と向かっておるのだ。この期に及んで腹の中は全て見せる。儂は天下を取りたい。上様の天下布武を継ぎたい！」

だが待庵は難しい顔をする。

「ご不満か？」

訊ねる秀吉に、待庵はきっぱり言った。

「天下布武ではなく天下泰平！　これを羽柴殿が標榜（ひょうぼう）し、実現して下さるお気持ちがあるなら、今生の別れ、この世への置き土産として羽柴殿に具申させて頂きましょう」

秀吉は満面の笑みになった。

「承知仕（つかまつ）った！　天下泰平！　約束致します！　天下泰平、天下泰平！」

快活にそう言う秀吉を冷静に見ながら、待庵は言った。

「跡目には……信雄様でも信孝様でもない者を推すのです。それが天下泰平の礎となる」

えっと秀吉は驚いた。それは光秀が信長から天下布武が成った後の制度を考えろ、と言われた時に練っていた案の一つだった。

「家督は必ず長子を嫡男として継承させる。それを家の定めとすること。そうすれば家督争いは永久に無くなる」

秀吉はポカンとなった。

「下克上の最たるものは親子、兄弟の争い。天下泰平の世ではそれを決して許さなくする。長子嫡男継承を絶対的決め事にしてしまう。そうすれば家督争いという戦の元が消える」

秀吉は今この状況でそれを考えてみた。

「じゃがぁ、上様の嫡男信忠様はこの世におられん……あッ!!」

頭の回転の速い秀吉は閃(ひらめ)いた。その顔を見て待庵は頷いた。

「そう。信忠様には嫡男、まだ三歳の三法師(さんぽうし)様がおられる。上様の嫡孫」

幼い三法師に跡目を継がせれば、それを担ぎ出した秀吉は織田家も家臣軍団をも同時に率いることになる。秀吉は太陽のような表情になった。

「そして、清須城での評定は重臣四人だけで行うこと。信雄様も信孝様も決して同席させてはなりません」

秀吉は驚いた。

「そ、そんなことご納得されるであろうか？」

待庵は不敵な笑みを見せて言った。

「丹羽殿、池田殿をその前に懐柔してしまう。力の無い織田家の者は外し大事なことは全て重臣だけで決めてしまおうと……。今の織田家はその方針に従うしかないのでは？」

秀吉は瞠目した。

(上様を亡き者とするだけのことはある……やはり恐ろしい男だ)

待庵は続けた。

「柴田殿は豪傑だが頭は無い。丹羽、池田両名が賛同される中で、上様の嫡孫である三法師様を羽柴殿が筋を通して推せば柴田殿も逆らうことは出来ない筈。さすればその後は羽柴殿の思うが儘となりましょう」

秀吉は声をあげた。

「明智殿ッ!!　かたじけない!!　必ず天下を取りますぞ！　天下泰平、成し遂げますぞ！」

そう言って手を取った。待庵はその秀吉に静かに言った。

「茶室が完成次第、一服点てて逝きます。これで今生の別れとなるでしょう。どうか、どうか天下泰平……頼みましたぞ！」

秀吉の目をじっと見据えて待庵は言った。頷きながらも秀吉は強く思っていた。

（この男、絶対に生かして儂のものにする！）

この後、秀吉は清須会議で事前の計画通りに三法師に織田家を継がせ、その後見に自らがつくことで信長の継承者となることを織田家臣団に示した。

秀吉のこの成功は、会議で成功を得る為の大事な二つのことを成していたことによる。

一つは根回し。

大勢で議論して重要事項を決める際、そこで自分に有利な結論を得る為の事前の根回しは絶対的に必要になる。出たとこ勝負のプレゼンだけで、会議を主導出来ることなど殆どない。

会議の参加者の利害をしっかりと見極めた上で功利を約束して事前に賛同を得ておくことは今も昔も変わりはない。

秀吉は丹羽長秀という織田家臣団の重鎮と池田恒興という古参の二人を、事前に完全に籠絡(ろうらく)していた。それで途中の議論でも最後の評決でも、自らに有利な発言を得ることが出来たのだ。会議の場は最終の舞台であることを誰もが肝に銘じておかなくてはならない。

会議で成功を得るもう一つの要因。それは論理だ。

大勢を前にして議論を進める際に、その結論に至る論理が整然としていることほど強いものはない。秀吉は長子嫡男継承という論理の正当性を押し出した。それに反論するのは実は難しいことなのだ。

「家というものを重視し維持する為に、長子相続を絶対的ルールとすれば争いはなくなる」

あらゆる決定事項に論理の裏打ちは必要である。

自分がどのような論理で会議や議論に臨もうとしているか。その論理は強いか。

それはどの時代に於いても、必ず重要な確認事項になる。

妙喜庵の茶室造りは、思いのほか手間が掛かっていた。

「何故やってくれん？」

待庵は大工の棟梁に訊ねる。

「そんな仕様の床はおまへん」

京の職人は頑固だ。待庵が設計した図面での茶室の普請をことごとく拒む。待庵は意図を説明し、説得を試みる。

「せやけど出来んもんは出来まへん」

職人の扱いにくさを城造りの時よりも感じることに苦笑いを浮かべながら、待庵は彼らの反発も理解出来ると思っていた。何故ならそんな建築は、日の本に存在しないからだ。

「このままでは埒が明かんな……やはり」

待庵は弟の千宗易との対話を思い出した。


「茶碗の為の茶室を造る？」

宗易は、待庵の言葉の意味が分からない。

「これまでの茶の湯のあり方を変えたい。私が好む茶碗に合わせて茶室を造ってみたいのだ。そこに何が生まれるか……私が今、最も気に入り死ぬ前に飲みたいと思っている茶碗に茶室を合わせたいのだ」

宗易はその考えは面白いと思った。

「茶の湯は全て見立てで成立しておりますが、茶碗を中心にしてその為の茶室を設えるというのは新たな発想ですな。それでどんな茶碗を？」

待庵は奥から出してきた。

「これだ」

箱を開け仕覆から取り出された茶碗を見て、宗易は驚いた。

「これは!?」

それは素朴な高麗茶碗だった。井戸茶碗とも呼ばれ、一部の茶人にのみ珍重されているものだ。唐物がまだまだ主流の茶の湯の世界では異端の茶碗だ。元々は朝鮮の庶民が使う飯茶碗だが堺の港に荷揚げされた後、その素朴な味わいを町衆が愛でて茶の湯に使われるようになっていた。

「この茶碗を？　何故でございます？」

待庵は少し考えてから答えた。

「人生最後に茶を点てて飲み、腹を切る。その一連の茶の湯を考えた時……起点として思いついたのがこの井戸茶碗だったのだ」

宗易は手に取ってみた。土のしまったほどの良い重量を感じる。轆轤目が胴をゆったりと巡り、腰から高台にかけての削りがグッと強い。

「姿の割合からすると……高台がえらく高いですな。釉（ゆう）は……」

枇杷（びわ）色に発色しながら薄鼠（うすねず）、薄青み、そして多くの赤みが顔を覗かせ、面によって表情を変える。宗易は茶碗の天地を返し高台を見た。

窯（かま）の中でのちりちりとした音が聞こえるように、釉が激しく縮れてめくれ一部から土を見せている。掌（てのひら）に入れると、様々なことに考えを巡らせられる良い茶碗だった。

「何故か……この茶碗で人生最後の茶を飲みたいと思ったのだ。己の命には執着せんのに……最後の茶を思うとこの茶碗でなければならんとの気持ちが離れん」

宗易は茶碗を見ながら、ふと子供の頃に兄と過ごした美濃の地を思い出した。

美濃は窖窯（あながま）による焼物が盛んで、少し山の中に入ると焼物の素地土を採るための土場、大地が剥き出しにされたところが沢山ある。あっと宗易は思った。

「この茶碗の景色、我ら兄弟が育った美濃で見慣れた土場のように思われませんか？　よく二人で遊んだ」

待庵も宗易の言葉ではっとなった。

「そうか……そういうことか！」

待庵は懐かしさを、侘（わ）びた井戸茶碗に発見していたのだ。

「死を迎えるにあたって、己の生の喜びの原点を道具の中に探していたのか……」

遠くを見るように、待庵は言った。

「そしてそこへ茶人としての業が重なり、茶室まで造りたいと思ったということか！　この侘びた井戸茶碗の為の茶室を……」

待庵はそう続けて考えた。

「そうなると……茶室は朝鮮民家の居室のようにされるということですか？」

宗易の問いに待庵は頷いた。

「以前、堺にいた時に朝鮮の商人から聞いた彼の国の居室のあり方、実は京の明智屋敷の茶室に一つ使ったのだ」

それは、潜り木戸（躙口）だった。

「寒い朝鮮では出入口を極力小さくして寒気を避けると聞いて……それは面白いと茶室に応用したのだ」

宗易は合点がいった。

「狭い入口から頭を下げて入ることで茶の湯への謙譲を示し、入口を潜ることで茶室を特別な場と思わせる……それは後講釈ということだったのですか？」

待庵は頷いた。

「ただの思いつき。ただそれが殊の外上手く茶の湯に嵌っただけ。今度もそれだけのことかもしれんが、な」

　身も蓋もない待庵の言葉に、二人は笑った。

（だが……その茶室で茶を点てた後、兄上は死出の旅に出られるのだ）

　宗易は兄の希望を叶えたいと思った。

「では朝鮮民家の居室を再現したような茶室を普請になるのですな？」

　そう訊ねる宗易に、待庵は茶室の図面を見せた。

「斬新……ですな」

　そう言った宗易に、待庵は少し難しい顔をして言った。

「問題はそこだ。大工や左官など職人たちがこんなものを造ってくれるかどうか……」

　その時、宗易はあることを思い出した。

「兄上、もしこの茶室普請に支障が出ましたら……直ぐにご連絡下さい。お役に立つことが出来るかもしれません」

　待庵は宗易に助けを求めた。そうして妙喜庵に再び宗易が現れた時、一人の小柄な老人を連れて来た。

「この男、長次郎と申します。幼い頃に父と共に朝鮮から堺に来た陶工で、今は三彩獅子香炉造りなどを得意としております。腕はかなりのものです。器用な男ですから茶室の壁塗りや建付などの造作に役に立つと存じます」

待庵は早速、茶室内部の絵図面を見せた。

「ほう……」

長次郎は顔をほころばせた。

「朝鮮の住まいを偲ばせつつ茶室として成立させる……これはなかなかの趣向ですな」

長次郎は図面を見て待庵の感性の鋭さを見抜いた。

「どうだ？　造れるか？　職人たちはこんなもの造れんとそっぽを向きおるのだ」

長次郎は頷いた。

「やらせて頂きます」


茶室は完成した。それはたった二畳の座敷を持ち、床、次の間、勝手を含めて四畳半……客は書院南側の庭の露地に降り、茶室の西側を通って南に回り、飛び石を伝って小さな潜り木戸から中に身を入れる。天井が低く迫って来る。

「狭いッ！」

中に入った瞬間そう思う。まるで土の中にいるように感じさせる。外もそうだが、内壁も荒土で全面を覆うような造りになっているのだ。礎石は設けてあるが、面取りしない丸柱を掘建ての形で使っている。

そして床に驚かされる。奥の両隅の柱を土で塗り込めてしまっているのだ。木の部分を全て土で覆い、天井まで塗り回してある。

「これは土の祠だ」

襖は木の縁がついておらず、和紙を両面から張っただけの素朴な設えだ。天井が変わっている。普通の平天井と斜めに掛け上がらせた掛け込み天井を合わせているのだ。

そして窓のあり方は、まるで今それを思いついて壁に空けられたかのような自在なものだ。土壁を塗り残して壁の下地が見える窓、連子窓、そして突上窓が設えられているのだが、まるで宙に浮いているようなのだ……それらの窓から取る光がありながら、茶室が閉ざされていることを強く意識させるように出来ている。

粗末な土造りの小屋のようでありながら、よく見ると吟味し尽くした材料と入念な細工が施されているのが分かる。時が経つと突然、周りの全てが消えて自分だけがそこにいるように思える。それが異様に心地よい。

「ここでなら死んでもよい」

明智光秀という武将が人生の最後に一人……己の為に好みの茶碗で茶を点てて飲み、腹を切る。その為に造った茶室だ。

死を待つ身、待庵と名を変え臨んだ茶室造りだったが、それが大きなものを変えた。

茶の湯そのものだ。

光秀が死に臨んだ境地の中で立ち現れた二畳の茶室という結晶……それが茶の湯をそれまでの枠から解き放ったのだ。全く新たな茶事の工夫や道具立てへの想いが、泉のように湧き出て来る。

「茶室は途轍もない力を持っている」

光秀自身がそこに入ってそのことに気がつき、驚いた。極小の茶室が、無限の広がりを茶の湯に与えることに深い感動を覚えるのだった。そして自分自身を思った。

「俺はそんな茶に選ばれたのか？」

それがお前の天命だと、二畳の茶室が言う。光秀は死んで待庵となった。

「そう……明智光秀は死んだのだ」

待庵という名はこの茶室の名として残し、ここで切腹して果てるつもりだ。

しかし、今、許されるなら……ここから茶の湯に生きたいと思った。

「茶の湯による天下泰平、それを創ってみたい」

茶聖が誕生した瞬間だった。

第二章　利休、徹底的に相手を知る

羽柴秀吉は、織田信長亡き後の天下の流れを決める清須城での評定を、見事に取り仕切った。織田家重臣の丹羽長秀、池田恒興の二人を籠絡、事実上の配下に置くと同時に柴田勝家を孤立させた。そして秀吉が推した信長の嫡孫三法師に、織田家の家督を継がせることに成功。織田軍団を率いるのは秀吉であることを世に知らしめた。

「天下を己のものにする。一刻も早く」

せっかちな秀吉はその為にやれることを全てやろうと、帰洛（きらく）すると直ぐ山崎の妙喜庵に向かった。光秀が死に場所とする茶室造りに、手間取っているとの報告は入っている。だが秀吉は従前から光秀に自死させないよう身辺に草を配置していた。

「あの男がいれば必ず天下が取れる」

清須城の評定で、見事に光秀の助言が効いたことで改めてそう思っていた。

「絶対にあの男を儂のものにする」

そして妙喜庵に着いた。

待庵と名を変えている光秀が出迎えた。

「羽柴殿の来訪、何たる僥倖！　明日、茶室開きです」

（ついている!!）

どう光秀を籠絡するか……。ここからが己の人たらしの見せ所だと秀吉は思った。

待庵の方も秀吉の来訪は、天の配剤だと思っていた。

「生きるか死ぬか？　大謀反人として自裁を選ぶか、天下泰平の茶の湯を創るか？」

茶室の完成で浮かんだ二者択一、それを秀吉来訪という奇遇で決めようと思ったのだ。

「秀吉に天下を取らせ、茶の湯による泰平を創る」

生きるとすれば、そうしようと考えた。待庵は秀吉に茶室を見せた。

秀吉は冗談かと思った。

（なんだこの狭さ！　そ、それも……掘建て小屋ではないかッ！）

待庵は秀吉の表情からその心の裡を読んでいた。

（さぁ、ここからどうなるか……）

そうして二畳の茶室に、二人が向き合って座った。

秀吉は驚いた。異様な静けさと共に周囲が消え、自分と光秀の二人しかいないような感覚に陥ったからだ。

「こ、これは……」

秀吉の表情がみるみる変わっていくことで、待庵は確信した。

「如何(いかが)です？　新たな茶の湯は？」

秀吉は瞠目した。

「あ、新たな茶の湯？」

待庵は、頷いた。

「ここから茶の湯は変わる。天下泰平の茶が出来る」

さらなる待庵の言葉に秀吉は驚いた。

「天下泰平の茶？」

待庵は茶室をゆっくり見回すようにした。

「たった二畳、この二畳の茶室を造ってみて、中にこうして座って知りました。茶というものの限りない広がりを……」

秀吉の鋭い感性は、その待庵の言葉が理解出来た。

(儂が感じたのもそれだった。狭さとは逆しまのもの……)

それを秀吉は素直に口にした。待庵は流石、秀吉だと思った。

「羽柴殿の茶の心がこの茶室と共に広がった、ということですな」

その待庵の言葉は、茶の凄さを知った者の言葉だった。

「羽柴殿、貴殿に訊ねたい。私は腹を切るべきか？　それとも新たに見つけた茶の湯の道を進むべきか？　上様を弑逆した大謀反人を貴殿が許せんと言うなら……今夜ここで一人茶を点てた後、腹を切る」

秀吉はその待庵の目をじっと見て訊ねた。

「そうするおつもりではなかったのか？」

待庵は頷いた。

「無論そのつもりであった。だが……茶の湯に引き留められたのだ。この二畳の茶室を造って立ち現れた茶の湯に……。それで迷ってしまった」

その言葉も秀吉には分かった。そしてそれが光秀の正直さだと思った。

武人が一度口にした自死を取り消すなどこれ以上ない不名誉は百も承知の上で、茶の魅力に負けたと光秀が言っていることを秀吉は重く受け止めた。

秀吉は大きく頷いて、太陽のような笑顔を見せた。

「儂は明智殿を軍師として欲しいのだ。それ故、腹を切らせんようにずっと草に明智殿を見張らせておった」

待庵は驚いた。秀吉は持ち前の人たらしの術で、ここぞという時の腹の無さを見せようと思った。

「清須城での評定も明智殿の助言通りに進め、万事上手くいった」

待庵はそんなことすっかり忘れていた、という顔つきだ。

「ここからの天下取り、明智殿を軍師とすれば必ず成し遂げられる！」

だが待庵は、難しい顔をした。

「私は上様を弑逆した大謀反人、そんな者がどうやって貴殿の軍師になれるのだ？」

秀吉は、待ってましたという顔をした。

「堂々となって頂く。儂の茶頭として堂々と、な」

そう言って、茶目っ気のある笑顔を作る。

「茶頭として？」

秀吉は頷いた。

「今の明智殿の言葉を聞いて閃いた！」

無邪気な顔をしてそう言う秀吉に待庵は呆れた。

「羽柴殿の周りは皆、私を知っておるのだ。どうやってそんなことが出来る」

「やってみんと分からんが……いや、いける。いけますぞ！」

待庵は、秀吉は馬鹿なのかと思った。しかし、それが秀吉が人の心を読む途轍もない力から来る自信が言わせたものであることを……後に待庵は知ることになる。秀吉は、ぱっと待庵の前に手をついた。

「明智殿、この通りだ！　儂の軍師、そして茶頭になって下されッ!!」

待庵は呆れるのを通り越してしまった。

「はぁ……。まぁ、頭をお上げ下され。兎に角、腹を切るか否か、命の沙汰は羽柴殿にお預けする。それで宜しいか？」

秀吉は満面の笑みになった。

「任せて下され！　明智殿を堂々と、堂々と儂の茶頭にしてみせます故！」

そう言ってから秀吉は、ガラリと表情を変えて訊ねた。

「ここからの儂の天下取り、どうご覧になります？」

待庵も一瞬で厳しい顔になり、秀吉に現状を説明させてから自分の考えを言った。

「まず織田家のことから考えるに……主家のお二人、信雄様と信孝様の扱いをどうするか、遅かれ早かれ決めねばなりませんな。織田家を名実共に骨抜きにしてしまい、誰も織田の旗印は担がないようにしてしまう」

冷たく光る待庵の目に、秀吉はぞくりとした。

「そして家臣団の中では柴田殿……」

織田家筆頭の自負のある勝家が、秀吉の懐柔で軍門に下るとは絶対に思えない。そして、秀吉が勝家を嫌っているのはよく知っている。

「柴田殿、討たねばなりませんな……」

秀吉は頷いた。正面切って戦うとなると、勝家は強い。

「羽柴殿がここから周りをさらに固め、柴田殿に必勝を期すには時間が必要。それには、柴田殿を油断させて動きを止めるのがよい。お市（いち）様はどうなさっておいでです？」

信長の妹で浅井長政（あざいながまさ）の正妻。長政が信長に討たれた後、織田家に娘三人を連れて戻っていた。美人の誉れ高く浅井を滅ぼした後、信長が「権六（勝家）はお市が欲しくて欲しくてたまらんようだ」と言っていたのを待庵は覚えていた。勝家は正室を病で失っている。

秀吉はお市を巡る状況を正確に話した。信孝が勝家のお市への執着を知り、勝家を抱き込むためにお市を後妻に据えようと斡旋（あっせん）に動いているのだ。

待庵は頷いた。

「憧れのお市様を娶（めと）れたとなれば、柴田殿は寵愛（ちょうあい）の為、越前に留まろうとする。それからは全てを丸く収めようとなさる。そうするうち、雪に閉じ込められ大戦（おおいくさ）への備えの機会を失う」

そこで秀吉はあっとなった。女好きの秀吉はお市を狙っていて、信孝の斡旋の動きを阻止しようと考えていたが、今の待庵の勝家の心理を読んだ戦略で目が覚めた。

（天下取りには……我慢せねばならんかぁ！）

待庵は内心歯ぎしりする秀吉に言った。

「そうしておき……上様のご葬儀を大々的に羽柴殿の差配で挙行してしまうのです。万民に上様の天下布武を継いだのは羽柴殿であることを知らしめることが出来る。その葬儀への参列者で……」

秀吉の目が改めて光った。

「その葬儀の参列者で？」

待庵の表情は完全に明智光秀に戻っていた。

「真の敵がはっきりと分かる筈。天下取りの為に本当に潰すべき者とそうでない者」

秀吉は深く頷いた。そして突然あっと何かに気がついたようになった。

「明智殿を儂の茶頭にするのじゃ。儂にも茶室を造って貰おう！」

待庵は気が早いと笑った。

「この山崎の地に儂の城を築く。そこに是非」

待庵は驚きながらも思った。

（やはりこの男、面白い！）

戦争やビジネスの成功で、最も重要なことは何か？

戦略や戦術の立案実行は重要ではあるが、さらに重要なことが前提としてある。

それは、状況を正確に知るということだ。

敵を知り己を知れば百戦危うからずは、どのような時代、場面でも同じだ。

明治維新後の日本が、日清日露の戦争に勝利した事には徹底した状況認識があった。

敵国の内情、世界はどのように見ているか、国力、戦力、政治力、外交力……それらを隈（くま）なく調べ上げて戦略と戦術を練って実行に移した。薄氷を履（ふ）むが如しの勝利ではあったが、勝ったことにはそのような理由がある。

しかし、日中戦争から太平洋戦争への流れの中では、超国家主義に染まった軍部が異様な精神主義に陥った為に、状況を知ろうとすることを拒否するという愚挙に出ていた。

敵国の情報を知ろうとしない戦争など、最初から勝てる筈がない。

様々な情報を出来るだけ正確に集めて、状況を認識し戦略と戦術を立てる。それは戦争やビジネスの成功のイロハのイということだ。

正確な情報を基に、まずは相手を徹底的に知る努力をする。情報を出来る限り客観的に捉えて分析し、自らの状況と照らし合わせながら主観的に戦略と戦術を整えて実行に移していく。大事なことはそこできちんと結論を持っておくことだ。結論ありきの結論ではなく、状況を認識し正しい結果に向けた実行の為の結論だ。

天正十（一五八二）年十月十五日、本能寺の変から四ヶ月後、大徳寺に於いて羽柴秀吉は織田信長の葬儀を大々的に執り行った。

それは秀吉の秀吉による秀吉の為の葬祭典となった。大胆にも喪主には信長の四男で秀吉の養子にしている秀勝を立て、秀吉が織田家を事実上乗っ取ったと公に示したのだ。

織田家重臣の丹羽長秀と池田恒興は秀吉に従い、織田家の二男信雄は三男信孝との対抗上秀吉についたが、喪主ではないことで面子（メンツ）を潰されたとして葬儀には参加しなかった。

喪主のことでさらに怒りが増幅した信孝も、柴田勝家と結んでの秀吉への対決姿勢を強めて当然のように葬儀には出ない。

「はっきり敵味方が見えたな」

秀吉の敵は織田主家では信雄と信孝、そして重臣では勝家と決まった。

「凡庸な信雄などいつでもどうにでもなる。信孝と勝家さえ潰せばよい」

秀吉は、織田家を完全に自分の下に置くことを考えている。逆に勝家はお市を妻に迎えたことで、織田家の安寧を第一と考えるようになっていた。

家臣同士での争いは止（よ）して欲しいとするお市の願いもあって、表立っての秀吉非難は避け、葬儀には組下の前田利家を代理で参列させた。壮麗な葬儀の最後には、香木の沈香で作られた信長の木像が本能寺の灰と共に茶毘（だび）に付された。

京の都には、その馥郁（ふくいく）たる香りがいつまでも漂った。その後、勝家は秀吉と和約を結んだ。お市との甘い生活が夢のようで、争いを避けようとする心がそうさせたのだ。

「全て明智殿の読み通り」

秀吉はほくそ笑みながら、勝家を攻め滅ぼす策略を着々と裏で進めていった。そして十一月に入ると、築城成った山崎の城へ向かった。

「ここからが儂の本当の力の見せどころ」

山崎城内の茶室で行われる茶会、それが自分を天下人とする大きな布石となることが秀吉には分かっている。

「さぁ皆、驚けよ！」

十一月七日、山崎城に堺納屋衆で名だたる茶人たちが秀吉の招きに応じた。

今井宗久（そうきゅう）、津田宗及（そうぎゅう）、山上宗二（やまのうえそうじ）、そして千宗易の四茶匠だ。

信長亡き後の天下の流れが秀吉で決まっていくことに、皆は内心で驚きながらもこの状況下で茶人としての地位をどう上げるか、そして商人の算盤（そろばん）から秀吉とどう上手く付き合っていくかを現実的に考えていた。

「信長様の御葬儀の後から、羽柴様には茶器名物が多方面からもたらされてるちゅう話ですなぁ」

宗及がそう言った。山崎に向かう道中での話題は、やはり茶のことになる。

「本能寺の変で焼失した数々の名物、松本茶碗や珠光茶碗、三日月の茶壺、宗達平釜、九十九髪茄子……あれもこれもその他仰山、数え上げたらきりがおまへんけど信長様所持の名物の価値、十万貫は下らんかったでしょうなぁ」

信長の茶頭だった宗久の落胆の言葉に皆は頷いた。

「粗暴な武家が茶器名物を集めよるよってこんなことになってしまうんや」

歯に衣着せぬ物言いの宗二が、吐き捨てるように言った。

「ほんで今度はよりによって筑州の猿が名物狩りとは……世も末やで」

「宗二、口が過ぎる！」

堺衆筆頭の宗久が窘めた。そんな会話をずっと黙って聞いていた宗易が、笑みを浮かべた。

「ですが、信長様を上回るお力を羽柴様が天下人となってお持ちになるかもしれませんな」

そう言った宗易を皆が驚いて見た。堺衆は本能寺の変以降、宗易には複雑な思いを抱いて接していた。

主君信長を弑逆した兄光秀は羽柴秀吉に山崎の戦いに敗れ、その首は本能寺に晒された。突然の兄の謀反と死、宗易の受けた衝撃は計り知れない。だが宗易は淡々と日々を過ごしているように周りには見えた。

堺衆はその宗易の胸の裡を慮っていた。兄光秀を討った秀吉が主催する山崎城での茶会に、これから参加することの胸中を察していたのだ。

だがその宗易が、秀吉が信長以上の武将となって天下を取るかも……と口にしたのだ。

そして、さらに皆が驚くことをさらりと言った。

「羽柴様は私が明智光秀の実弟であることをとうにご存知です。ですから皆様、どうかお気遣いなく……」

そう言った宗易は、これから山崎の城で起こることを考えていた。

(本当にそんなことが出来るのか?)

兄から聞かされた、秀吉の策略のことだ。

(やれるとしたら……間違いなく羽柴様は天下を取れる。信長様を超える武将となる!)

宗易は密かに興奮を覚えていた。そうして一行は山崎城に着いた。

皆は城内に入った。

「まずはお茶室をご覧下さい」

小姓の案内で、明るい中庭に面した回廊を巡ると長い廊下に出た。

「こちらでございます」

その廊下を進む。窓がなく暗く長い廊下が続いている。

「なんや妙な心持ちになりますな」

宗二がそう呟き、皆も頷いた。まるで冥界に導かれるように感じる。そうして、突き当りのほの明るい場所に出た。土壁の下の窓から明かりが取られていて、その前に腰掛が設えてある。

皆はそこが土間に造られた露地であることに気づいた。天井廻りが四通りに桁材を変えて造られ、半間ばかり継ぎ足しにされている。斬新な趣向に茶人の感性が揺さぶられた。

驚いたことに茶室は襖を開けて入る座敷や書院ではなく、石と粗砂で出来た露地の飛び石の先の上がり框から続くところに半間廊下を備えて設けられていた。

窓の下壁に引き木戸の入口がある。それは潜り木戸で、頭を下げお辞儀する形で入るのだ。

（面白い！）

躙口を潜って入ると異様に感じられる。

（狭い……）

三畳間の茶室だったからだ。堺の茶人たちの師匠であり誰もが慣れ親しんだ武野紹鷗流の四畳半茶室、その否定に驚かされた。秀吉が考えたとは思えない。派手好きで広く大きく沢山が好きな秀吉の趣向でないことは明らかだ。

土壁には藁苆が交じり、腰壁に反故紙が張ってある。なんとも侘びた趣に満ちているなと思いながら……床廻りを見て驚いた。奥の両隅の丸柱の両脇半分を土で塗り込め、天井部分は全て土で塗り回してある。木の一筋だけが放つ明るさが強調されている。

「これは……」

途轍もなく斬新なのに侘びた風情がしっくりと来る。炉縁は素朴な栗の白木だ。皆目の利く者たちだけに、茶室の施工の隅々に至るまで途轍もなく神経が通っていることが理解できる。

そうしてじっと座ってみて驚いた。三畳の狭さがじわじわと快く感じて来る。

(ここで茶を点てたい！)

全員が全員、そんな心持ちになるのだ。茶への憧憬が深められていく。堺の茶人たちがそれまで良しとして来た紹鷗流の茶室が、どこか時代遅れのように感じてしまう。

「えらい茶室ですな」

宗及が興奮して言った。

「こんな茶室を造る茶人がおるとは……」

それは皆の共通の疑問だった。新たな茶への想いを掻き立てられる茶室。四茶匠と呼ばれる高い茶の感性の持主であるが故の、ある種の嫉妬をも含めた疑問だった。

これだけの趣向を思いつく茶人が、秀吉のそばにいるという事実を皆は突き付けられた。

「い、一体誰が造ったんや？」

宗二が大きな声を出した。皆も同じように叫びたくなる心持ちになっていた。ただ、宗易だけが落ち着いていた。

（これから起こること。それをこの堺衆がどう受け止めるか……）

そうして、茶会が始まることになった。


今井宗久、津田宗及、山上宗二、そして千宗易……茶匠と呼ばれる四人を驚かせた茶室、それを造った者は誰なのか？

皆は疑問を抱えながら一旦、城内の大広間で山崎城の城主である羽柴秀吉への目通りとなった。

「堺衆、よう来られた！」

秀吉は上機嫌だった。堺納屋衆の筆頭である今井宗久が恭しく築城への祝意を述べ、各々が所持する茶器名物を祝いの品として一品ずつ献上した。秀吉は懇ろに礼を述べてから言った。

「天下の四茶匠を一堂に会しての茶会が、これよりこの城で出来ることは何よりの喜び。ところで……如何であった？　先にご覧になった茶室は？」

皆はゆっくりと頷き納得しているような様子となった。

「我々皆、感嘆致しました。一体どなたの造作でございますか？」

宗久が訊ねた。

「儂がこれから茶頭にしようと考えている者の作じゃ」

秀吉の言葉に皆は驚いた。

(誰だ一体？　奈良の茶人か？　博多の茶人？　いや……やはり京にいるのか？)

推測してみるが分からない。その表情を秀吉はニヤニヤしながら見た。

「では儂は茶会の準備があるのでな……」

そう言って下がった。その場に心の落ち着かない様子で皆が残った。ただ宗易は……皆とは別の意味での興奮を覚えていた。

茶室に入った。あの不思議な暗く長い廊下を再び通り、室内に設えられた露地を渡り、躙口を潜っての席入りは……この世から遠く離れていくようだ。

茶室の三畳間という空間が心を沈静させて内へ内へと向かわせ……その先に生まれる茶への想いが広がっていく。

(これは一体、何なのだろう?)

誰もがそう思いながら床を見た。

薄板の上に武野紹鷗遺愛の槌の花入に菊一輪、そして『生島虚堂』の墨跡が掛けられている。『生島虚堂』——京都四条の豪商で茶人、生島二郎五郎が嘗て所持していた虚堂智愚の墨跡で『天下一名物』とされる逸品だ。

その本格正統この上ない本数寄者の道具立てが三畳間にピタリと嵌っている。

皆は改めてこの茶室のあり方から、茶の湯そのものを考えさせられていた。

(不思議なものだ……)

正客今井宗久、次客が津田宗及、連客に山上宗二、そして詰めに千宗易の形で座った。

襖が開いて、亭主の秀吉が入って来た。炉に炭を入れ霰釜を紹鷗流の細鎖に掛けた。

黒漆の切目の水指を置き、茶碗は安井茶碗——松本茶碗、引拙茶碗と共に『天下に三つの茶碗』とされる青磁の茶碗だ。

秀吉の点前は豪快にして繊細、見ていて気持ちが良い。茶匠たちはそんな秀吉の茶の才を認めている。まだ秀吉が茶筅を動かしている最中に木戸が開いた。

剃髪の大柄の男が入って来て、宗易の隣に座った。

宗易は男の入室を前もって分かっていたのか、すっと体を寄せて男に席を譲る。

皆は秀吉を補佐する半東が入って来たのかと思った。それにしては躙口からとは妙だと……男の顔に視線を向けた。

隣に座る宗易に背格好も顔立ちもよく似た男だと……一瞬思ってから男の正体に気がついた。全員が瞠目し、血が逆流するかのような衝撃を受けた。

秀吉は顔を上げず……たっぷり茶を入れた茶碗の中を見詰め茶筅を動かしながら言う。

「その男、故あって儂の茶頭となった。以後、見知り置かれよ」

茶室の中の空気は凍りついている。誰もがその男の顔を見詰めたまま……今この時のことは現実なのかと疑った。異界のような茶室といい、これは悪い夢なのではないかとも思った。

そこに座っているのは紛れもなく明智光秀。主君織田信長を弑逆し、秀吉にこの山崎の地での合戦で敗れて死んだ光秀に相違なかった。

「ど、どういう……ことですかいな?」

光秀と最も昵懇だった宗及が初めて口を開いた。

すると秀吉が顔を上げた。

「その男は堺納屋〝ととや〟の主人であり、茶匠の一人である千宗易」

死んだ筈の光秀の登場で驚愕している全員は、秀吉の言葉が理解出来ない。千宗易は男の隣にいる。

「堺衆はこれまで皆で千宗易を盛り立ててこられた。相違ないな？」

本当の宗易の死を隠蔽し、光秀の弟竹次郎を宗易としたことを秀吉は暗に指摘した。

皆は暫くしてから頷いた。

「その男も宗易とする。羽柴秀吉の茶頭である千宗易。これまでの宗易同様、皆で盛り立てて貰いたい」

そう言って茶碗を宗久の前に置いた。堺納屋衆に対し、明智光秀を自分の茶頭とし、その存在をもう一人の千宗易にすると言う。二人をたった一人の千宗易にしろ、と秀吉は要求しているのだ。

宗久は出された茶碗の中を見て驚いた。随分と茶の量が多い。秀吉は言った。

「今日はその茶碗の茶を皆で飲み回してくれるか？」

宗久が茶を飲み、茶碗を宗及の前に置くと秀吉は言った。

「この茶室を拵（こしら）えたのは、儂が茶頭とした宗易。茶匠の皆をも驚かせる茶の湯を創る力量、儂もそこに惚れた」

しゃあしゃあと言う内容に、皆は驚いた。

（この茶室は明智様の意匠なのか……）

そうして皆が茶を飲み終わった時、秀吉の意向は伝わったものと理解された。

「如何であった？　儂の茶は？」

見事でございました、と全員が頭を下げた。


秀吉の人の心を読む力は途轍もない。

秀吉はただの一言も、そこにいるのは明智光秀だと言わなかった。そして明智光秀を自分の茶頭にするがそのことを秘密にしてくれとも、もしそのことを口にしたらお前たちの命も一族の命もないとも、脅しの言葉は一切言わなかった……。

ただ大胆にも明智光秀の存在を皆に明かし、その光秀を自分の茶頭として手元に置くという驚天動地を既成事実にしてしまったのだ。

三畳間に六人の男、密室の中で誰も予想し得ない驚愕の展開の中で、皆の心理は横一列、共犯者のそれにされてしまった。

堺納屋衆は千宗易の真実を隠蔽して来た。そしてここからは、新たな千宗易の真実を隠蔽することになった。それを公然の秘密として皆が共有するという強い意志を、一気に秀吉は形成させてしまったのだ。

どこまでも大胆に振舞いながら繊細に人の心を見抜き人を操る……秀吉の〝人たらし〟という図抜けた能力は、この時代どの武将も持っていなかった。それが秀吉を天下人にする。

こうしてまず、堺納屋衆は落ちた。堺衆は誰一人、この日知ったこと見たことを、口にしたり書付に記したりすることはなかった。皆同じことを考えていた。

「羽柴秀吉にあの明智光秀がついている。秀吉は必ず天下を取る。その天下で御用商人として儲(もう)け、茶人として楽しませて貰う」

秀吉は全てが面白くて仕方がなかった。自信が漲(みなぎ)っていく。明智光秀を自分の茶頭千宗易に仕立てることに成功したことで、天下取りへの地盤が固まっていくように思えるのだ。

「人の心とは面白いものよ」

明智光秀の生存を隠蔽する共犯者が増えることで、自分の求心力が高まるのが分かる。

改めて途轍もない力を、明智光秀という武将が持っていたことが分かる。

「フフッ……」

秀吉は、思い出し笑いをした。

その事実を知った時の様々な人間たちの驚きの顔だ。

そして秀吉は茶の凄さも知った。茶の湯御政道が宗易によって広がっていく。

秀吉は、茶頭千宗易の紹介を必ず茶会で行う。

「それもあの男が考えた趣向が効いている」

それはあの山崎城の茶室で、宗易が新たに考案して行った茶の飲み方、吸い茶のことだ。

亭主が濃茶を点て、それを客全員で回し飲む。それで皆の一体感が生まれる。全員で秘密を共有することを、共に同じ茶碗の同じ茶を飲むことで受け入れてしまうようになる……。

宗易は人の心と茶を一体化させることを、作法として次々と思いついていく。

「鬼に金棒、宗易に茶。それが儂についているのだ。そして軍師、明智光秀も……」

秀吉の天下取りの戦略作りにも宗易は欠かせない。秀吉は政略や軍略に関して意見を求める時には、「宗易」と呼ばず「明智殿」と謙譲を示した。


十二月に入ろうとしていた。

「明智殿、和約を破り勝家を攻め滅ぼす算段、手筈通りで宜しいですな？」

待庵の二畳間、井戸茶碗で茶を点てる千宗易に秀吉は訊ねた。

冬、北陸の積雪の状況を草から聞き、越前の柴田勝家が軍を動かすことが出来ないのを確認してのことだ。

宗易の目が光った。

「速さが勝負ですな。近江に出来る限りの数の兵を集め、長浜城の柴田勝豊殿と岐阜城の信孝様を一気呵成に攻め落とす。そうして軍を一旦は休めてから、春に越前から出て来る柴田本軍との戦いに備える」

それは秀吉も十分承知、と言ってから訊ねた。

「その戦い……楽にするには？」

宗易は茶を点て終え碗を秀吉の前に置いた。

「柴田殿の有力与力の佐々成政殿、前田利家殿……佐々殿は上杉への押さえとされるでしょうから、越中に留まりこちらとの戦に出て来られないのは必定。すると……前田殿、ですな？」

秀吉は頷いた。秀吉は利家とは昔からよしみを通じる仲であり利家の四女、豪を養女にしている。

「前田殿を柴田殿から上手く離反させる。これが肝心ですが……」

なかなか難しいと宗易は思った。利家が義に厚い男だからだ。利家は勝家に可愛がられている。勝家は好き嫌いは激しいが、情に厚く利家は大のお気に入りだ。その勝家を裏切るのを、義理堅い利家が良しとしない可能性が高い。

(何かその心を動かす手はないか?)

宗易は今の勝家を巡る状況を、もう一度冷静に考えてみた。信長の妹で天下一の美女、憧れのお市を娶ってから仲睦まじく甘い生活にどっぷりと浸っていることは草からの報告で入っている。周囲の武将たちはそれまでの勝家の勇猛果敢ぶりからの一変に、内心では戸惑っているに違いないと宗易は考えた。

それは、宗易が越前の朝倉義景に仕えていた時に見た状況に似ている。

戦いに明け暮れていた武人の義景が、小少将という愛妾を得ての甘い生活に骨抜きになり、戦に対し背を向けるようになっていった。そんな義景を周囲の武将たちは内心で良しとせず、肝心なところで家臣からも離反者が相次ぎ、朝倉家は滅ぼされた。今の様子から家臣ではなく与力として与している利家がそんな勝家に強く義理立てするとは考え難い。

(押しどころさえ間違えず一押しすれば……こちらに傾くかもしれん)

そう思った宗易は、そういえばと切り出した。

「確か殿の奥方と前田殿の奥方は、大変お親しいと耳にしたことがございますが?」

秀吉の正室おねと利家の正室まつは、清須城下に住んでいた頃に屋敷が近かったことで仲が良く、子供のいない秀吉に多産なまつが四女を養子として出してくれたのだ。

「ああ、おねとまつ殿はえらく仲が良い。まつ殿は頭が良くて腹の据わった凄いおなごじゃ。利家もまつ殿には頭があがらん」

宗易は頷いた。

「ここはおね様に働いて頂いたら如何でしょう？　草を通じておね様からの文をまつ殿に託して頂いては？」

秀吉の目が光った。

「どんな内容に？」

宗易は不敵な笑みを浮かべた。

「殿からは絶対に明かしてはならんと口留めされているが……殿の茶頭の千宗易は明智光秀であると……それだけを記したものをからくり文字の密書にしたためて送るのです」

秀吉は怪訝な顔つきになった。

「それを利家は勝家に知らせ、儂を討つ大義名分とせんか？」

宗易は首を振った。

「前田殿は心の底から殿を恐ろしいと思われる筈。これはどうあっても殿には敵わぬと……観念なさる筈です」

宗易は前田利家が明智光秀という武将に、一目も二目も置いていたことを知っている。利家の感性を光秀が見抜いた上で助け、利家が痛く感激したことがあったのだ。

それはあの京の都での馬揃えだ。

昨年の二月二十八日、畿内や近隣諸国の大名、小名、武将たちを織田信長の名の下に内裏の東に造成された馬場に招集、数千の駿馬(しゅんめ)を集めて着飾らせた騎馬の大々的な馬揃えで帝もご覧になった。

その時、前田利家は越前衆として柴田勝家らと共に参加した。馬揃えの奉行は明智光秀、事前に予行演技を行わせて各衆の出で立ちを確認して回っていた。

「前田殿！」

利家はその光秀に声を掛けられた。

「越前衆の勇猛果敢を示される騎馬ぶり大変結構ですが……」

そう言って少し顔を曇らせた。他の信長の重臣たちの華麗な装束に比べると、どこか野暮ったいのだ。美しいものへの感性に優れ若き日には傾奇者(かぶきもの)としてならした利家は、光秀が何を言いたいのか直ぐに分かった。

「柴田殿がお見立てになったものでして……」

そう言った利家に、光秀は笑顔を見せた。

「実は越前衆に似合うと思うものを勝手ながら御用意しております。前田殿がご覧になって宜しければどうかご自由にお使い下さい」

そう言って見せたものに利家は驚いた。南蛮の織物で鮮やかな藍色の旗指物だった。

「これを五十指、用意してあります」

利家は光秀の感性の鋭さと気配りの深さに感激した。越前衆が装束は黒を基調とすると読んで、それに品良く合わせた深い藍色の南蛮織を用意していたのだ。馬揃えが終わって、利家は信長から直々に称賛の言葉を貰った。

「越前衆の旗指物、よく映えておったぞ！」

その時、あれは明智殿が……と言おうとしたのを信長の隣にいた光秀が間髪を容れず、

「まさに越前衆の勇猛ぶりそのもの！　前田殿お見事でございました！」

そう利家を持ち上げてくれ、溜飲を下げたのだ。その時、利家は思った。

「明智光秀……軍略政略に秀で感性に優れ、人の和をも見事に取り持つ武将……敵に回したら絶対に勝てん」

秀吉は攻撃に出た。十二月に入り柴田勝家の養子柴田勝豊が守る長浜城を大軍で攻めると、あっという間に落とし、さらに信孝のいる岐阜城を囲んだ。

観念した信孝は後見として保護していた織田家幼主三法師を秀吉に渡して降伏、信長の側室であった母をも人質として差し出し、信孝周辺の武将はこの降伏を機に秀吉についた。

翌年、雪解けを待ってようやく柴田勝家が行動を開始した。だが勝家の味方は旧北陸方面軍のみ、対する秀吉は丹羽長秀、堀秀政を始め畿内方面全軍であり兵力差は歴然だった。勝家は江北で秀吉軍と対峙、岐阜で謹慎の信孝がその勝家の動きに呼応して性懲りもなく兵を挙げた。

四月二十日、両軍が賤ヶ岳で衝突、秀吉軍の速い動きに翻弄されて勝家本陣はあっという間に瓦解し敗走となった。総崩れの原因は、前田利家の突然の裏切りだった。利家は戦線を離脱し府中城に籠ったのだ。

秀吉が勝家追撃の途中その府中城を囲むと直ぐに利家は投降し秀吉に下った。そして、そのまま秀吉軍の先鋒となって勝家の居城　北荘へと向かった。

四月二十四日、秀吉軍に城を囲まれた勝家は、最愛のお市と共に自害。勝家滅亡を聞いた信孝は岐阜城を開城した後、腹を切った。

秀吉は織田信孝、柴田勝家という天下取りへの最初の大きな障害を排除した。

「殿の目指す天下泰平、それを表すものを様々にお創り頂きたく存じます」

秀吉は京への凱旋の途中で、宗易の言葉を考えていた。

天正十一（一五八三）年の正月末、羽柴秀吉と柴田勝家の戦いの最中、山崎の妙喜庵にいた千宗易は訪れた津田宗及からある男が堺にいることを聞かされて驚いた。

「まことか？」

宗及の屋敷で茶三昧だという。

「荒木殿が……」

宗易は思い出した。荒木村重（むらしげ）——摂津の豪族の後裔（こうえい）で、足利義昭が将軍として上洛するとこれに臣事、後に細川藤孝と共に義昭に反して織田信長に仕えた。二条御所で義昭にも仕えていた光秀が村重を欲しいと思い、信長につくよう秘密裏に動いた経緯がある。

勇猛果敢な武将で戦功によって信長は伊丹城を与え、摂津を村重に治めさせた。石山本願寺攻めでも手柄を挙げ、信長の信任も厚かった。光秀が村重を気に入ったのは武人としての知略と剛勇さに加え、茶人として見事な格の高さを持っているからだ。

「これほどの人物、なかなかいない」

信長が主催した茶会で光秀が見た村重の所作の華麗さ、そして、津田宗及らを招いての村重の茶会の内容を知らされる度に光秀は感心していた。長女を村重の嫡男に嫁がせたことも、心から嬉しく思っていた。そんな村重も、光秀を特別な存在と見ていた。

二人は互いの茶のあり方を、深く認め合っていたのだ。

その村重が突然、信長を裏切った。信長と敵対する毛利輝元と結んだという噂が流れ、事の真偽を確かめに来た光秀に真実だと告白した。

「何故!?　何故そのような無謀を!?」

光秀の詰問に村重が見せた表情は驚くべきものだった。恐怖に苛(さいな)まれた表情でとても武将が見せるものではなかった。

「あ、あれを見て明智殿は何とも思われませんでしたか？　安土城天守の天井画を見て！」

村重はそう言った。それは信長の居城安土城の最上階天守の間にある。天守の間は三間四方の座敷の外側も内側も金色に輝き、四方の内柱には昇り龍、下り龍が彫り込まれ、座敷の内側には三皇五帝、孔門十哲、商山四皓(しょうざんしこう)、竹林七賢が描かれていた。そして天井には壮麗な天人が舞い降りる姿が大きく描かれていた。

天人の顔は、信長その人だったのだ。

「あの男……信長は、とんでもないことをしようとしているとあれを見た時に感じました。そしてこのままあの男の唱える天下布武に加担し続けていけば、その先この世がどのようになるのか……それが恐ろしくなったのです」

それを聞いた時の光秀は、朧気(おぼろげ)にはその言葉が分かるように思えたが……無謀な謀反に至る村重を理解することは出来なかった。光秀はその後、信長の命令で村重討伐軍に加わることになる。

律儀な村重は光秀に害が及ぶのを避けるため、嫡男の妻である光秀の長女を離縁させ光秀のもとに帰した。

そこからも、光秀は様々に村重説得に動いたが、無駄だった。

村重は伊丹城に籠城後、単身脱出。尼崎城を経て毛利に逃れた。

取り残された村重の家族や家臣、従僕たちは悲惨な末路となった。

信長の命令一下、伊丹城で人質とされた村重の妻妾や女中ら百二十余名は尼崎の七松で磔（はりつけ）にされた。そして従僕の五百名以上が四軒の家に押し込められ火をかけられて焼き殺された。村重の一族三十数名は洛中を引き廻された後、六条河原で撫で斬りにされた。

その信長が本能寺の変で横死を遂げ、毛利と秀吉が和睦したことで村重は畿内に戻っていたのだ。

山崎の妙喜庵を、荒木村重が単身訪れたのは二月の初めだった。

村重は剃髪し、筆庵道薫（ひつあんどうくん）と名乗っている。

身を寄せている堺の津田宗及から、「会いたいという人がいる」と言われてのことだ。生き残った家臣の一人だろうと道薫は思っていた。

「恨み言を聞くも、斬り殺されるも……良しとしよう」

そう覚悟を決めていた。寺に着くと、和尚に案内されて本堂に座り般若心経を唱えた。

「茶室のほうへ、どうぞ」

そう言われ道薫は、書院南側に広がる庭の露地に降りた。その趣の深さに驚かされた。

茶室の西側を通って南に回り、飛び石伝いに茶室へ向かう露地になっているのだが……その陰影の取り方や侘びた前栽の造作に、並々ならぬ神経が通っている。

「造った人物、只者ではない！」

高い茶の感性を備えている道薫は、鋭く見て取っていた。

ふっと厳しく鋭いものを茶室内に感じた。

突然、周りの全てが消えて自分だけがそこにいるように思えた。

それが途轍もなく心地よい。

「な、何なんだこれは!? 一体、誰がこんな茶室を!?」

道薫は、自分に会いたいという人物のことをすっかり忘れてしまっていた。それほど、待庵という茶室に驚愕したのだ。だが驚くのはまだ早かった。男が入って来た。日が陰り茶室内が暗くなり、はっきりとその顔は分からない。

剃髪で大柄、二畳間の隅に切られている炉に炭を入れると直ぐに次の間に下がった。

「あれは……」

道薫は堺納屋の〝ととや〟の主人であり、茶人の千宗易ではないかと思った。何度も茶席を共にしている。

「だが何故……宗易殿が？」

そう思っているうちに襖が開いて、男が釜を持って現れた。それは宗易ではなかった。

道薫は戦場で何度も修羅場を潜ったことで得た胆力と、信長を裏切ったことで家族や家臣を皆殺しにされての諦念とが重なり、心を乱されたり動揺することは無くなっていた。

しかし、待庵に入ってからそのあり様に興奮を覚え、久方ぶりに己を失っていた。

そして今この瞬間、目の前の男が誰であるか分かった瞬間、心の臓が止まるかと思うほどの衝撃を受けた。

「荒木殿、よう来られた」

そう道薫に言ったのは、紛れもなく明智光秀だったのだ。

(これは夢か？)

道薫は何がどうなっているのか分からず、言葉も出て来ない。体の芯から震えが来る。

男は粛々と茶の準備をする。

「い、生きておられたのですか？」

男は首を振った。

「荒木殿の知る男は死んでおります。ここにいるのは千宗易にございます」

道薫は、自分の頭がおかしくなったのかと思った。確かに千宗易に似ているが、間違いなく明智光秀だ。釜を炉に据えると、男は道薫に向き直った。

「明智光秀は荒木殿と同じ志を持って上様を討ちました。天下布武を止める。上様と刺し違え……自らも死んでおります」

ようやく道薫は落ち着いて訊ねた。

「では何故、何故ここにおられる？」

男は笑った。

「天下泰平、それを羽柴秀吉様と共に茶で創る。その為、茶頭となってここにおります」

道薫は瞠目した。

「こ、この茶室は貴殿が？」

男は頷いた。

「いかにも。ここから千宗易の茶の湯を創ります。天下泰平の世の茶を……」

第三章　利休、味方と敵を見極める

羽柴秀吉は越前の柴田勝家を滅ぼし、凱旋の上洛途中で茶会を開いた。

「是非とも殿の祝勝茶会、私を亭主とし、坂本の城で催して頂きたく存じます」

千宗易が江州北郡まで秀吉の戦勝祝いに駆けつけて、そう申し出たのだ。

秀吉はそれを聞いてギョッとした。

(坂本城……明智光秀の城、そしてその家族全員が殉死した場所ではないか！)

山崎の戦いの後、光秀一族の殉死と共に天守閣が焼失したが、丹羽長秀によって再建されていた。

宗易は冷徹な表情で続けて強く言った。

「殿の茶頭としての千宗易お披露目の茶会は是非とも坂本で！　坂本城で、お願いしたく存じます。さすれば……」

宗易の迫力に、秀吉はゴクリと唾を飲み込んだ。

「さすれば千宗易茶頭の意味……殿による茶の湯御政道の意味を、皆が知ることとあい成ります。私にその折の趣向がございます」

秀吉は宗易の覚悟、そしてその胆力の強さを今更ながら凄いと思った。

嘗て自らの城があり家族全員が自らの死に殉じた坂本城で、明智光秀生存の事実を茶を通じ暗黙裡に示そうというのだ。

（恐ろしくも蘇った明智光秀が儂の茶頭、そして軍師であることを知れば皆は震えあがる。茶の湯の政道としての力は強くなる。儂の天下取りは楽になるということか……）

秀吉は宗易の申し出を受けた。千宗易が秀吉の茶頭として、亭主として初めて開いた坂本城での茶会……今井宗久、津田宗及らの堺の茶匠たち、そして丹羽長秀ら秀吉配下の武将が集められ、天下一名物揃いの道具立てで行われた。

秀吉はこれまで、折を見ては配下の武将たちに千宗易が何者であるかを茶に呼んで知らしめてきた。驚天動地の明智光秀生存を皆で隠蔽することで自分への服従の意思が固まるのをその度に見て取った。

「在る」ことを「無い」ことにすることで生まれる、不可思議な力を感じた。あってはならない秘密を共有することで強い結束が生まれる。自然と……そうなる。人の心を操ることに長けた秀吉は皆に深い闇を持たせ、その心を支配したのだ。そしてそれを強化し拡大する儀式が、坂本城での凱旋茶会だったのだ。

「羽柴秀吉の下で、千宗易こと明智光秀が茶の湯御政道を邁進させる」

「信長の天下布武を否定し、秀吉による天下統一を行い、天下泰平を創る」

秀吉凱旋茶会で宗易は坂本城と己の存在、そしてもう一人の人物によってそのことを表した。その人物は茶会には姿を出させず次の間に控えさせたが……件(くだん)の人物が所持する名器で明確にその存在を表したのだ。

床に虚堂智愚の墨跡を掛けると共に、青磁の花入を置いた。その花入こそ、元荒木村重、現道薫所持の名物、『鏑無(かぶらなし)』の花入だった。信長に謀反を起こした荒木村重、信長を殺した明智光秀、そしてその光秀の城であり多くがその死に殉じた坂本城……それらが秀吉凱旋茶会の主役であると意味を込めたのだ。

羽柴秀吉の茶頭としての千宗易、その完全なる誕生を見せた茶会だった。

茶会が引けた夜。秀吉は、宗易と二人きりになった。凱旋茶会の全ては、上手くいったと二人は思っていた。

「明智殿」

そう秀吉が宗易を呼ぶ時は、軍略か政略の話になる。

「ここからの堺支配、どのように考える？」

そう問われて直ぐに宗易は言った。

「今井宗久殿……ですな？」

秀吉は流石は、宗易だと思った。今井宗久——堺納屋衆の筆頭として、信長から堺五ケ庄の代官職、采地二千二百石を与えられると同時に、信長の茶頭を務めて来た。

堺は日の本最大の商業都市として、矢銭の調達や武器弾薬の供給基地として為政者にとって最も重要な都市だ。嘗て堺はその財力で三好三人衆や石山本願寺と結託し軍事的にも脅威であったが、信長による畿内支配と、それを継いだ秀吉にとっては既に恐れるものではない。脅威であった時代、堺納屋衆を纏めて来たのは今井宗久だが、今ではその存在は嘗てほどではない。

宗易は、秀吉が宗久をどこか敬遠しているのが分かっていた。そこに信長の影を見てしまうのか、宗久が内心で秀吉を格下に見るように感じての不快からか、と思っている。

宗易は言った。

「堺納屋衆筆頭という今井宗久殿の力を殿が頼る必要はそれほどないと存じます。しかし……」

秀吉は身を乗り出した。

「しかし、千宗易を千宗易としておくには、堺衆の隠然たる結束は必要。堺納屋衆の力を上手く使う意味でも、ここで序列をあからさまにかき乱すのは得策ではないと存じます」

秀吉は頷いた。

「宗久の采地は安堵してやった方がよいと？」

宗易はそれがよいと言ってから、

「ですが商いの勢いは天王寺屋にございます。殿の治世に於いては、天王寺屋一門の棟梁である津田宗及殿を重視するが宜しいかと存じます。そうして次第に今井宗久殿の影が薄くなる流れとされる。さすれば間違いないかと……」

秀吉は、あい分かったと言って笑った。

「宗易の〝ととや〟もあるしな」

何卒よしなに、と宗易は頭を下げた。堺納屋衆のひとつ〝ととや〟は、弟の竹次郎が〝千宗易〟として切り盛りをしている。頭を上げてから宗易は、秀吉に微笑んだ。

「私と弟の二人して、千宗易を成すあり方。これほど首尾よく運ぶとは、思いもよりませんでした。殿のお知恵の深さに感服しております」

そう言って、また頭を下げた。秀吉は満足そうにしてから言った。

「宗易もいつまでも妙喜庵におらんで、堺に屋敷を持てばよいのではないか？」

宗易は頷いた。

「そうでございますな。今度堺に出向き相談して参ります」

秀吉はそうしてくれと言った。

「大坂の城の普請が終われば儂はそちらに移る。宗易が堺にいてくれた方が、何かと都合が良い」

宗易はゆったりと頭を下げた。

「勿体ないお言葉、痛み入ります」

そうして、少し経ってから秀吉は言った。

「さて、ここからの儂の茶の湯御政道、どう持っていくかの？」

宗易はその秀吉をじっと見詰めた。

「大きく広く派手に、泰平の世を飾る旗印となるような茶の湯とされるべきかと存じます。その為には……」

不敵な笑みを宗易は浮かべた。

「全国からの名物蒐集、我先にと殿に名物を献上させる流れ、さらに広く大きくさせるべきかと……」

秀吉は深く頷いた。宗易は続ける。

「そうして集めた名物を皆に披露されるのは如何でしょう？　殿の天下泰平は常に皆に見えて分かるもの、見せて得心させるものに……」

宗易の言葉を秀吉は気に入っている。

「今その言葉通りの城を造っておるからなぁ。大坂の城は、ここから途轍もなく大きなものにする！　堀の幅や深さ、天守の高さ、石垣の石……その城で数々の名物披露をやるのか！　それは面白い！」

羽柴秀吉は、天下取りの拠点とする地を大坂と決めていた。

「海と多くの川を持ち全国へと繋がる街道の要地、ここから天下を支配する」

嘗て巨大要塞として存在した本願寺があった石山の地に城を築き追築を進めていたのだ。

その大坂城における茶会の為の名物蒐集加速の段取りに宗易は入った。

(羽柴秀吉に与する武将、態度を決めぬ武将、そして敵対を示す武将……その選別には良い機会となる)

そして、宗易は戦術を考える。

(羽柴秀吉の天下取りの布石となる武将が、名物を献上したと全国に伝わるようにすることが必要だ。大坂城での最初の茶会、ここで大事な武将から献上された名物があることを知らしめるように出来ればよい)

天正十一（一五八三）年六月、本能寺の変から一年、羽柴秀吉は大坂城に入った。

そして七月二日、大坂城での秀吉による最初の茶会が開かれた。

客は千宗易と津田宗及の二人のみ。

「上様追善の茶会となす」

そう秀吉は告げ、床には信長遺愛の玉澗（ぎょくかん）筆の『煙寺晩鐘』を掛け、武野紹鷗所持の霰釜、同所持の槌の花入、『尼子』天目茶碗、そして『初花肩衝（かたつき）』の茶入という道具立てだった。

記念すべき大坂城での初の茶会、そこでは唐物の大名物とされる『初花肩衝』の茶入こそが真の主役だった。

物言わぬ道具だが、それが実は大きな物を言うことを宗易は分かっていて、重要な茶会の道具立てにこの茶入を組み入れた。それは徳川家康から秀吉に贈って来たものだったのだ。

宗易はこの茶入のことを、博多の島井宗室ら全国の茶人たち宛の手紙に書いて送った。当然それはその地の武将たちに伝わる。

「あの家康も……秀吉に大名物を進上した！」

秀吉による天下統一を良しとしない者たちもそれを知ることで、一歩も二歩も秀吉の軍門に引き寄せられる。宗易は『初花』のことが全国に伝播していくのを知り、笑みを浮かべた。

千宗易は堺の納屋〝ととや〟に隣接する屋敷の居間で、弟の〝千宗易〟と話していた。

「こうして二人、堺にいると……与四郎殿を思い出すな。自分も十兵衛に戻った気がする」

そう言うと、もう一人の〝宗易〟が笑った。

「私も竹次郎のようです」

明智十兵衛光秀と明智竹次郎光定の兄弟……若くして故郷の美濃を離れ、堺の納屋〝ととや〟を営む田中与四郎の下で鉄炮商の為の炮術師として働いた。

「面白かったな……あの頃はあの頃で」

宗易がそう言うと、〝宗易〟も頷いた。

「あれから三十年……夢のようでございましたな」

自分たち二人の数奇な運命を回顧しているような〝宗易〟の口ぶりに、宗易もまさに夢のようだと呟いた。

朝倉義景、足利義昭、織田信長、羽柴秀吉……ここまで自分が仕えた武将たちのこと、そして武将としての自分、茶人としての自分。あっという間に時が経ち今に至っている。

その間に竹次郎は自分の為に間者となって働き、その後その過去を消す為に、死んだ〝ととや〟の主人田中与四郎、千宗易に成りすまして生きている。

「お前にはずっと苦労をかけてしまった。そしてまた妙なことで同じ千宗易として共に生きることになった。あい済まぬと思っている」

そう言って、宗易は頭を下げた。

「どうぞ頭をお上げ下さい。私は兄上のお陰で、面白い人生を生きていると思っております。越前から堺に戻り、千宗易となってからの茶の面白さは格別です。上様始め様々な方々との茶を通じて成長出来たこと。そして何より兄上が死への門出に造られたあの茶室、待庵での茶からは茶人として生きる上で、大きな寄る辺を与えられたような喜びを感じました」

宗易は、弟の言葉が心に沁みた。

「兄上と千宗易を共にすることで、何やらまたさらに茶が面白くなったように思います。まるで面を二重につけて舞う能『現在七面』……女面をつけその上に蛇の面をつけて舞うあの能のシテのように……己を幾つも超えた力が湧くようなのです。それで商いも面白さが増しています。兄上が羽柴様の茶頭千宗易となりその羽柴様天下での商い……そのあり様を考えることも大変愉快です」

そうか、と宗易は嬉しくなった。嫌な思いや苦労も随分としただろうに、弟は恨み言の一つも言わない。今そのように前向きに生きるあり様には茶があるからか、とも宗易は思う。

「茶とは何だろうな？　近頃本当にその思いを強くする」

宗易は遠くを見るようにして言った。

「新たな茶の全てがあの待庵から始まった。自分が腹を切る為、最後の茶の為、好みの井戸茶碗で茶を点てたいが為に造った茶室。長次郎に設えて貰ったあの茶室……朝鮮の小間を基にしながら、茶室の洗練を究めた設え。何故、あの待庵での茶が多くの茶人たちに霊感めいたものをもたらすのか……それは私にも不思議でしようがない」

宗易は、そこまで言って苦笑いをした。

「山上宗二が何度も妙喜庵までやって来るのだ。あの男、待庵に魅入られたようだ」

そうなのです、と〝宗易〟が言った。

「宗二とはずっと茶を競う仲でしたが、待庵での茶を知ってからはもう……。兄上を茶の神仏の如くに、思ってしまったようです。宗二は茶にはどこまでも正直で虚心坦懐、茶の勘に於いては茶匠の中でも図抜けております。その宗二が、兄上の茶の湯にどっぷりと嵌ってしまったようです」

宗易は嬉しくもあるが気になる。

「あの男の茶への〝正直さ〟は、世間的には危ういものがある。昔から茶に関しては上も下もない。嘗ての私の茶会で上様からの書状を床に掛けたことがあった。宗二はそれをあろうことか『おもろい字でんな』と……その場で一刀両断にしてやろうかと思った。あの調子で〝正直さ〟を通せば必ずやられてしまう。それは心配だな」

その通りです、と〝宗易〟も同意した。

「宗二の兄上への心酔ぶりは尋常ではありません。是非兄上から〝正直さ〟を上手く丸めるようご指導下さい」

宗易は考えておこうと頷いた。

「宗二の茶への思いは誰よりも強い。それはこちらも頭が下がるほどだ。だからあの男の言い様を許しているところがある。そこに……茶があるからな」

そうして改めて言った。

「本当に……茶とは何だろうな？」

こういう議論は、弟としか出来ない。真に腹を割って茶について語る。

相当な茶人としての力量を備えている者同士であるから出来る。そんな弟を持っていることを宗易は改めて幸せだと思った。〝宗易〟は言った。

「茶には……作法という決まりごとがございます。人はまずそれで落ち着く。安心するということがございます」

流石だな、と宗易は思った。基本だが、最も大事なことを弟は挙げて来る。

「茶を求める者の前に、手順、道があることによって人が心の裡に抱える不安を抑えてくれるということだな。『もう既にここにある』ものによって、迷いや欲も無くなるということか……」

そして宗易は待庵を思い出した。

「あの二畳の茶室、全てを削げば、あのように研ぎ澄まされた空間が出来上がる。迷い巡ることや欲が広がることはなくなる」

それには、大きく〝宗易〟が賛意を示した。

「別の言い様をすれば……『二畳の中に欲の全てがある』ということかもしれませんな」

こうやって宗易の頭の中が弟との議論で整理されていく。

「削ぎ落とすことで豊かさを得る。禅の言葉でいえば、『放てば満つる』ということだな。それが茶によって表される」

〝宗易〟は頷いた。

「ですが同時に茶は室内での戦でもあります。闘茶から茶の湯が生まれたことには、意味があるのではないでしょうか？　底にある流れは同じで、やはりそこには茶人同士の戦がある」

宗易はその通りだと言った。

「道具立て、作法、所作の美しさ、そして茶席での会話……そこにどれだけの洗練があるか……侘びも寂びもそこから生まれるもの。唐物を尊ぶ心と井戸茶碗を愛でる心の戦いもその一つ。どうだろう、こういうものは？」

それは宗易の武将ならではの考え方だった。

「本当の戦の代わりに、茶会で武将同士が戦う。そこでの勝敗によって戦を避ける。勝敗は互いの裡なるもので決まり、あからさまに示されることはない。『秘すれば花』と、本当の戦が洗練の茶での戦に昇華することで無くなる。そういう茶が出来れば、天下泰平の茶といえるのではないか？」

なるほど、と弟は考えた。

「兄上が造られた待庵が、〝死出の場所〟として生まれたことと、大きく関係しておるように思えますね」

その通りだ、と宗易は言った。

「待庵は……全ての望みを絶ったところから始まった。上様の天下布武の望み、明智光秀という武将の望み、家族や家臣、城や領地という望み……それら全てを絶ったところから始まった。そして死への旅立ちの前に、何故か茶が飲みたくなった。井戸茶碗で茶を点て、飲んでから死にたいと思った」

それを思い出して、宗易は少し考えた。

「本当に茶とは何だろうな？　死を前にした自分が、好みの茶碗で最期に茶を点てて飲みたいと思った。するとそれに合う茶室を拵えたいと思った。そしてその茶室が出来ると……思わぬ道が開けた。これまでの人生など、どうでもよいものと思わせ、さらなる世界を開かせた。だがそれは何なのだ？　ただ茶の湯としか呼べないものが死を前に立ち現れ、それが己を絶望から次の間へ……そうだ！　まさに次の間に、茶席のように連れて行かれた。いやいや、お前との議論は本当に面白いな」

そこで宗易は道薫のことを思い出した。

「ところで荒木村重殿……いや道薫殿はどうしておられる？」

ああ、と〝宗易〟は笑った。

「道薫様も宗二と同じです。待庵で兄上の茶を飲んでからは、どっぷりと兄上の茶の趣のことばかり話しておいでです」

宗易は笑った。

「待庵という茶室があらゆる茶人を変えていく。造った当の本人を変え、それを見た者たちも変えていく。茶室とは、人が作った道具に過ぎんのに何故そうなるのか？　本当に不思議だな」

その通りです、と〝宗易〟は言った。

「私も兄上にお目に掛かり、待庵でお茶を頂戴してから茶の世界が大きく開けました。それはどなたも同じでしょう。宗二、道薫様だけでなく、今井宗久殿も内心では兄上の茶に感服されている筈です」

宗易は、深く考えた。

「このまま新しく生まれた茶に乗っていくか？　それを侘茶と呼ぶかどうかは別として、あの待庵に合う茶碗、茶杓（ちゃしゃく）、花入等々、作ってみようか？」

弟の顔が、パッと明るくなった。

「是非ともそうなさって下さいませ！　如何です？　長次郎に茶碗を焼かせてご覧になったら？　全くこれまでになかった茶碗を、あの男の腕があれば拵えられると思いますが」

宗易も、その言葉であっとなった。

「そうか！　その手があったな！　これは面白い！　早速、意匠を考えてみよう！」

千宗易を茶頭としての羽柴秀吉による茶の湯御政道は、着々と天下取り戦略の下で動いていた。天正十一年七月二日の大坂城に於ける最初の茶会で、徳川家康から賤ヶ岳の戦いの戦勝祝いに贈られた茶入『初花肩衝』が、道具立てにあったことが全国に知れ渡ると、名物を進上する者が相次いだ。

信長重臣で秀吉に恭順の意を表した滝川一益からは、馬麟（ばりん）筆『朝山』が贈られて来た。

絹地に薄彩色の山水円絵の名物だが、そのことを耳にした堺納屋衆の祐長宗弥（ゆうちょうそうみ）は、『朝山』と対となる『夕陽（せきよう）』を直ぐに進上して来た。

また播州の豪商である赤橋善海から、佐々木道誉が所持していたとされる大名物茶入の『京極茄子』が献上され、今井宗久からは紹鷗所持の『松本茄子』と……大変な品々が贈られて来た。

秀吉は次々と手に入る名物を周りに置いて、宗易と話していた。

「茶道具というもの、金銀財宝とは違い贈られた道具を通じて贈った者と気脈を通じるように思えて来る。相手からのこちらへの思いがどれほどのものか……分かるな」

宗易は、秀吉の感性の鋭さは流石だと頷いた。

「殿の仰せの通り。道具と道具が集まり響き合うように、その裏にいる人間同士の繋がりまでがどのようなものか分かって参ります。茶道具蒐集によって人間のあり方が、はっきりと見えて参ります。これこそ、茶の湯御政道の大きな武器といえましょう。それにしても……徳川様からの『初花肩衝』の茶入の力は、大変なものでございますな。『初花』に他の名物が吸い寄せられるように、あっという間に集まりました。そこに徳川様のお力そのものを見せられたように思います。あの武将は……何としても殿の軍門に下らせとうございますな?」

秀吉の目が、宗易の言葉で光った。

「どうじゃろうなぁ？　徳川家康……討ち滅ぼすか調略すべきか？」

宗易は考えた。

徳川家康……強いのか弱いのかよく分からないまま周りを固める力を持つ武将だ。

「あの御仁……なかなか正体の摑めぬお方」

そう言った宗易に、秀吉も頷いた。

「その通り。よう分からん。晩年の上様の冷酷なまでのなさり様に決して反意を見せず、どこまでも恭順を示し続けた。上様との同盟関係は盤石であるとした。その姿勢に、儂は心服を通り越し……恐ろしさを感じたものよ」

家康の嫡男信康の正室として嫁いでいた信長の娘徳姫の讒言（ざんげん）で、「謀反の疑いあり」とされた信康と、その母で家康正室の築山御前（つきやまごぜん）を、家康は信長への忠誠を示す為に涙を呑んで死に追いやったのだ。それを知った織田家臣団の誰もが、家康の信長に対する恨みは大変なものだろうと考えた。

「ここだけの話でございますが……」

宗易はそう断ってから言った。

「私が上様を本能寺に攻めた折、重臣を除く家臣たちには『上様に逆心を持つに至った徳川家康が本能寺に滞在中。それを討つ』と偽りを申しましたが……皆最後までそれを信じておりました」

秀吉はそうであろうな、と納得した。

「あの執念のような上様への忠誠が、どこから来ておったのか……それが分かれば儂の終生の味方とすることが出来るように思うが？」

その通りでございますと宗易は言った。

「あの当時、徳川殿にとっては積年の敵である武田を滅ぼす為、上様の力は絶対に必要であったとはいえ……同盟とは名ばかりの主従のあり方に甘んじられた忍耐は、並々ならぬものがございます。そしてその武田を滅ぼした後は、駿河一国を与えられたのみ……贔屓目でなくとも、徳川殿にはもっと手厚い恩賞があってしかるべきであったと思いました」

宗易は、そんな家康が駿河を与えられた返礼にと安土城の信長を訪れた際、饗応を行った時のことを思い出した。それは本能寺の変の直前のことだった。

「徳川殿の上様への尊崇の意の表し方、それはもう徹頭徹尾、見事なものでございました。殿もご存知の通り、上様は僅かでも疑心を持った者に対してその内心を顔や態度に出されます。しかし、徳川殿に対しては『常に自分に忠誠を尽くすどこまでも愛い奴』というお気持ちを持たれているのが、手に取るように分かりました」

秀吉は宗易と同様、信長に長く仕えて来た身であるからそのことは十二分に分かる。

「家臣ではないのに……あそこまでなぁ。だが確かに上様に対するには殴られようと蹴られようと、上様を神仏と思い、ついて行く覚悟は必要ではあった。それほど上様は……お強かった」

そう呟いた秀吉に、宗易は続けた。

「徳川殿は幼き頃、織田家に二年の間、人質として預けられていたと聞きます。その折は、上様とは実の兄弟のようにされていたとか……。そこで上様に対してのお心が決まったのかもしれません。圧倒的軍勢で今川義元が上様を討とうと三河に攻め込んだ折、今川方だった徳川殿は肝心なところで動かず桶狭間（おけはざま）での上様の勝ちに資したこと。同じく武田信玄侵略の際、上様から捨石とされた状況下でも武田に寝返らず同盟を守られたこと。それらは幼き頃に上様の尋常でない力を見抜かれ、この人物について行こうと固く決められたからかもしれません」

宗易の言葉に、秀吉は頷きながら珍しく厳しい顔になった。

「徳川家康、強いのか弱いのか……どこに強さがあり弱さがあるか？　明智殿はどう思われる」

秀吉は思わず知らず宗易を明智殿と呼び、謙譲の態度になっていた。

「上様亡き後の徳川殿の動きからは……殿の次に天下を狙える力を持つ者と見ます。信雄様と通じて織田家への忠誠を見せながら……上様が武田滅亡の後、河尻秀隆に与えた甲斐の地を武田の旧臣を味方につけて奪い、西進して来た北条に対しては、様々に調略を用いて和睦し同盟を結ぶことで甲斐の支配を全うさせております。本能寺の変から僅か半年足らず……その手腕は鮮やかなもの」

秀吉は、難しい顔を変えない。

「まさにいつの間にか周りを固め広げておる。明智殿ならどうする？」

宗易は、目を閉じて少し考えた。

「武田滅亡の後、上様が支配された信濃、甲斐、上野の国から本能寺の変で織田家臣がそれぞれの地を心ならずも離れた後……北条と結び徳川殿が支配されておられる現状を、『必ずしも面白からず』とされた殿の意をお伝えになっては如何です？　徳川殿の上様への忠誠と今のあり様をどう考えればよいか、それが知りたいと……そこに殿が執心であられることを伝えられたら？」

秀吉の目が光った。

「なるほど……亡き上様と北条を天秤に掛けさせるということか……謀略家で知られる北条氏直との同盟、徳川殿も盤石なものとは思われていない筈。それは良い揺さぶりになるな」

宗易は頭を下げた。そうして秀吉は、家康に鷹を進上するのに寄せた書状で、その内容をしたためた。そこには『亡き上様が望んだ関東の安泰は未だ実現していない……徳川殿から要請があればいつでも軍勢を差し向ける』と書いて送ったのだ。

受け取った家康は、北条氏直にその内容を伝えた。そして、家臣の石川数正を秀吉のもとに差し向けた。

秀吉は京都の豪商福島屋宗通の屋敷で、その数正を茶会でもてなした。

翌日。秀吉は宗易と話し合った。

「昨日の石川数正殿との茶会、しきりとこちらの関東への思惑を聞き出そうとしていたが……煙に巻いておいた」

宗易は、その秀吉に頷いた。

「如何でしょう？　徳川殿との決着、早めにつけられては？　徳川殿は北条と姻戚関係を結ばれた。ここからその結びつきを強められては、殿の天下取りに支障が生じます」

秀吉もそれは十分承知している。

「北条への備えとして、上杉景勝を中心とした反北条勢力を儂の味方につけておるが……それでは不足か？」

宗易は頷いた。

「天下取りへの鍵は徳川殿と見ます。北条に天下への野心は無いですが……徳川殿が北条との同盟で、関東を盤石にしておき天下を目指されると、殿にとっては厄介。その前に、徳川殿との決着をおつけになった方が得策かと考えます。滅するか臣従させるか……」

秀吉は、暫く考えた。

「どのように進める？」

訊ねた秀吉に、宗易は不敵な笑みを見せた。

「徳川殿が忠誠を尽くした亡き上様に御登場頂き、徳川殿と北条との同盟を揺さぶる……との戦略は如何でございます？」

秀吉は瞠目した。

「な、亡き上様？」

宗易は頷いた。

「亡き上様の御子息、織田家嫡流である信雄様を利用するのです」

秀吉には、まだ宗易の真意が分からない。

「信雄様は、殿の天下人へのあり様に御不満の御様子。その信雄様を追い込み、徳川殿と結んで殿と一戦交えるよう仕向けます」

秀吉は驚いた。

「その戦で徳川殿を討てれば良し、討てなければ和議へ。あの愚鈍な信雄様が、総大将であれば容易いことかと。何にせよ、徳川殿を滅すか臣従させるかに殿の天下は懸かっております」

織田信雄――信長の次男。本能寺の変の後、信長の後継を三男の信孝が柴田勝家と組んで目指したことに対抗した羽柴秀吉に担がれて織田家家督の座に就いた。

そして信孝、勝家共に亡き後は尾張、伊勢を自領とされていた。

だが秀吉は、次第に信雄に臣下の礼を取ることがなくなっていく。愚鈍で小心な信雄は、秀吉の天下取りの野望の下、自分は滅せられるのではないか、と恐れを抱くようになっていた。

そんな中、天正十一年十二月から十二年正月にかけて秀吉は、信雄の老臣たちを次々に大坂へ招いたのだ。

尾張星崎城主の岡田重孝、苅安賀（かりやすか）城主の浅井長時、伊勢松ヶ島城主の津川義冬、そして滝川雄利（かつとし）の四人だ。

皆それぞれ津田宗及邸で秀吉による茶会に興じたが……四人の中で城持ちでない滝川雄利だけが、千宗易による夜の茶会にも招かれた。

雄利は、秀吉の茶頭として名高い宗易の茶ということで心を躍らせた。

「噂では秘技とされる技量を備えた茶人とのこと。一体どんな人物なのか……」

雄利が茶席で待っていると、大柄の男が入って来た。一本の蠟燭（ろうそく）の明かりだけでよくその顔つきは分からないが……その体から、戦に臨む武人のような凜（りん）とした気が出ている。

その男が雄利に頭を下げ、顔を上げた瞬間、雄利は息を呑んだ。

「あ、あなた様はッ!?」

自分が対峙しているのは、明智光秀だった。雄利には何がどうなっているのか分からない。

ただ、これまでどんな戦でも感じたことのない異様な緊張を覚え、冷たい汗が流れた。

「羽柴秀吉様茶頭、千宗易にございます」

目の前で、男は確かにそう言った。

「滝川様が信雄様にお仕えされてのこれまでのお働き、大変なものと拝見して参りました」

宗易はそう言って薄く微笑（ほほえ）んだ。

雄利は、蛇に睨（にら）まれた蛙のようになり、言葉が出て来ない。

「秀吉様から、特別に滝川様を接待されるよう仰せつかったのには訳がございます」

そこでようやく雄利は息をついた。

「ど、どのような訳でございます？」

宗易は、なんともいえない顔つきになった。

「滝川様のここからの御出世に関わることでございます」

雄利は、ゴクリと唾を飲み込んだ。

「私のここから……」

宗易は頷いた。

「北伊勢一国の支配と伊勢神戸城を任せるといえば……どうなさいます？」

驚く雄利に、宗易は畳みかける。

「城持ちとなり国を支配する。武士の本懐、お遂げ下さいませ。それは主君、信雄様をお助けすることとなります。ただその為に難しいことを滝川様にお願いしとうございます」

そう言って宗易は、深く頭を下げた。

そしてその宗易が頭を上げて雄利を見た時、雄利はその眼光の鋭さに気圧された。

「岡田重孝様、浅井長時様、そして津川義冬様のお三人がいなくなれば……滝川様は信雄様にとってただ一人の老臣となられる。さすれば事が叶います」

雄利は、目を剝いて訊ねた。

「ど、どうやって？」

宗易はゆっくりと頷いた。

「御主君である信雄様に、こうお伝え頂きたいのです。『岡田重孝、浅井長時、津川義冬の三名、羽柴秀吉と内通し信雄様を亡き者とせんと謀っている』と……」

雄利は、ただ瞠目している。

「そうしてその三名を誘い出し、亡き者として頂きたいのです。それを合図に、信雄様と秀吉様との戦が始まります。そしてその前に、領地を接する徳川家康殿をお味方とされるように導いて頂きたいのです」

雄利には、訳が分からない。

「た、確かに信雄様は、織田家家督である自分に対しての、昨今の羽柴殿のなおざりな態度に対して大変なご立腹でございます。しかし、戦とまでは……」

宗易は、首を振った。

「信雄様の御気性からして、先ほど挙げた三名に謀反の企てあり、と聞けば必ずや怒り心頭、いや恐怖から三名を誅し、秀吉様と一戦交えるお覚悟をなさる筈。明智光秀の謀反で命を落とされた御父君の二の舞は避けたいと……」

そう言って冷たい笑顔を見せた。雄利は、ぞくりとした。

「そうなれば必ず徳川殿を頼られる筈。そのように持っていって頂きたいのです」

宗易は、一気に続ける。

「我々は、信雄様を決して討ちは致しません。徳川殿と一戦交えたいだけ。そして戦となった後、頃合いを見て信雄様とは和議を致します。如何です？　この段取りで滝川様が動いて下されば……先ほどのお約束、この千宗易が命に代えてお果たし申し上げます」

雄利は黙って宗易の顔を見詰めて思った。

（羽柴秀吉に明智光秀がついている。この話、乗らぬ手はない！）

天正十二（一五八四）年三月六日、織田信雄は滝川雄利からの密告をもとに岡田重孝、浅井長時、津川義冬の三名を長島城で誘殺した。

「お、おのれ秀吉……これまでの恨みを晴らしてくれる!!」

そして反秀吉で密書のやり取りをして来た徳川家康に秀吉との断交を伝え、家康、四国の長宗我部元親（ちょうそかべもとちか）両名に援助を求めた。

家康の動きは早く三月八日に岡崎を出発、十三日には清須城に到着し信雄と会見した。

家康は関東で同盟する北条氏直に対して秀吉を打ち倒す為、信雄と申し合わせ出陣した旨を伝えた。

「織田家旗印の下での戦、大義はこちらにある。旧信長家臣団を中心に反秀吉勢力を結集させれば……勝てる！　勝てば畿内支配が可能になる！　そうすれば……」

家康は、信長とのことを思い出した。自分が六歳、信長は十四歳だった。人質として三河から尾張の織田家に連れて来られ、母恋しさに沈んでいた時のことだ。

「竹千代殿、相撲を取ろう！」

信長に誘われて、相撲を取った。手加減を一切しない信長に、何度も投げ飛ばされて泥だらけになった。信長は言った。

「儂を殺す気で掛かって来い。儂を殺せば、この世は自分の思い通りになると思え！」

幼い家康の中で何かが弾けた。

「アーッ!!」

思わず知らず叫びながら、信長に突進した。それを受けた信長が尻餅をついた。わざとではない。

信長は、大声で笑った。

「やるなッ！　竹千代殿！　儂と一緒に天下が取れるぞ!!」

家康はキョトンとなった。

「てんか？」

信長は、そう呟いた家康に言った。

「そうだ。自分の力で自在にあらゆるものが手に入る世、それが天下だ。国も人も物も金も……何もかもが己の思い通りになる。儂はそれを手に入れる。儂と一緒になればお前もそれが手に入る。どうだ？　竹千代殿ッ!!」

家康はその瞬間、どんなことがあっても、この人について行こうと決心した。そうすれば、思い通りの世を自分も手に入れることが出来ると思ったのだ。

「あれが……儂の始まり」

その後、信長に付き従っていくことで、この世がどんどん変わっていくことを思い知らされた。

「信長様は特別な力を持ったお方だ。最高の頭脳と最強の運を備えたお方……」

その信長に幼い頃に出逢って心酔した自分もまた特別な人間だと思った。

「天下を自分のものにする」

それが出来る人間なのだと思った。そして、信長が掲げた天下布武という言葉に震え邁進した。

「信長様から与えられるもの、それがどのようなものであれ……受け入れていく。そうすれば天下は自分のものとなる」

武田信玄の侵略に際して信長に捨て駒とされた時も、最愛の嫡男信康と妻の築山御前を信長から殺せと命じられた時も……全て受け入れて来た。

「信長様に従えば必ず見たこともない世、天下を見せて貰える。それを共に手に出来る！」

だが、その信長があっけなく死んだ。家臣である明智光秀に殺された。

「何がどうなったのだ!?」

本能寺の変の時、家康は堺から京に向かう途中だった。信長遭難の報を受け、ひたすら逃げた。山中の獣道を懸命に走り海路を経て岡崎城に着いた時、家康は思った。

「何故だ？　何故あんな気持ちになった？」

逃げる途中、自分がこれまでになかったほど生き生きとしていたのだ。目の前が大きく開け、堂々と胸を張っている気持ちとなっていた。

「信長様とは何者だったのだ？」

信長を失った悲しみや不安は微塵も無い。

「ここからこの世で思い通り……生きる」

大きな憑き物が落ちたように思えたのだ。その家康が、秀吉との天下取りの戦いに臨む。

だが、そこに一つ気掛かりがあった。それは明智光秀が秀吉の茶頭、千宗易として生きているという噂だ。

「もし本当なら……秀吉との戦、危ういぞ」

織田信雄、徳川家康と羽柴秀吉との戦いは天正十二年三月に始まった。

秀吉は三月十日に大坂を出発、従前より準備を進めていた秀吉の先陣は信雄の家臣、佐久間信栄が籠る北伊勢峯城をあっという間に陥落させ、本陣は尾張楽田に置いた。

信雄と家康は連名で紀州の雑賀衆・根来衆に秀吉への攻撃を求め、家康は同盟関係の北条氏に援軍を要請、旧信長家臣団で反秀吉とされる越中の佐々成政にも味方となるよう要請した。

旧信長家臣団では美濃大垣城の池田恒興、同じく兼山城の森長可、恒興の長男で岐阜城の池田元助は秀吉側についていた為に戦線は尾張と美濃で展開された。

十日に国境の犬山城が池田恒興に落とされ、緒戦は秀吉側が有利に進めた。

十三日に清須に入った家康は、軍議で小牧山を本陣と決めた。

秀吉は大きな戦の展開を想定し、周辺各地での反秀吉陣営への対処を味方に命じていた。四国の敵、長宗我部元親に対しては淡路の仙谷秀久を、中国の敵、毛利輝元に対しては宇喜多秀家を、そして越中の佐々成政に対しては前田利家と丹羽長秀を、雑賀衆・根来衆に対しては蜂須賀家政、黒田孝高、中村一氏を押さえとした。

家康は尾張、美濃から紀伊、近江甲賀の国人たちに盛んに調略を行い、味方に引き入れていく。秀吉も負けずに調略戦を展開、互いに動と静を交えての戦いとなった。

そして四月六日の夜、秀吉の甥である秀次を大将とした池田恒興、森長可の軍勢が家康の留守を狙って三河に向け軍を進めた。

それを知った家康は、四月八日夜半に小牧山を出て美濃と三河との連絡路にある小幡城に急ぎ入った。そして翌朝、長久手の地にいた秀次の軍勢を急襲、池田恒興、元助の親子を討ち取る大勝を得る。

池田恒興——実母が信長の乳母であった恒興は、信長を兄のように慕う中で信長家臣団の中心的な武将として活躍し、宿老の一人にまでなった。信長亡き後は、反柴田勝家で一致した秀吉に勝家亡き後も付き従い、この戦で家康に勝利すれば尾張一国を得る約束となっていた中での死だった。

家康は長久手での大勝利によって直ぐにでも上洛すると各方面に喧伝し、畿内に於いては丹波、近江、山城、大和の国人への調略を大々的に展開、本願寺をも味方につけようと動いていく。


「強いな……家康」

秀吉は簡単には家康を討つことは出来ないと悟り、五月一日に本陣を尾張から美濃に後退させた。

「大敗に怯(ひる)んだと見せては一気にやられる。ここは羽柴秀吉の電光石火を見せよう！」

秀吉は家康が小牧山を動かないのを見て美濃に入った翌日に竹ヶ鼻城を囲み、その翌日には美濃加賀野井城を攻め、加賀野井城を七日に落城させた。

「なにッ!?　加賀野井城が!?」

竹ヶ鼻城の城主、不破広綱は秀吉軍の速さに驚いた。広綱は長年信長に仕えて来た武将で、この戦いでは秀吉につくか迷った末に、家臣との評定で信雄に従うことに決めての籠城だった。

五月十日、秀吉は竹ヶ鼻城を得意の水攻めにする。家康は籠城する広綱に対し、「関東から直ぐに北条軍が援軍に駆けつける」として何としても守り切って欲しいと伝えた。だが、広綱は水攻めに弱気になっていた。

「兵糧は限られている……これまで羽柴秀吉の水攻めに耐え切った城はない」

水攻め開始からひと月の六月十日、広綱は観念し城を明け渡した。

「竹ヶ鼻城がもう落ちた⁉　ここは危ない！」

六月十二日、家康は小牧山から清須に退く。

十六日、信雄の家臣、佐久間信栄が城主である尾張蟹江城が、滝川一益に攻め落とされた。

「これは奪還せねばならんッ‼」

家康は急遽（きゅうきょ）、清須を出て信雄と共に蟹江城へ向かった。名将滝川一益が籠る蟹江城は容易には落ちないと思ったが、七月三日には明け渡しに応じ、一益は伊勢に兵を引いた。

「何だかこの戦い……敵も味方も軽い！　皆が先行きを見定めかねて動いている！」

家康は秀吉との戦いが、周囲を含め先の見えない流動的なものであることを改めて悟った。

家康は、七月十三日に清須に戻った。

各地の戦況を窺い、味方の武将たちには北条を中心とした関東の軍勢が、秋には押し上がって来ると伝えた。

しかし、家康は北条が動くとは微塵も思っていない。あくまでも畿内の武将たちへの威嚇だ。その家康にも、先が見えてはいなかった。七月十八日に家康は小牧に入った。

それを知った秀吉は、家康を尾張に止め置かせて囲い込む戦術に出て膠着状態となった。

ここで暫く双方とも各方面への調略に動き、表面上、軍勢は止まったように見えた為に和睦が取り沙汰された。


千宗易は、堺の屋敷で羽柴秀吉からの密書を受け取った。そこには戦況が克明に記されていた。宗易は持ち前の戦略眼から、それを読んで思った。

「そろそろ潮時」

徳川家康は強い。戦略も戦術も、秀吉とは互角と見た。

「だがここでもし北条が本当に動けば、形勢はこちらに一気に不利になる。そうなると、家康を討ち取れないだけでなく天下取りも難しくなる」

宗易は別の手立てを考えながら、密書への返事をしたためていった。

――徳川殿を簡単に討ち果たせぬことが分かった以上、ここで和議を取り結ばれることが肝要と存じます。信雄様と徳川殿を分断させ、信雄様単独で和議を進められる手筈を以下の通り京に於いて整えます。徳川殿に対しては殿の方から――

秀吉は、宗易からの返事を読んだ。

「流石は明智光秀……信雄様の御性格を見事に読んだ和議への仕掛け。そして家康に対しては、その戦略の裏を読んでの和議への詰め……」

秀吉は優勢に戦いを進めている伊勢に、最低限の軍勢を残しただけで退陣した。和議を求めることを形で示したのだ。だが、家康はここでの和議は承服できない。

「畿内で家康の力を示す楔（くさび）を打てていない。何の為のここまでの戦か！」

しかし、その家康に草から驚くべき知らせが入って来た。上野国まで出陣していた北条氏政、氏直の軍勢が一気に畿内まで攻め上ろうと準備を進めている噂があるというのだ。だが、その真偽は不確かだとも付け加えられた。

家康は焦った。

「もしここで北条が動けば我が軍は勝てるが……その後の徳川の地位は微妙なものとなってしまう。畿内で確固たる徳川の力を示さぬうちに北条に入り込まれてはまずい！」

それが家康に、信雄の和議を飲ませることに繋がっていく。

これは秀吉が自分の草を使っての仕掛けだった。宗易からの密書に、「もし北条が動くとなれば、家康の内心では意に反したものとなる筈。それで和議を認めるでありましょう」と書かれていたのだ。そして信雄には、絶好の和議の餌を用意するとしていた。

「信雄様は熱し易く冷め易いお方。体面を重んじ体面が己を守ると思われるお方。そろそろ戦にも飽きられた頃合い、そこで……」

宗易は秘密裏に馴染みの公卿を通じて、信雄に官位を授ける旨の内諾を得ていた。

「それを秀吉様が主導していると示せば、信雄様は必ず和議に応じる筈」

宗易の提案を秀吉は受け入れ、直ぐに宮中工作を行っていく。

十月二日、正親町(おおぎまち)天皇がそれまで『平人』であった秀吉を『五位少将』に叙任することを示され、そのことを秀吉は公にし、大坂で派手な茶会を催した。

それを知った家康は「やられた！」と思ったが、宮中が既に和議で動き始めたことには逆らえないと浜松に戻った。

秀吉は伊勢での戦いを有利に進めて威嚇しながら、信雄に和議に応じるよう勧めた。和議の裏条件として内々に官位を得られることを伝えられ、戦に倦(う)んでいた信雄は小躍りした。

こうして十一月十五日、伊勢桑名南方の矢田河原で羽柴秀吉と織田信雄は会見を行い、和議が成立した。

条件は信雄が秀吉に人質を出し、北伊勢五郡を除く伊勢と伊賀を引き渡し、家康からは家康の実子と家臣二名の実子を人質として出すことだった。

これを受けて家康は完全に兵を引き、十二月十二日に二男の義伊（ぎい）を秀吉の養子として差し出し、石川数正の子勝千代と本多重次の子仙千代が随従した。

十二月十四日に信雄は浜松に家康を訪ね、援軍の労に感謝の意を表した。

翌年二月、大坂に赴いた信雄は秀吉から厚遇を受けた上、秀吉の推挙で正三位権大納言（しょうさんみごんだいなごん）に叙任されたのだった。

三つ子の魂百まで、という言葉がある。

個人が生きるモチベーションが、幼い頃に形成され維持されるということを意味している。

戦国時代に大名の子供として生まれた者は家の為に、武に生きることを定めとされ、死と隣り合わせの人生を歩む。

幼い時に人質として親元から離されることも少なくない中で、どのようなモチベーションが形成されていくのだろうか。

人は人によって育つ。人は人を見て育つ。

徳川家康は幼い時に織田家に人質として滞在し、信長と過ごす時間があったとされている。そのことと生涯、決して信長を裏切らなかったという事実（状況から裏切るのが当然のような場面でも裏切らなかった）をどう考えるべきだろうか。

子供の頃に感動したもの、心から嬉しく感じたものは一生涯、記憶から消えることがない。そして、子供の頃の嫌な体験、心の傷も消えることはない。

刷り込みという言葉がある。洗脳という言葉がある。それらは、経験とはまた違う強いものを心に植え付けられることを意味する。

家康は信長に刷り込みを受けた、と考えるべきだろう。途轍もない力、絶対に敵わない力、物理的な力であったり言葉であったり……。恐らく信長はそうして家康に、「尋常ならざる強さ」を見せつけたのだろうと思う。「この人に逆らったらとんでもないことになる」、或いは、「この人について行けば必ず報われる」という刷り込みが行われたと考えられる。

信長亡き後の家康のしたたかさを考えると、信長だけが家康にとって合理的戦略を超えた特別な存在であったことが理解出来る。

豊臣秀吉への臣従はどこまでも合理的、戦略的なもので、信長へのものとは別のものだったと見るべきだろう。

第四章　利休、新しい価値を生み出す

千宗易と羽柴秀吉による茶の湯御政道は、その広がりと深みを増していった。

戦の最中に茶会を行う。するとその隠然たる力が、さざ波のように広く深く行き渡ることを、宗易と秀吉は実感した。

「茶の湯を行う余裕……それは力を見せることに他ならない」

天正十二（一五八四）年十一月十五日、矢田河原に於いて秀吉と織田信雄との和議は秀吉に有利な形で成立したが、信雄をそのように動かしたのは茶だったのだ。

信雄は秀吉がその前月に大坂に戻って行った途轍もない茶会の様子を伝え聞き、「これは敵わん」という気持ちにさせられ、戦への覇気を失ったのだ。

そこに、「熱し易く冷め易い」信雄の性格を読んだ宗易の深謀遠慮があった。

そして信雄は、心に出来た隙を秀吉から見事に突かれた。和議の裏条件として、官位叙任を持ちかけられると快諾してしまった。

宗易は信雄との和議が成立したと知った時、人の心の中に茶が及ぼす力を改めて感じた。

「茶の湯御政道……ここからさらに磨きを掛け必ずや天下泰平の茶を成してみせる」

天下泰平の茶……戦などもう馬鹿馬鹿しいと思わせる茶、それを自分が創造するのだという覇気を改めて感じていた。

「やはりあの茶会は効いたか……」

それは信雄に、「秀吉には敵わん」と思わせた茶会のことだ。

主家である織田家を敵に回しながらも、秀吉は厳然たる力を纏っていると皆に思わせるもの、それこそが秀吉の茶であるとすることが宗易の狙いであり、それを体現させたのが二つの茶会だった。それは信雄、家康とのじりじりとした戦いの最中の天正十二年十月十日と十五日に行われた。

宗易は言った。

「秀吉様の茶は派手に大らかに、その様子を知ればその場にいたくなるものに……」

秀吉は宗易に従って、茶の湯御政道を自分のものにしようとした。しかし、それは御政道としての茶で、自分が本当に欲する茶とは違うことを秀吉は感じていた。

秀吉の茶の感性は高い。

「あの……待庵を見てから、ずっと侘びた茶が気になって仕方がない。唐物でない茶がやりたくて仕方がない」

それほど二畳の茶室、待庵は魅力を持っていた。あらゆる茶人がそこを訪れた時から、新たな茶の湯への想いに憑りつかれた。

待庵という魔界、造った宗易自身がそこに憑りつかれたのだから茶室や道具という仕立ての持つ力は計り知れない。宗易自身、待庵で茶を点てる度に新たな茶へのあり方、道具立てが次々に浮かんで来る。

村田珠光に始まり武野紹鷗によって完成されたと思われた茶の湯が、大きく変わろうとしていることに皆が気づいていた。

そして、それを時代が変えていくことを感じていた。その時代の主役が、千宗易と羽柴秀吉だ。茶を創る者と天下を創る者。

宗易は言う。

「秀吉様の茶はどこまでも派手に大らかに。それこそが、天下泰平をもたらす茶の湯御政道とあい成ります」

秀吉は、実際に信雄を従わせることに繋がった茶会からその力を信じざるを得なかった。

「それを儂の茶とすれば……儂は必ず天下が取れる」

そう思えるのだ。

それを体現させた茶会……それは大坂城で行ったそれまで誰も行ったことのない派手で大掛かりなものだ。茶の湯道具として最も格の高いものが茶壺だ。大きさもさることながら、その姿形は唐物としての堂々たる威風を茶席に放つ。

秀吉が名物茶壺を飾っての初の茶会は、天正六（一五七八）年十月十日、播磨国（はりまのくに）の攻略戦で三木城を落とそうとする中、付城で津田宗及ら茶人を招いて行われたものだ。

そこで秀吉は、床に高名な唐物茶壺『四十石（しじっこく）』を飾りつけた。

京の豪商関本道拙が所持したものが名物との評判を得て足利義政の東山御物（ごもつ）に収まった後、宮中を経て奈良の富商蜂屋紹佐（じょうさ）の手に入ったものを堺の銭屋宗訥（そうとつ）が購入、それを秀吉が強引に手に入れたのだった。

天下一の壺との評判をとり、『松島』『三日月』と共に天下三絶と山上宗二は称賛した。

たった一つの茶壺『四十石』を飾りつけるだけで、秀吉は信長の家臣としての自分の力を見せつけた。

それから六年が経ち、本能寺の変を経て秀吉は天下人へと駆け上がろうとしている。

織田主家の信雄との戦いの詰めで行った大坂城での茶会、そこではなんと九つもの茶壺を披露したのだ。

「出来うる限り派手に大らかに……」

宗易の仕掛けがある。

『四十石』『松花（しょうか）』『捨子』などの大名物から、『佐保姫』『双月』『常林』『公方』『優曇華（うどんげ）』

『新身』の計九つの茶壺を集めて披露し、宗易や宗及ら茶人たちに籤を引かせて茶壺の口を切り、各々が釜を沸かして茶を点てるという……あり得ないような贅沢さを見せた。

そして、その五日後の十月十五日には、嘗てない大茶会を催す。

大坂城に集められたのは、松井友閑、細川藤孝、宇喜多忠家、佐久間忠兵衛、高山右近などの数寄者や千宗易、津田宗及、今井宗薫、山上宗二ら茶匠など総勢二十九名、各々が茶を点て秀吉も盛んに振舞った。

二つの茶会に於いて茶道具、参加者の数で圧倒したものを見せた宗易と秀吉は、彼らが新たな世を導く者だという思いを近習たちに抱かせ、茶会の様子を語ることを通して全国にその思いが伝わった。

茶の湯御政道、その力は戦よりも強くなりつつあることを宗易も秀吉も感じていた。

そこに核としてあるのが、千宗易の創る茶であり秀吉の天下泰平の茶だ。

大坂城の茶会に参加した細川藤孝は、世の流れというものの不思議を感じていた。

「あの方は一体、どれほどの力をこれから持っていかれるのか？」

千宗易のことだ。藤孝が〝千宗易〟を知ったのは本能寺の変の翌年、天正十一年の春のこと、秀吉から息子の忠興と共に山崎の妙喜庵を訪れるように言われてのことだ。

「山崎……この地に来ますと舅(しゅうと)殿を思い出します」

道中、忠興は藤孝に言った。その地での合戦で、秀吉に敗れて死んだ明智光秀のことだ。父藤孝にとっては積年の友であり、忠興にとっては妻である玉の父であった光秀だ。

「本能寺の変……謎だらけでございましたな」

忠興の言葉に藤孝は頷いた。

事変の前、光秀から草を通じ信じられない内容の密書が藤孝に届いた。

そこには……何が起こっても決して動くなと、そしてさらに……自分に与するよう懇願の書状を後に送るがそれらは全て拒絶するよう……と、あった。

「明智光秀は上様を討った大謀反人、逆賊。細川家はそれを許さんと厳然と表明し行動されたし……」

藤孝はそれに従い、忠興にも伝えた。

その後、信長の死を知った藤孝は剃髪し幽斎玄旨(ゆうさいげんし)と号して隠居、家督を忠興に譲った。その忠興は妻の玉を直ちに離縁した。そうして情勢を静観した後、細川家は秀吉に仕えた。

光秀の密書が届いてからの本能寺の変を巡る一連の動きについては、今も訳が分からない。ただ細川家が取った行動は結果として間違っていなかった。

「何かがあった。上様と明智殿との間で表には出来ない何かが……。それが本能寺の変に繋がった。一つだけ分かるのは、明智殿は我々を守ろうとなさった。それはひしひしと伝わって来た」

最愛の妻である玉と心ならずも離縁した忠興も、そのことを理解しようと努めていた。

「聡明で誠実であられた舅殿が上様を討たれた……そこには何か隠された大義があった筈。それを感じます」

幽斎は息子の言葉に頷いた。

そうして妙喜庵に着いた。住職の案内で二人は茶室に入った。

入った瞬間、親子共に異界に連れて行かれたような心持ちになった。

「これは……」

たった二畳、下地窓や塗り回しの床……。

そしてそこから次に起こったことは今も信じられない。

亭主とおぼしき大柄の剃髪の男が茶室に入って来た瞬間、二人は息を呑んだ。

それは紛れもなく、明智光秀だった。

男は頭を下げて言った。

「羽柴秀吉様の茶頭、千宗易でございます」

二人は、ただ啞然とするだけだ。

「細川様は全て正しくなさった。それをお伝えしたいとずっと思っておりました」

そう言って、再び頭を下げる。

「あ、明智殿……」

そう言った幽斎に宗易は首を振った。

「その男のこと……大謀反人、逆賊としてお二人のお心の中にはお留め下さいますよう」

そう言って不敵な笑みを浮かべた。

二人は混乱する心を落ち着かせた。そして光秀の導きが、正しかったと分かった。

「明智光秀が生きている。そして秀吉についている。秀吉の天下取り、成したも同然」


小牧長久手での戦いを通じ、徳川家康の強さは分かった。千宗易は羽柴秀吉の軍師として、織田信雄を手玉に取る余裕を持ちながら家康の強さを測ってみて思った。

「強さをどこで見せるのか分からぬまま、どこに強さがあるか分からぬまま……押すところで押し引くところで引く、やはり強い御仁。分かりにくい強さを持つ最も厄介な武将であるのは改めてはっきりとした」

禅問答のような家康評をしながらも、興趣が尽きない家康という武将への自問自答を宗易は続けた。

「さて、その武将をどうする？」

滅ぼすか、味方につけるか？

「北条との関係をさらに密にされてからでは、滅ぼすのは難しくなる。やはり油断ならない北条の脅威を家康に知らしめながら……こちら側に引き込み、最後には羽柴秀吉の軍門に下らせるのが最上の策。さて、それにはどうする？」

考えを巡らせながらも宗易は日々、新たな茶の湯を考えていた。

「家康に茶の湯が通じるか？　家康の心は茶で動くか？」

どうもそうは思えない。

殆ど全ての武将たちが茶の湯に夢中になる中、家康はその輪の外にいるように見える。

「大名物の茶入『初花肩衝』をさっさと秀吉様に贈って来たところを見ると、道具への執着は無い。居城や陣中で茶会を行ったとの報告もない……」

つまり茶でその心を揺さぶるのは難しいと考えざるを得ない。

「それでも羽柴秀吉の茶の湯御政道の力が武力と同等のものだと、軍略家の家康は理解している筈。やはりここは一層の茶の湯御政道の拡大を目指し、あらゆる武将がそれに魅かれるのを見せつけるのが肝要」

そう頭を整理してから、秀吉との軍略の話に臨んだ。家康をどうするか……。それが自分ない。

自分と家康との関係、それをどうするかが秀吉最大の課題だった。

「じゃが、それは家康も同じ。ここから自分がどう動くかを決められないことには家康の方が分が悪い。なにせ同盟の相手は北条、悪名高き策略家……婚姻で縁続きとしたことなど肝心なところでは役に立たぬのは十二分に承知の筈。そうなると……家康は次の一手をどう打てばよいかが分からない筈」

秀吉は、その考えを宗易にぶつけた。宗易もまさにそうだ、と頷いた。

「既に世は織田家ではなく羽柴秀吉様の流れに定まっております。徳川殿にとって本能寺の変以降の戦いの大義名分は、織田家の流れを守ることだけ。その流れも信雄様が殿に従ったことで、断ち切れてしまっております。そしてもう織田家の方々は、全て殿に従っておりま す。殿が仰る通り、徳川殿の今の状況は土台がない。北条を取るか、殿を取るかの二者択一と早晩ならざるを得ないと考えます」

秀吉は深く頷いた。

「どうするかのぉ……あの御仁。攻め滅ぼすにはかなり苦労はするな？」

宗易はそれはなかなかに難儀ですな、と難しい顔で言った。

「明智殿」

秀吉は軍略に詰まると宗易をそう呼んで謙譲の態度になる。

「明智殿ならどうなさる？」

宗易は暫く考えた。

「やはり何とか殿の臣下としたいお方……あのいつの間にか周りを纏める力はあの方に備わっている徳ともいえるもの、是非とも欲しゅうございます。あの力を持つ徳川殿を従わせれば天下は取れたのも同じ。その後、北条が殿に従わねば確実に滅ぼせましょう。その前に徳川殿を従わせるにはどうすべきか……。やはり徳川殿が上様に何故あれほどまでに従われたかを考え尽くし、そのお心を見極めること。そして徳川殿にとっての上様に、殿が成り代わるにはどのようにすればよいかを考えねばなりません」

宗易は、さらに言った。

「あのお方は茶では動かぬと見ました。そのお心を動かすには……殿には絶対に敵わぬと思わせるものが必要。ですが、それは武でも茶でもないかもしれません」

秀吉は身を乗り出した。

「武でも茶でもないとしたらどうすればいい？　何を以て家康を儂に従わせればよいのだ？」

宗易は首を捻った。

「上様は徳川殿が絶対に敵わないと思わせたお方……上様の明晰な頭脳と微動だにしないお

心。己自身が神仏であると信じられていた強さとお心のままに世を変える強さ。そこに徳川殿はどこまでも従われたと思わねばなりません」

　秀吉は難しい顔をした。

「儂にあるのは武の力と茶の湯の力だけか」

　宗易は首を振った。

「殿にはそれだけではない力……人たらしがございます。徳川殿に対しては、そのお力を存分に発揮されることが肝要かと存じます」

　秀吉は分からない。

「どういうことじゃ？　人たらしを存分に発揮とは？」

　宗易は頷いた。

「どこまでも、どこまでも徳川殿に対しては下手（したて）に出て、腹の底の底まで徳川殿をくすぐり……上に立つ。それが殿の人たらしでございます」

　秀吉は目を剝いた。

「徳川殿はこうと信じたら動かぬお方と見ました。決めたことで、死ぬこととなっても良しとなさるお方。あの武田信玄の三河侵攻の際、上様に捨て石にされても三方ヶ原（みかたがはら）で死を覚悟の戦いに挑まれた。それだけあのお方は、一旦お決めになれば状況の良し悪しではなく、決めたお心に従われると見ました。ここは殿の人たらしのお力……それを徳川殿に存分に発揮なさること。時間は掛かるかと存じますが、それが徳川攻略の近道かと……」

秀吉は納得した。

「あい分かった。ではここからどうする？」

宗易は頷いた。

「外堀を埋めましょう。将を射んとする者は、まず馬を射よの言葉がございます」

そう言って、不敵な笑みを宗易は見せた。

天正十三（一五八五）年正月、羽柴秀吉は大勢を引き連れて有馬に湯治に赴いた。

「皆と有馬で温泉の湯と茶の湯の湯三昧としよう！　気散じ致そうぞ！」

織田信雄、徳川家康との戦いにひとまず終止符を打っての余裕を示す意味で、秀吉は千宗易、津田宗及、山上宗二らを連れて有馬温泉での湯治を行った。正室も連れての物見遊山でもあったが、一つ大きな戦略がそこにあった。

徳川家康の攻略、宗易が示した秀吉の〝人たらし戦略〟の開始だった。

正月十九日、徳川家康の側近中の側近であり自身の子、勝千代を家康の二男義伊と共に小牧長久手の戦いの和議の人質として秀吉に差し出した石川数正を正客に、宗易と宗及を相客として秀吉は茶会を有馬で催したのだ。

その茶会は数正を感激させた。秀吉はとことん数正を接待したのだ。

数正はその時に秀吉の茶の湯御政道の真の意味を骨の髄まで思い知らされた。

「千宗易とは……明智光秀」

噂が真実であると分かった数正は、直ちに密書を家康にしたためた。

宗易は個別に数正を茶に招き、家康が今川義元の人質であった頃から仕えている数正から様々に家康のことを聞き出した。数正は蛇に睨まれた蛙のようになって、宗易の質問に正直に答えていった。そこには、徳川軍の機密情報も含まれている。宗易は最後に言った。

「秀吉様は石川様を大変買っておいでです。どうぞいつでも大坂へおいで下さいますよう」

暗に徳川家を出奔して、秀吉につけと言っているのだ。

こうして数正は、様々な形で秀吉側の代弁者として家康に仕えることとなった。

〝将を射んとする者はまず馬を射よ〟が、実践されたのだ。

「馬は人を連れて来るが……人を連れて来ずに馬だけでも……残された人は混乱する」

宗易は、独り言ちて不敵な笑みを浮かべた。

家康は、石川数正からの密書を読んで驚愕すると同時に全て納得した。

「やはり明智光秀が秀吉についていた」

その事実はあまりにも重い。

家康は武田の無敵騎馬軍を、完膚なきまでに駆逐した長篠(ながしの)の戦いを思い出した。

「あの時の明智光秀の戦いぶり……」

紀州根来衆を隠された軍団として使い、特殊な鉄炮で武田騎馬軍団を一掃した。

その際の戦いぶりは、完全に隠蔽されている。

「隠された戦いでの明智光秀の強さ。そして今、隠された軍師として羽柴秀吉につく明智光秀……」

それを考えるだけで震えが来る。

「何かがあった。信長様と明智光秀との間で何かが……しかし、世はもうそんなことを超えている。秀吉が明智光秀を手に入れているとすれば……総力戦を挑んでも勝てん」

家康は沈思黙考した。

「どうする？　これからどうする？」

迷った時は足元を固める。いつもの心の基盤を確認しながらも家康は不安になった。

「戦を考えつつ茶を考える……なかなか面白いものだなぁ」

羽柴秀吉は、千宗易に微笑んだ。宗易は我が意を得たりという表情をして頷いた。

天正十三年二月。

根来・雑賀討伐に向けての戦支度、大軍勢編制を行う中、和睦が成って大坂へやって来る織田信雄と信長の末弟、長益への饗応の茶会、そしてそれに続く大茶会の趣向を二人で考えている時のことだ。

宗易は言った。

「戦の中に茶を見、茶の中に戦を見る。どちらも己を研ぎ澄ますもの……ですが一体何が己を研ぎ澄ますのか……それを考えると面白うございますな」

そう言って心の裡で、明智光秀時代の根来鉄炮軍団を使っての戦を思い出していた。

武田騎馬軍団を殲滅(せんめつ)する為に、光秀が密かに雇った根来寺の鉄炮軍団一千人……三連射可能な燧石(すいせき)銃を持たせて塹壕からの攻撃という、それまで全くなかった集団鉄炮戦で完勝を収めた。その戦いぶりを見ていた徳川家康が、小牧長久手の戦いの際に根来・雑賀衆を味方に引き込んだのだろうと宗易は読んでいた。

「しかし、あの三連射銃は……根来にはない」

光秀が弟の竹次郎に命じて〝ととや〟の鉄炮工房で造らせたもので、長篠の戦いの後は全て回収し本能寺に格納したのだ。

「三連射銃は誰もその後には製造していない。全て闇に葬られた」

光秀の手で要塞化してあった本能寺の鉄炮蔵で信長は火薬を爆発させて自死、その際に三連射銃一千丁も全て木端微塵となっている。

それから二年後、小牧長久手の戦いで家康に与した根来・雑賀衆の殲滅を宗易の助言を受けて秀吉は決心した。

予て（かね）秀吉は根来・雑賀衆を弱体化させようと、信長が許していた紀州外に持つ彼らの利権を頑として認めなかった。その不満があって彼らは家康の味方についたのだ。

「奴らはここで潰す！　天下泰平の為には不必要な存在」

それは宗易の信念でもある。カネ次第で動く傭兵（ようへい）、鉄炮軍団はいるだけで厄介だ。

根来・雑賀攻めは秀吉が圧倒的な軍勢によって短期間で決着を付けようとしていた。

宗易も同じ軍略だ。

「鉄炮は実のところ数に弱い。数万の大軍勢に一気に押し寄せられると……脆い」

そうして、嘗てなかったほどの軍勢が準備されていった。

二月二十日、そんな最中に信雄と長益は大坂にやって来た。

秀吉への恭順を示させ、信長の後継は秀吉であることを……正式に天下に知らしめる役割を秀吉も宗易もこの二人の上坂に持たせようとしていた。

「じゅ、十万以上の兵で根来・雑賀衆を攻める……相手の二十倍の軍勢！」

信雄はその話を大坂で聞き、改めて秀吉と和議を結んだことに胸を撫で下ろした。

「今や秀吉は圧倒的兵力、財力を物にしている。この流れ、もう変えられん」

そんな信雄をさらに驚かせたのは、秀吉の饗応の徹底ぶり、茶の湯御政道だった。

二月二十一日、秀吉は大坂城内の広間で信雄、長益の二人を大々的に饗応した。

茶道具名物の茶入『京極茄子』を信雄に贈って感激させ、翌日には松井友閑の屋敷で能を見せた。演目は『井筒』で贈られた名物茶器との取り合わせとなっていた。

そうして二十四日、信雄と長益は再び大坂城に招かれた。

ここからが、秀吉と宗易の茶の湯御政道の本番だった。

秀吉が大坂城を築き、そこに造った己の茶の湯創造の場が山里丸にある。

真に侘びた茶の趣を解することが出来る者の為に、と造ったのが『山里の茶室』だった。

閑静で幽寂たる自然の趣を周囲に配しての数寄屋……中は二畳敷、床が四尺五寸、壁は暦張、座敷の左隅に炉を切り、その横に洞庫が設けられている。その造りはあの『待庵』を模したものだ。

そこでの茶会は千宗易、津田宗及を後見として秀吉が亭主を務めて茶を点てた。

玉澗筆の『青楓』の絵を掛け、家康から贈られた『初花肩衝』が飾ってあった。

そこで信雄、長益の二人が驚愕させられたのが千宗易の存在だった。

「やはり……噂は本当だった」

それは、明智光秀に間違いなかった。

しかし、そんなことはもう全て歳月の中に溶け込んだものとして受け入れるしかなかった。

「全て秀吉の流れに従えの意か……」

信雄はそれまで体験したことのない二畳間の茶室での茶が途轍もなく快い中、秀吉の茶の湯御政道で己も道具立ての一つにされていることに気がついた。だがもうそれは世の流れと思うしかない。

信雄たちへの饗応はさらに続き、二十五日に秀吉は自ら京に上って荒木道薫所持の大壺『兵庫』を千五百貫で買い求め信雄に贈った。

「明智光秀といい荒木村重といい……父信長を裏切った者たちを認めよということか……」

信雄は苦笑いの中で、その秀吉の厚意に深く感謝の意を示した。

そんな接待を受けながらも信雄は心の奥底で「自分は大坂で殺されるのではないか」との恐れを抱いていた。山里の茶会の帰途、信雄は大坂城内に屋敷を拝領している武将たちの邸宅を訪れたがそこで出された茶には一切口をつけなかった。

「一服盛られては、たまらん」

だがそんな疑心も、二十六日に御所で正三位権大納言を叙任されると晴れた。叙任を推挙してくれた秀吉の臣下となることを、深く静かに己の心に納得させることにしたのだ。

その秀吉は、名実共に織田信長の後継であることをここから示していく。

三月五日、誰も行ったことのない規模の大茶会を京の大徳寺で催した。

亡き主君である信長の冥福を祈り、旧恩に報謝するとの名目で信長の菩提を弔うために建てられた総見院を筆頭とした、紫野中の塔頭に京や堺から高名な茶匠や茶人を呼び寄せて道具を揃えさせたのだ。

総見院の境内には、十一ヶ所に及ぶ掛茶屋式の茶席を造らせた。茶屋は茅葺屋根で九尺二間の櫟造りで建造して真ん中には炉を通し、かまどが二つずつ設けられていた。

そこで秀吉、千宗易、津田宗及が亭主となって茶を点てたのだ。

秀吉は総見院方丈に玉澗筆の『青楓』と同『煙寺晩鐘』の絵、虚堂の墨跡を掛け、薄板に花入『鏑無』を据え、台子の上段に内赤の盆に載せた茶入『九十九髪茄子』、深見珠徳の茶杓、数の台に載せた白天目茶碗を飾り、台子の下段に鳥居引拙所持の桶、胡桃口の柄杓立、合子、紹鷗伝来の小霰釜と金の蓋置とを飾って茶を点てた。持てる評判の名物を皆に開陳した格好だった。

宗易の席では『乙御前』の釜、水指『芋頭』、大茶壺『四十石』、茶碗は井戸と塗天目、大亀蓋の水下（みずこぼし）という道具立てがなされた。

飾りつけはまず大徳寺の和尚たちに拝見させ、次に秀吉の馬廻り衆や大名衆、そして京や堺の茶人たちが拝見するという形を取り、当日茶を賜った者は百四十三人に及んだ。

「これこそが天下泰平の茶、派手に大らかに衆目を集める茶……この茶の湯御政道を広げて秀吉様の天下を押し広げる」

宗易は、茶を振舞いながらそう思っていた。

大徳寺大茶会から五日後の天正十三年三月十日、秀吉は紀州征伐に向け大軍で出陣した。この日、秀吉は宮中から正二位（しょうにい）内大臣に昇進、叙任された。「正三位」である織田信雄を、朝廷の権威で抜いた上での出陣となった。これで織田家が秀吉の主筋であるという関係は、消滅したことになる。

「秀吉様を巡る全てを天下取り一色としてしまう。誰も何も異を唱えられなくする」

宗易の総合的な戦略がそこにあった。

秀吉による天下泰平への戦と朝廷の権威を、合体させることに成功したのだ。

着陣後、秀吉は命じた。

「砦（とりで）を突破して根来寺を焼き払え！」

根来・雑賀衆の前線の砦は泉州の千石堀、積善寺、沢の三ヶ所で中に立て籠る兵の数はそれぞれ数百に過ぎない。

秀吉軍の攻撃隊は各々数千から数万の兵を擁し、各隊の将は、中村一氏、筒井定次、島左近、堀秀政、高山右近、桑山重晴、細川幽斎、蜂谷頼隆、堀尾吉晴、浅野長政、増田長盛、宇喜多秀家、そして羽柴秀次、羽柴秀長、羽柴秀吉……総勢十万三千五百余だ。

秀吉はさらに毛利水軍に出動を要請し、小西行長を総大将に九鬼嘉隆、仙石秀久らが岸和田から雑賀崎方面への攻撃に加わった。

まず千石堀に羽柴秀次、筒井定次、堀秀政、中村一氏らが攻めかかり落城させた。積善寺砦には高山右近、中川秀政らが徹底攻撃を重ね、三月二十二日、羽柴秀長が城兵の助命を条件に開城させた。沢砦では激戦となったが、こちらも三月二十三日に秀長が開城させた。

前線を突破した秀吉の軍勢は、怒濤の勢いで根来寺に攻め込む。迎え撃つ根来勢は闘将、津田監物が僅か五百の兵で善戦したが、あまりの兵力差の前に津田が討たれた後は士気が落ちた。御堂の殆どが炎上し焼失した。

根来・雑賀衆、鉄炮軍団は消滅した。天下泰平への弊害は、取り除かれたのだ。

明智光秀の娘で忠興の正室となっていた玉にとっては、本能寺の変以降は訳の分からぬまま地獄に突き落とされたのと同じだった。

夫の忠興も舅の幽斎も玉には何も語らず、ただ「明智光秀は謀反人、逆賊とする」とし、その証に忠興は玉を離縁した。弑逆された信長の命による結婚だったからだ。

そうして玉は、丹波の山中にある味土野（みどの）という地の丘に建つ屋敷に幽閉された。味土野は明智の所領であった為に、離縁した細川家としても面目が立つ。

玉が産んだ二人の子供、四歳になる長女と三歳の長男は、忠興のいる宮津城に留め置かれ……母子は別々となっていた。

玉はその悲しみを歌に詠んだ。

身をかくす　里は吉野の奥ながら
花なき峰に呼子鳥なく

本能寺の変から十日余りで、光秀を筆頭に明智の一族と重臣たちは全て消え、玉だけが生き残った。父の謀反の罪から舅の幽斎と夫の忠興が自分の身を守ったともいえたが、玉の心はいつまでも混乱と悲しみに支配されていた。

だがその玉を喜ばせることが起こった。懐妊していることがわかったのだ。そうして玉は幽閉の中で次男を産んだ。

　そうするうちに、天下の流れは細川家が従った羽柴秀吉によって大きく出来上がっていく。本能寺の変から二年後の天正十二（一五八四）年、秀吉は細川家当主の忠興に玉との復縁を認めた。突然の決定に、玉は喜びよりも驚きの方が大きかった。

「どうして許されたのだろう？」

　このまま尼になって、残された一人として明智一族と家臣の菩提を弔っていこうとしていた矢先だった。

　宮津城に戻された玉は、夫や子供たちとの暮らしに生きる喜びを取り戻した。

　秀吉は大坂に巨大な城を設け、その周囲に大名屋敷群や町場を構築した。大坂城の前、玉造と呼ばれる地に細川家の邸宅はあった。玉はそこへ移された。

　臣下の武将たちの正室を大坂城下に住まわせることで、秀吉は人質を取っていることになる。秀吉の天下取り戦略は、武将たちの家族生活にまで及んでいた。

　玉が大坂に移って間もなく、夫の忠興は千宗易が玉を茶に招待していることを伝えた。

「羽柴秀吉様の御茶頭、千宗易様が私を⁉」

　天下一の茶人とされ高名な宗易のことは、玉も聞いている。

　忠興は、少し緊張の面持ちで言った。

「お会いしても……心静かに、余計なことを問いただしたりせぬように……」

玉は茶の作法に関することを忠興が言っているのだと思った。

「心得ましてございます」

そうして玉は、堺の千宗易の屋敷に供の者と向かった。

玉は宗易の屋敷の門を潜ってから、不思議な感覚に陥った。

「懐かしい……何故そんな風に思うのだろうか？」

生まれ育ってから囲まれて来た何ものかを、宗易邸から感じるのだ。屋敷内外の造作や丹精された庭の設え……。

「何故こんなにも自分に寄り添って来るように感じるのだろう？」

玉は、心がこんな形で震えることが不思議でならなかった。

そうして茶室に案内された。玉は驚いた。

「これが……茶室？」

中が真っ白なのだ。中は二畳半、下地窓が大小二つ、違い棚のように設えられ、壁は漆喰で塗り回され下半分は様々な白地の紙が貼られている。よく見ると部屋の角という角が、全て丸く塗り込めてあり茶室自体が卵のようだ。なんと炉も丸く切られている。

床も大きな窪みのような造りで、円の描かれた軸が掛けられ、白磁の花入が置かれている。

全てが白と円で創られているのだ。

玉はその不思議な茶室に自分が溶け込んでいくように思えた。

何も考えられなくなり、己が消えていく。そんな心地よさを覚える。

「これが千宗易様の茶室……」

そう思っていると襖が開いた。玉は、さっと頭を下げた。

真っ白な正絹（しょうけん）の着物、白装束の大柄の男が入って来た。まるで死出の旅路に出るような姿の男に、玉は頭を下げ続けた。男は腰を下ろして言った。

「よくおいでになられました」

玉は頭を下げたままその言葉を聞いて、不思議な心持ちに陥った。

「何故……何故父上がそばにいるように思うのだろう？」

ずっと頭を下げ続けてそう思っていた。

「どうぞ、頭をお上げ下さい」

そうして男の顔を見て玉は、心の臓が止まるかと思った。絶対にありえない。これは夢だと玉は思った。真っ白な室内が醸し出すこの世のものとは思えないその場の趣が自分の心を表しているのだと考えた。男は何も言わず、玉を見詰めている。

「私は今、夢を見ているのでございましょうか？」

玉は男に訊ねた。

「そう思って頂いて結構。私も夢を見ていると思っております」

そう言う男は父、明智光秀に相違ない。二人は見詰め合ったまま暫く黙った。思い出したように、玉が訊ねた。

「ここは本当に茶室でございますか？　そしてあなた様は私の思うお方でございますか？」

宗易は微笑んだ。

「ここは私、千宗易の夢の茶室。ここにいるのは私と……私の夢に出てくる者だけ」

玉は何も考えず、今この時に頭に浮かんだことだけを口にしようとした。

「宗易様の夢……そこにこの玉は出て来て宜しいのですね？」

宗易は頷いた。

「あなたには大変な苦労をさせた……それを思うと私は言葉もない。だが、それも全て夢と思って貰いたい。この茶室で見たことも夢、聞いたことも夢……」

玉は不思議だった。涙が出ない。

この夢が覚めたら、泣いている自分に気がつくのだろうと思った。

「では、茶を進ぜましょう」

宗易は一旦下がった。

そうして茶の湯になった。炭点前から始まると、玉は宗易の所作の美しさにうっとりとなった。釜が運ばれて来た時には驚いた。白金で作られたまん丸の茶釜だったからだ。丸い炉の上にその釜が据えられると、煌めく表面に茶室のあり様が映る。

玉はそれを暫く眺めた。そして茶碗が運ばれて来たのを見て、玉は雷に撃たれたような衝撃を受けた。

千宗易、明智光秀の娘として感性を受け継いでいる玉は、その茶室の設えと亭主がそこで行おうとする茶の世界の途轍もなさを感じ取っていた。

その茶碗はこれまで見たことがない黒の茶碗だった。轆轤ではなく手捻りで作られた、ごく最近作られた今焼だと分かる。

真っ白な空間の中に一点の黒……全てがその黒で言い表されているのを玉は鋭く感じ取った。白漆塗りの棗、白い磁器の水指、白木の柄杓と茶杓……茶室も道具も全てが白い中で茶碗だけがぽっかり空いた穴のような黒だ。

宗易はその茶碗で茶を点て玉に出した。飲んで玉は言った。

「これまで起こったこと、今の世、そしてこれからの世……その全て、この茶碗の中にございました」

流石は自分の娘だと宗易は思った。真の茶聖はここから動いていく。

羽柴秀吉は根来・雑賀衆を滅ぼし、紀伊を平定した後、着々と天下取りを進めていった。

天正十三年四月二十六日に大坂に凱旋して直ぐ、豊後の大友宗麟から天下名代の名物である『似茄子』『新田肩衝』の茶入が秀吉に進上されて来た。薩摩島津の侵攻に頭を痛める大友から親近を求めてのものだ。茶の湯御政道がここでも発揮されていた。

「薩摩を討つ前に四国を手に入れておこう」

秀吉は四国を席巻し、これまで自分に逆らい続けている長宗我部元親に対し、最後通牒として伊予、讃岐の返納命令を出した。

元親は伊予を割譲することで収めようとしたが秀吉は許さず、六月に異父弟秀長を総大将とする十万を超える軍を派遣した。

元親は阿波白地城を本拠に阿波、讃岐、伊予の海岸線沿いに防備を固め抗戦する。

秀吉は宇喜多秀家、黒田孝高らを讃岐へ、小早川隆景、吉川元長率いる毛利勢を伊予へ、羽柴秀長、秀次の兵を阿波へ派遣し、長宗我部方の城を次々と攻略していった。

ひと月余りで元親は降伏、土佐一国のみを安堵とされた。元親は上洛して秀吉に謁見、臣従を誓い……これで四国の平定は成った。

だが信長の旧家臣で、ただ一人秀吉に従わない佐々成政がいた。織田信雄や徳川家康と結んで秀吉を討とうとしたが叶わず、越中で前田利家軍との攻防を続けていた。これに対しては、秀吉が自ら大軍を率いて出陣することで降伏させた。剃髪し僧形に身をやつして、秀吉のもとを訪れた成政の命は助け一部領地も安堵してやった。

秀吉の天下取り、これで残るのは九州の島津、関東の北条、奥羽(おうう)の群雄のみとなった。

天下人に手が届くところまで来た秀吉は、朝廷工作を進めその身分をさらに高めた。

天正十三年七月十一日、正親町天皇の勅諚(ちょくじょう)を得て近衛(このえ)前久(さきひさ)の猶子となり、姓を藤原に改め……関白となったのだ。名実共に、秀吉の天下は近づいていた。

秀吉の天下取りの基盤となる地である大坂、その基盤を大きな枠組みでさらに強くすることを秀吉は千宗易の助言を受けて行っていた。

「万人の心を摑むこと。天下泰平に向けてそれは最も必要なこと。その為に都合の良いものを利用せぬ手はございません」

宗易は、秀吉にそう言った。

「何を使う？」

宗易は不敵な笑みを浮かべて言う。

「嘗て我々が戦いで最も苦しめられた者たち。その根本を膝元に置き可愛がるのです」

頭の回転の速い秀吉は気がついた。

「本願寺か？」

浄土真宗本願寺は信長との戦いに敗れ、総本山を大坂石山の地から雑賀門徒衆の本拠である紀伊国鷺森に移したが、雑賀衆が秀吉との対立を深めたことで秀吉は泉州貝塚への移動を命じ本願寺はそれに従っていた。本願寺法主である顕如、教如の親子には信長との時のように対立する意思は無かったのだ。

宗易は頷いた。

「上様があれほど手を焼かれた一向一揆。その根本は〝南無阿弥陀仏〟にございます。根絶やしにしたとはいえ……いつ何時、またあの念仏を唱えながら襲ってくるか分かりかねます。そこで……」

宗易は本願寺総本山を大坂に戻し、常に監視下に置けばよいと言うのだ。

秀吉は膝を打った。

「なるほど、総本山と門主の生殺与奪は儂の胸三寸と思えば……何万何十万何百万の門徒衆は大人しくせざるを得んということか？」

宗易は「御意」と言った。

こうして秀吉は、天正十三年の五月に大坂の天満の地を本願寺に寄進した。

天満の地を寺内町とし、賑わいを見せるようにするつもりだ。だがその地には嘗ての石山本願寺とは違い、堀や土居などの防御の設えは一切許さなかった。大坂城から本願寺は見下ろせる位置になり監視も行き届く。

六月二十七日、新門主である教如が天満を与えられた礼に大坂城に参内した。

「よくお越し下さいました」

出迎えたのは千宗易だった。教如は茶の湯の接待を宗易から受けた。

茶室には、玉澗筆『山市晴嵐』が床に掛けられている。

足利将軍家、東山御物の名品として知られた『瀟湘八景図巻』の一つだ。

「見事なものでございますな」

教如は感嘆の声をあげた。

粗放な筆墨に目を奪われ、ぐいと絵の中に惹きつけられる。橋や旅人、山間の村を濃墨の速筆で描き、山容を取り巻く大気の動きを墨の濃淡で見事に捉えている。

そして茶の湯となると……宗易の点前の見事さ、炭点前からうっとりとさせられ、軽やかに茶筅を動かすその姿を見ながら、教如は深く静かに流れている噂……秀吉の力を隠然と別なる力で裏打ちする噂の存在を、確かめてみようと思った。

茶を飲み頭を下げてから教如は訊ねた。

「千宗易様の見事なお点前、感服仕りました。羽柴秀吉様の御茶頭であり、軍師でもあられる宗易様にとって、我ら本願寺をどのようなものに捉えておいでです？」

宗易は薄く笑った。

「軍師？　そう仰せになられましたか？」

それに教如は頷いて強い口調で答えた。

「確かに申しました」

すると、宗易も頷いて教如に向き直った。その眼光の鋭さに、教如は一瞬たじろいだ。

宗易は言った。

「思い切って法主様がそう申されたので、私も申し上げます。秀吉様も私も、嘗ては御宗門徒衆による一揆で大変な目に遭ってきております。私など天王寺の砦で九死に一生を得たほどにございます」

教如は目を剥いた。

（自分が明智光秀だと隠そうとしない！）

そこから教如は、宗易に押し込まれていく。

「ですが如何です？　一揆が何をもたらしました？　壮麗な石山本願寺は消え、御父君と教如様の争いまでを生んだ」

信長による退去命令に教如は従わず顕如から義絶されたが、正親町天皇の斡旋により父と和解することが出来たのだ。

「仏道に戦は必要ないのです。新たな本願寺の中には、嘗てのような侍衆はいる必要がない。ただただ法主の下で門徒宗が、整然と仏道に励む。それが日の本全ての門徒宗の日常となる。それこそが天下泰平の道でございます。そして羽柴秀吉様はそれを行うお方。豊かで泰平なる世を創り本願寺が、その世で仏道を栄えさせる。それを何よりも願っておいでございます」

そしてさらに宗易は言った。

「私は嘗て比叡山全山焼き討ちを致しました。あらゆる伽藍(がらん)を焼き払い、仏道から外れた売僧(まいす)を始め比叡山に巣くっておった魑魅魍魎(ちみもうりょう)、狐狸の類(たぐい)、老若男女問わず全て殺しました。その時の私と今の私は変わっておりません。仏道に励むべき者が道を外す真似をしたり、天下泰平の道に背くような振舞いをした時には再び全てを灰燼に帰する覚悟を持っております。神でも仏でも天下泰平への道の障害は全て取り除く。織田信長様が行った以上のことを行うということでございます。それが羽柴秀吉様の行われる御政道、何卒何卒お心にお留め置き頂きますよう。そして御父君、顕如様にも、しかとお伝え頂きますようお願い申し上げます」

教如は宗易に圧倒された。

（あ、明智光秀が秀吉についている。茶頭として軍師として、秀吉の天下取りを支えている。途轍もない力の流れが出来ている）

教如は宗易に見詰められながら、その流れが変わらないことを思い知らされるような体の震えを感じていた。


茶の湯御政道の力、それを宗易と秀吉は存分に発揮していった。

「茶の力は無限、あらゆるものに通じる力を持つ。人知などでは計り知れぬものが、茶室、道具、そして所作によって立ち現れ、それが亭主の、茶を支配する者の力になる」

宗易はそう確信していく。自分でも驚くほど「物が見える」ようになっていた。

己の感性がどんどん鋭くなっていくのだ。

「待庵から始まった新たな茶の湯がそうさせている」

茶室、道具、そして所作……茶の湯というものをどんどん洗練されたものに出来る眼や手や指が自分に備わっていくのを感じるのだ。

そんな宗易には、新たな茶の湯御政道の力が加わっていった。

様々な人々、茶匠、茶人、数寄者たちから掛物の表具や茶器の目利きを依頼されるのだ。

そうして鑑定を行った物には〝宗易目利き〟の御墨付という新たな力が備わっていく。物の価値が宗易を通すと五倍にも十倍にもなる。宗易は不思議だった。

「誰もがそれまで見向きもしなかったものが、私が触れると銀一万貫になる」

古きものも新しきものも〝千宗易〟の篩(ふるい)に掛けて残ったものは、全て価値あるものとなっていくのだ。

「唐物や大名物などのような、時代やそれまでの評価ではなく、今自分の眼と手と指で価値を生み出す。無から有を創り出せる」

宗易はそれがどれほど恐ろしい力を持つ武器となるかが分かっている。

「天下泰平、必ず成る。千宗易で成る！」

眼というものがある。

ある人物の眼を通して、〝モノ〟や〝コト〟の価値が変化する〝眼〟だ。

文学賞というものは文学作品という書かれた〝モノ〟が様々な人の眼（＝評価）を経て成り立っている。ノーベル賞もしかり。様々な〝モノ〟や〝コト〟に対して人が評価し価値を与えるものだ。

価値とは人が創り出す観念に過ぎない。

同じように並び立つ〝モノ〟や〝コト〟の中から、価値あるものとそうでないものを選別する作業の上に成り立っている。そこに関係するのは、〝モノ〟や〝コト〟を取り巻いている世界だ。その世界がどのようなものであるかで、価値は決まっていく。

茶の世界、戦国時代に於いてその世界は広く深く拡大深化した。多くの人間がその世界に集まり、莫大な金が動くようになった。

茶の世界にあるもの。茶道具や茶室という様々な〝モノ〟の価値は、世界の拡大深化と同時にあった。

千利休と豊臣秀吉による茶の湯御政道は、その世界を創り出すことだった。あらゆる茶に関することを、利休の眼で相対化して価値をつけることで絶対的な力を得ることに成功した。

茶の世界とその価値、それを泡沫的なものでなく、普遍的なものにしたことが利休という存在の凄さを物語る。利休が関わった〝モノ〟や〝コト〟の大半が、現在も存在し続け、国宝を始めとして世界の中でも価値を持ち続けていることからもそれは分かる。それは利休が真の、普遍的な意味でのアーチストであり、アートプロデューサーであったことを表す。特筆すべきは、利休が世界で初めてモダンアート、インスタレーションアートの概念を創り上げ実践したということだ。そして秀吉と利休の茶の湯御政道はアートを政治力の一つに組み込むという……世界史でも類を見ないソフトパワーであったのだ。

第五章　利休、ソフトパワーで人を動かす

天正十三（一五八五）年十月七日、羽柴秀吉と千宗易の茶の湯御政道は一つの頂点に達した。

秀吉が禁裏に参内、小御所で茶会を催し、宗易を後見に正親町天皇への献茶を行ったのだ。

宮中で武将が茶会を催すなど前例がない。

「前代未聞であること。派手に大らかに。その茶の湯のあり方を万民が知ること。それが天下泰平に繋がる」

帝を茶の湯御政道で包んでしまう。その効果が絶大であることを、宗易は十二分に理解した上で一年近く掛けて朝廷工作を行い実現させたのだ。

「行うからには完璧な茶を行う。茶器もこれ以上ないものに、帝への茶とはこれでなければならないとされるものに……」

宗易は閏八月二十七日に小御所に参内して、座敷の下検分を行った。

「なるほど……この座敷に映え、この座敷で帝以下が雅な茶の湯に浸れるものに……」

そうして道具や飾りつけを工夫した。

今や関白となった秀吉の茶頭とはいえ、一介の町人である宗易が禁裏に参内し事を行うなどは、身分上あってはならないことだった。そこで便法として宗易を居士とし、世俗の身分を超越させることでそれを可能にした。

禁裏や将軍御所に出入りする医師が法体となったり、将軍のそばにはべる同朋衆（どうぼうしゅう）が阿弥（あみ）号を称するのと同じだ。

己の「居士号」をどうするか？

宗易は旧知の禅僧、大徳寺の古渓宗陳（こけいそうちん）に相談した。

宗易と古渓の付き合いは古い。古渓が堺の南宗寺にいた頃からの付き合いになる。宗易が明智光秀として、〝ととや〟の炮術師だった頃からの知己であり様々に言葉を交わす間柄だ。古渓は大徳寺に移った後、信長の葬儀で導師を務め秀吉から信長の菩提寺となる総見院の建立を依頼されて取り仕切った実力者だ。

そして、明智光秀から千宗易に至るまでの全てを知る人間でもある。

「あなた様の居士号ですか……」

古渓の禅を究めようとする思いは強い。仏学も広く備えていて肝が据わった人物だ。

「色々な意味で面白いですな。大謀反人として殺された明智光秀が関白の茶頭となっている。死んだ人間がこの世にいる。つまり……千宗易そのものが居士。如何です？　そのまま居士号とされては？」

宗易は苦笑いをした。

「和尚の理屈は至極ごもっともだが、それでは身も蓋もないし禁裏にも通りませんな。だが、ある意味、身も蓋もなさを表すような号が欲しい。茶の湯御政道の真の意味、羽柴秀吉と千宗易による天下泰平の世、それを表すような号が理想です」

今度は、古渓が苦笑いをした。

「あなた様とは明智光秀様の頃からの知己ですが……その後の御出世と――」

そう言って、宗易を上目遣いで見て言葉を一瞬止めてから言った。

「凋落（ちょうらく）までの全てを知っている者として、ということでございますな？」

宗易は頷いた。

「その通りです。明智光秀は隠蔽されているがそのことによって異様な強さを創り出している。それが茶の湯御政道を裏で支えている。大謀反人、逆賊の過去を以てこれからの天下泰平の世を目指す意志、全てをそこに込めた号にして頂きたいのです」

古渓は暫く考えた。

「昔から……明智光秀様の頃からを知る者としてずっと思っておりましたのは、『この方の鋭利には誰も敵わん』ということ……」

宗易は、その言葉で身を乗り出した。

「武に生きる者としての鋭利……宗易様はその鋭利を関白の天下取りの軍師として発揮されなくてはならない。だがそれは隠されたもの隠蔽されたもの……公然の秘密として」

まさしくそうだ、と宗易は言った。

「如何です？　その武の鋭利を休める。つまり隠し、茶の湯御政道で生かしているとされては？」

宗易は、はっとなった。

「それは良いですな！」

古渓は頷いた。

「読んで字のごとく『利休』は如何です？　『千利休』を名乗られるのは？」

宗易の顔が明るくなった。その『利休』という居士号は秀吉から宮中に推挙内奏され、正親町天皇から勅賜の形を取って宗易に下された。

そうして居士となる日が来た。

早朝、総見院に出かけ、文首座（しゅそ）の寮に案内をされて朝飯が出された。三の膳まである結構なものだ。食後、客殿に呼び出しを受けてそこで待った。

奥の間から机が持ち出されて縁側に向けて設えられ、その上に禿（かぶろ）が剃刀（かみそり）、香炉と香合を置いた。

古渓和尚が現れ、香を一焚きして剃刀を頭に三度当て、机の上に置いた。

これで利休は名実共に僧形となった。

古渓は三方に一枚の奉書を敷き、桔梗一枝を置いて杯を三方に載せてから辞去した。

これで千宗易は居士、『抛筌斎利休宗易』となり晴れて禁裏に参内出来ることとなった。

そして十月七日、快晴のその日。

関白羽柴秀吉は巳刻に宮中に参内、御所で帝らと一献の儀があり、次いで紫宸殿の北座敷で近衛信輔らとの一献の後、小御所に於いて、正親町天皇、誠仁親王、和仁親王、伏見宮邦房親王、龍山近衛前久と取次役の菊亭晴季を迎え、利休を後見として秀吉自身の点前で茶を献じたのだ。

小御所の座敷に合わせての道具立て、掛物、茶壺、茶碗、茶入は唐物を使ったが、天目台には木地に金箔押しのもの、そして水下や柄杓立は黄金で新調していた。

意匠は極めて簡素なもので全て利休の指示だった。それらによって、雅な中にもどこか侘びた落ち着きを持つ茶会となったのだ。

帝が退席されて後、今度は小御所の端の座敷に移り千利休が台子の点前で茶を点てた。

『新田肩衝』に『初花肩衝』の茶入、責紐の釜、『松花』と『四十石』の大壺に綱をかけて座敷に置いて公卿衆に見せるという豪華な趣向となっていた。一条内基(うちもと)らの摂家、清華(せいが)家らに茶を供しながら……夕暮れにまで茶会は及んだ。そうして茶会が引けると、多くの道具を進上したのだ。

茶の湯が公卿衆の間にも流行り始めた中、禁裏での茶会の様子は全国津々浦々の茶人、数寄者の口の端にのぼり、関白秀吉とその茶頭千利休の評価は、茶の湯御政道によって不動のものになっていく。

「面白いものだった」

利休は堺屋敷に戻り、弟の宗易と話していた。

禁裏の茶会の様子を語ろうとしていた。

だが先に、弟に対して念を押すように利休は言った。

「私が利休という居士号を頂戴したことで、〝宗易〟は利休と宗易に別れた。二人宗易はなくなった。ある意味、お前もやり易くなるな？」

宗易は笑った。

「二人宗易も楽しゅうございました。兄上の茶と私の茶、互いに宗易の名での切磋琢磨は……生意気ですが、大変な勉強となりました」

秀吉の茶頭としての宗易……嘗ての明智十兵衛光秀と、もう一人の宗易……光秀の弟の竹次郎光定……。秀吉の発案で二人揃って〝宗易〟となっていたことで、様々に都合の良い場面はあったがここからはそれぞれが独立する。

（それにしても、人の心は面白いものだ）

利休は改めてそう思った。

千利休が明智光秀であるという事実、それが関白秀吉に従う者たちの間で深く静かに公然の秘密とされていくこと……初めて知らされた者は、公卿であれ僧侶であれ武将であれ茶人であれ、秘密を知った恐ろしさと秘密の共有に選ばれた優越感の二つを心の裡に抱え、いつの間にか関白秀吉に己も乗せられていることに気がつく。

千利休が明智光秀であることは、関白秀吉の途轍もない力の証となっていた。

利休は、そこに秀吉の器の大きさを見る。

（羽柴秀吉という人間の大きさ、それが千利休を創り、茶の湯御政道を創り、天下泰平の世を創るのだ）

利休は己のあり方を思いながら、改めて秀吉の凄さを思っていた。

茶の湯御政道……禁中茶会を行ったことでその力はさらに大きく強くなっている。

「兄上、禁裏での茶会、どのようなものであったか教えて下さい」

利休は思い出し語っていった。

そこでふとあることが頭をよぎった。

それは禁裏茶会の為に新調した黄金の水下と柄杓立のことを話した時だ。

(何故、禁裏の座敷にあれが相応(ふさわ)しいと自分は思ったのか？　そして何故、実際の茶会であれほど場に映えたのか？)

黄金という特殊な材料、村田珠光や武野紹鷗が創った茶の湯の道具立てにありえないものが、禁裏の座敷では大名物と並んで全く新しい存在感を発揮していた。

(新しく作った道具だが黄金という決して時に揺るがぬ素材。それが帝という悠久の存在の前で十二分にその表れとなった)

宗易は利休がじっと考え込んだのを黙って見ていた。

そうなった時に、利休が何か大事なことを思いつくのを子供の頃から知っているからだ。

「竹次郎！　いや、宗易。今思いついた！　黄金の茶室だ！　黄金の茶室を造ろうと思うがどうだ？」

宗易は驚いた。

「黄金の茶室！……でございますか？」

利休は頷いた。

「そうだ。茶室も道具も何から何まで黄金にしての茶の湯だ。禁裏の茶会で拵えた黄金の水下と柄杓立、最初は冷え冷えとしたものと思えたが……次第に辺りを溶け込ませる心持ちを発揮した。そこに茶が蕩けていくような気がしたのだ。それをさらに広げる。茶室も黄金、釜も茶入も茶碗も全てが黄金、そんな中で茶を点てればどうなるか？　どんな茶の心が立ち上がるか？」

利休の目は輝いていた。

夜中、千利休は図面を引いていた。頭の中にあるのは黄金の茶室だ。

「その中にいると人はどうなる？　私の心はどうなる？　どんな心持ちになる？　その中に何がある？」

利休は時おり目を閉じて、そんな自問自答を繰り返しては線を引き図を描く。

そうして茶室と茶会、亭主としての自分の情景を想像した。

「おそらく……その場はこの世のものではないように感じる筈。黄金というものが創り出すもの、それが立ち現れる……冷え冷えとするような、しかし同時に、体が黄金の光に包まれ豊饒を感じるような……」

利休は膝を打った。

「その場を感じる！　黄金の道具が創り出す場！　それがまた新しい茶の湯の境地を創り出す！」

利休はそこで改めて茶の湯を思った。

「どんなものをも茶の湯という掌の上に納めてしまう。世俗の常識、価値を超えた非常識、それを律するのが茶だ。誰も見向きもしなかった明の壺や朝鮮の飯碗に価値を見出せたのも茶があるから……」

利休は世俗の価値を超えさせる美を、さらに超えてやろうとしている自分に気がついた。

そして、そこには茶の湯御政道がある。

「しかし……」

利休は改めて考える。

「茶を律するものは何だ？　百年前の大茶人である村田珠光、珠光は奈良称名寺の僧であったというが……『冷・凍・寂・枯』の四文字を以て茶の律を語った」

では、その言葉がどこから来たのかを利休は考えてみた。

「嘗ては私も親しんだ連歌……その真髄を説いた連歌中興の祖の心敬は和歌の律は『冷・凍・寒・寂・長・痩』にあるとした。さらに下れば世阿弥の示した能の美、『冷・凍・氷・静・寂』がある。その流れに茶はあるが……」

利休は茶には、さらなるものがあると考えた。

「黄金の茶室など、珠光や武野紹鷗が聞けば、嫌悪で身震いを覚えるほどに違いない。しかし、茶はそれほど狭くも小さくもない」

そこには、利休自身の生い立ちもあると考えた。

「能や連歌、そして茶の湯。それらを創った者たちと私は違う。私は……」

数限りない戦を経験し、人を殺め、破壊の限りを尽くした人間だ。

「比叡山を焼き討ちし、上様を弑逆した。そして自裁の戦にも挑んだ。それらを律していたものを茶で表すことが出来るのではないか？」

人は死ぬ。町も建物も焼失する。あらゆるものは常ではいられない。無常だけが歳月の主役なのだ。

そこで利休は、道具を考えた。

「茶を飲むための道具、茶道具。茶の湯では茶室を含めそこに揃う全てが道具だ。ある意味、道具が茶の湯を創る。その道具を黄金という決して錆びず朽ちず永遠不変の素材で作ってしまうこと。道具以外は全てが無常……亭主も客も茶も全て無常、一期一会でいずれは皆消え失せる。歳月がそこに残すのは冷え切った黄金色を輝かせる茶道具だけ……それは究極の寂びではないか！」

そこに茶の湯御政道を合わせて考えてみた。すると、秀吉の顔が浮かんだ。

「関白羽柴秀吉の茶の湯御政道に、これほど打って付けの道具はない！　派手に大らかに。その最たるものとしての黄金の茶室！　黄金の茶の湯！」

そうして利休は、その新たな茶の場の制作に掛かった。

関白となった羽柴秀吉。禁裏での茶会も行った羽柴秀吉……それら全て天下取りの流れの中のことだ。早く物事を進めたい秀吉の性格、それはここまで奏功して来た。

信長が本能寺の変で倒れてからの秀吉の天下取りの流れは、秀吉の速さを求める心が作ったと言っても過言ではない。

「早く片を付けられるものは、出来る限り早く片付ける！」

天下取りの流れの障害、そこに遡上してくるのが九州薩摩の島津だった。

豊後の大友宗麟からは、天下名代の名物である『似茄子』『新田肩衝』の茶入が秀吉に進上されて来ていた。薩摩の島津の侵攻に頭を痛める大友は、秀吉に応援を求めている。

「中国の覇者である毛利は、従属させて味方につけ四国平定に役立ってくれた。何かと儂に逆らっていた佐々成政も、臣下となったことで北陸も片付いた。あとは九州を平定し、その後で北条、奥羽……」

秀吉は己が関白であることの意味、茶の湯御政道を含めた己の力を禁裏での茶会を通して全国の武将たちにも知らしめたと思っていた。

「早く九州を平定したい！」

秀吉は、利休に相談した。利休は時間を掛ければ島津は折れると思っているが、秀吉の性格からしてここは事を早く進めた方がよいと判断した。

「まずは茶の湯御政道の威力……どれほど島津に効いているか探りを入れてみては如何でしょう？」

秀吉は頷いた。

「どうする？　利休が動くか？」

島津家の宿老、伊集院忠棟（ただむね）は信長の時代から和歌や茶の湯を通じて明智光秀や細川幽斎と付き合いがあった。

忠棟は千利休が明智光秀であるという噂は耳にしているが……まだその真偽を定めてはいない。そこを突くことを利休は考えた。

そうして秀吉は禁裏での茶会が終わってひと月が過ぎた頃、島津義久に書状を送った。

——今や関東も奥羽も勅命に従って静謐に至っている。しかし、九州だけがそうはなっていない。大友との国境の争いにつき、追って帝より静まるように仰せが下されるであろうから、島津も大友も兵を引かれよ。もし勅命に背くことがあれば、成敗を受けるのは必定。この書状への返答は一大事と捉え、よくよく分別を以てされたい――

最後通牒と取れる剣呑な書状だが、それには副状が伊集院忠棟宛にしたためられていた。

それを開いた忠棟は驚いた。

内容にではない。それが細川幽斎と千利休の連名になっていたからだ。

そこには穏やかな調子で大友との和平と秀吉への恭順が説かれていたが、真の内容は……千利休つまり明智光秀が秀吉についているということを示していたのだ。

「やはり……本当だった！」

明智光秀をよく知る忠棟は、主君の島津義久に今の関白秀吉の実態を説明した。

「これで秀吉の力の強さ、その正体が明確に分かりました。武と茶の湯御政道の二つを以て天下を取ろうとするその力……正直、恐ろしゅうございます」

島津家はこれ以降、連日評議を行って対策を練った。

「どこの馬の骨とも分からぬ成り上がり者の羽柴秀吉に対し、頼朝公以来の名族である当島津家が『関白様』などと返書を出すなど笑止！　このような書状は捨て置き、戦への準備をすべき！」

という強硬論が出た。

「いや、ここで天下の情勢を読み間違えてはお家の存亡に関わる。秀吉は帝の御威光を手に入れ、武と茶の湯御政道という新しい力を得ている。お家の滅亡を招いてはなりません！」

伊集院忠棟を中心とした慎重派は、そのように反論をした。結局、島津からは「当方は和平を望んでいるが……大友家からの挑発が止まない為、やむを得ず防戦しているもの」とお茶を濁した返書を送ることになった。

秀吉はニヤリとした。

「やはり効いたな。千利休の副状」

利休も微笑んで頷いた。島津からの返信は、利休宛にも届いたのだ。

それも、今後利休とは意思の疎通を図り、関白へのとりなしを何卒宜しくお願いしたい……という内容の上に貴重な生糸十斤まで贈られて来ていた。

大大名である島津家の当主が、一介の堺の商人にへりくだった書状を送るなどあり得ないことだ。

「恐ろしいのだろうな……明智光秀、いや千利休を敵に回すことが……」

秀吉は、なんともいえない目をして言った。

「関白秀吉様のお力があってこそ、隠然たる力は意味を持ちます。茶の湯御政道も関白様あってのこと。それを知らしめるのが私の役目でございます」

秀吉は満足げに頷いた。

そうして、薩摩島津家から秀吉への使者として鎌田刑部左衛門尉（ぎょうぶさえもんのじょう）が上坂して来た。

「遠路はるばるよう来られた！」

秀吉は、上機嫌で鎌田を迎えた。

「まずは城内をご覧くだされ！」

そう言って天守閣に案内した。

壮麗な大坂城と外の眺めに心が揺さぶられた鎌田だったが、さらに驚くことになった。

「さて、儂が一服茶を進ぜよう」

通された茶室を見て、鎌田は度肝を抜かれる。

（こ、これでは秀吉に絶対に敵わん!!）


天正十三年の十二月に入って直ぐ、羽柴秀吉は千利休から突然の茶に誘われた。

「利休からとは……珍しい」

普段は秀吉が政略や軍略、そして茶の相談をしたいと思う時に利休に声を掛けるのだが、利休から是非茶のお時間を頂きたいとしてきたのだ。

「これは……何かある」

秀吉は訝(いぶか)しんで、大坂城内の指定された座敷に向かった。

そして、座敷の襖を開けた。

秀吉は何が起こったのか分からなかった。目がくらんだのだ。

時が経つと……自分が強い緋色の中にいて、何やら光り輝くものに囲まれていることに気がついた。

「コッ、これは!?」

そこに利休が座っていた。呆然としている秀吉に、利休は頭を下げた。

「黄金の茶室でございます」

秀吉は、あんぐりと口を開けた。

天井、壁、明かり障子の骨までが黄金に輝き、障子は緋色の紗が張られている。

茶室の間取りは三畳間で床がついている。

畳表は猩々緋(しょうじょうひ)、畳の縁(へり)には萌黄(もえぎ)金襴(きんらん)が用いられていた。

黄金の台子に皆具(かいぐ)……釜、茶碗、棗、水下、柄杓立の全てが黄金で出来ている。竹で出来ているのは茶筅と柄杓だけだ。

「うッ、うわーッ!!」

秀吉は興奮の声をあげた。体の芯から震えが来る。

「関白羽柴秀吉様のお力によって出来る茶の湯御政道、そこに相応しき茶室として不肖、利休めが勝手ながら造作させて頂きました」

黄金とその底に秘めた色である緋色を用いた茶室の中は、この世とは思えない。

体全体が黄金の光に包まれ、血の中にまで黄金が染み込んで来るように感じて陶然となる。

「こ、ここは極楽か？」

秀吉は我知らず呟いた。

「これぞ関白様の天下の表れ。この黄金の茶室こそ関白羽柴秀吉様の創られる天下そのもの。天下泰平の中での豊かさ、豪華さ、大らかさ……この黄金の茶室を以て天下を平らげてしまいましょう」

そう言って、利休は頭を下げた。

「ようやってくれたっ!!　これこそ儂の天下！　茶の湯御政道の極み！　この茶室を見た者は皆、儂の天下に首（こうべ）を垂れる！」

利休は御意と頷いた。そして、利休は驚くことを言った。

「この茶室、工夫がございます。全てが組み立てで出来ており、どこへでも持ち運ぶことが出来ます。つまり……」

秀吉は瞠目した。そしてそのよく回る頭で、利休の言わんとするところが分かった。

「こ、これを禁裏に持し、黄金の茶室で帝に茶を差し上げられるということか!?」

その通りでございます、と利休は深く頭を下げるのだった。

「天下取ったぁ!! これで、これで儂は天下が取れる!! 利休ッ!! ようやってくれた!!」

秀吉はそう叫ぶと利休の前にどっかと腰を下ろしその手を取った。

利休は言った。

「面白いものですな。茶というもの。関白殿下がおられることで、このような茶室が生まれる。私が創るのではなく、茶が殿下の為に創らせる。それも、全て天下泰平の為でございましょう。関白殿下の器によって創られる茶が天下泰平を、どこまでも豊かで派手で大らかなものを……」

秀吉は、利休の手を取ったまま何度も頷いた。

「儂に天下を取らせようと明智殿がなさったこと……本能寺の変を儂にだけ教え、上様の天下布武ではなく羽柴秀吉の天下泰平へと道を開いて下さった。そして茶の湯御政道という途轍もない仕組みまで儂に下さった。この通り、心から明智殿には感謝致します！」

そうへりくだって、秀吉は泣いて頭を下げた。

(相変わらずの人たらし……だがこの器の大きさが天下をこの男に取らせる)

利休はそう思いながら、微笑んで秀吉に言った。

「一服、差し上げましょう」

そう言って茶を点てた。

黄金の天目茶碗で出された茶を持ち上げ、秀吉は驚いた。

「軽いなッ！」

利休は頷いた。

「実は黄金で茶碗を試作しましたが……茶を飲むには熱くなりすぎ、不都合でございました。そこで木地に金箔を押したものにした次第でございます」

秀吉は茶を飲んだ。

「あぁ……旨い」

思わずそう呟いた。

「茶とは……こんなに旨いものなのだな」

利休は深々と頭を下げた。

「何よりのお言葉、茶頭冥利に尽きます」

秀吉は利休の言葉に頷いてから改めて茶室を見回した。黄金とその輝きの底流にある緋色……。光の中の茶室と自分が、一つになるように思うのだ。

「これは日輪の茶室だ！」

これがもたらすものが何かを、秀吉は考えた。

（この茶室は儂が創ったもの……亭主は儂や儂の茶頭、千利休が務める。すると客たちは一体どのように思う？　儂が感じた極楽、日輪、それを客たちも感じるだろう。それを与えるのは儂だ。茶を供するとはそういうことだ。儂の茶をこの黄金の茶室で飲む。そうすれば誰もが極楽や日輪を感じ、儂をそこに見る）

そうなれば、誰も自分に逆らうことはなくなるだろうと思えて来る。

利休は、その秀吉をじっと見詰めた。そして、駄目押しのようなことを言った。

「これまでの茶は唐物、大名物が主役の茶でございました。しかし、関白殿下の茶はこの黄金の茶室のようにまさに今創られたものが主役。そんな茶を創り出す関白殿下への尊崇の気持ちは、少しでも茶の心がある者であれば誰もが持つことでございましょう」

なるほどと秀吉は頷いた。

「今創られたもの、この秀吉の天下で創られたものに、皆が心の底から首を垂れる。単なる名物狩りだけでは茶はもう大した意味を持たず、この関白が関与したものに価値を見出すようになるということだな？」

利休は、まさにその通りでございますと言ってから続けた。

「茶の湯御政道の意味は途轍もなく大きゅうございます。関白殿下の茶の湯御政道そのものが大名物となるのですから……」

そこに利休が絶対的に必要な存在であることは、秀吉も十二分に分かっている。

「それにしても……道具とは凄いものだな」

秀吉の言葉に、利休は頷いた。

「茶とは道具……物が人を動かします。そして茶とは所作……型が人を動かします。この千利休、関白殿下の茶頭としてさらに精進し〝人を動かす茶の湯〟を創り上げます」

頼もしいことよ、と秀吉は目を細めた。

明けて天正十四（一五八六）年正月、黄金の茶室は禁裏に運ばれ小御所の一角にその姿を現した。

豪華なものを見慣れている公卿たちも、そのあり様には目を丸くさせた。

「なんちゅうもんや……」

その中に入った者は、皆黄金の輝きに包まれることで言葉を失う。そして失った言葉の代わりに神々しい感覚を得る。

「これこそが真の天上のあり様、帝が仰る意味をこの世に表したもんや」

だがそれをこの世に表したのは、関白羽柴秀吉その人だということだ。

黄金の茶室は、秀吉のものなのだ。

茶会には正親町天皇、誠仁親王、和仁親王、龍山近衛前久、菊亭晴季を迎え、秀吉自らが点前を行って献茶した。勿論千利休がその後見として控えていた。

道具は、黄金の金具をつけた梨地の三重棚を置き……風炉、円釜、飯桶形の水指、柑子口の柄杓立、合子の水下、棗の茶入、大振りで深さのある茶碗が二つ、四方盆、茶杓、蓋置、瓢簞形の炭入、火箸、火吹き……それら全てが黄金、柄杓と茶筅だけが竹製だった。

茶室の中の貴人たちは皆、天上界にいるような夢見心地を味わっていた。

黄金という素材の持つ魔力、気を一変させ、あらゆる者に特別な心持ちを与えてしまうとで現実感を失わせる。何か大きなものに包まれる喜びが、そこにある。

これが禁裏での二度目の茶会となった秀吉は、前回と違い途轍もない落ち着きをその茶室の中で感じていた。それは、黄金がもたらす余裕だった。

「この黄金の茶室も道具も儂が創り出したもの。儂こそがこの黄金の支配者」

秀吉はそこで、自分が帝をも超えているのではないかと思い驚いた。

「貧乏百姓の子せがれの成り上がりに、帝を超えたと思わせる。それこそが、この黄金の茶室の力、茶の湯御政道の力……」

秀吉は、利休を見た。

いつもの通りの落ち着いた様子で、茶に気を配っているように見える。

「ここからさらにあの男は、茶の湯の力を強めていくだろう。それによって、儂の天下取りも実現する」

秀吉は酔った。

茶を点て、帝に献上する自分に酔っていた。

利休は、その秀吉を慈しむように見ていた。


千利休は禁裏での黄金の茶会を無事終えた後、堺の屋敷に戻った。

白い着物に着替えると己の為だけの茶室、白の茶室に入った。

二畳半、下地窓が大小二つ、違い棚のように設えられ、壁は漆喰で塗り回され……下半分は様々な白地の紙が貼られている。

部屋の角という角は、全て丸く塗り込められ茶室自体が卵のようだ。

炉も丸く切られ、床は大仏が指で凹ませたような窪みで、円相の描かれた禅画が掛けられ、白磁の花入が置かれている。

全てが白と円で創られた茶室で利休は己を客としての茶を点てる。

己と茶で対峙する。茶で己を知り、己を忘れる。

利休は古渓宗陳を筆頭に多くの禅僧との付き合いから……己なりの禅的な修行のあり方を考え行っていた。そして考え出したのがこの白の茶室だったのだ。

まん丸い白金の釜から松風の音が響く。

まずは目を閉じてみる。

禁裏での黄金の茶会が浮かんだ。それは見えるというより肌で感じる心持ちがする。

「黄金の輝きとその奥底の緋色の響き……」

そう呟いてふと疑問が浮かんだ。

今いる白の茶室とは逆の存在である黄金の茶室だが、同じものに利休には思えるのだ。

「全ては茶の中」

その言葉が口をついて出た。

そうして茶とは何かを考えてみる。

「茶とは何だ？　そしてそれを考える己とは何だ？」

その問いをさせるものは何か？

白い茶室には釜の松風の音だけがする。利休は水指から柄杓で水を釜に注ぐ。滾(たぎ)った音が静まり世界を安心させる。柄杓を置き、茶碗を引き寄せる。

黒の茶碗、それは利休が長次郎に意匠を指示して作らせたものだ。

利休はその時のことを思い出した。

「手捻りで……今まさにその茶碗が生まれて立ち上がったような造形にして欲しい。そして何より持った時に掌にしっくりと来るように……全ては茶の為にあるように。そんな茶碗にして欲しい」

長次郎は利休の描いた茶碗の画を見て訊ねた。利休屋敷からほど近い長次郎の工房だ。

「これを黒で、でございますか？」

長次郎は暫くその画を見ながら考えた。

「朝鮮の焼物の写しのようなものではなく、まさに今ここに、でございますね？」

利休は頷いた。

「そうだ。茶碗を見ただけで茶のことしか考えられないような……作為があって作為がない、そこに茶しかないような器だ。作ってくれんか？」

長次郎は微笑んだ。

「一見すると素人が遊びで作ったような造作、そんなものをご所望なのですな？」

利休はそうだなと頷いた。

「凡手に思えるもの、作為がないとはそういうことだな。何もない茶碗、ただそこにあるだけで……ただそれを見て、手にして、茶が飲みたいと思う茶碗。茶の為の茶碗……そういうことになる」

分かりました、と長次郎は言って早速土を捏ねだした。そうして捏ねあがった土は轆轤を使わず、手で形を作り箆で削りながら姿を整えていく。

「出来るだけ大らかに、大きいが軽く見えるように……」

利休の指示に従う長次郎の指は見惚れるほど自在に動き、箆使いにも迷いがない。

それを見ながら利休は、長次郎がいることの幸運を思っていた。

「この男には不思議なものが備わっている。日の本の人間が本来は持っていないもの……激しさを秘めた静けさ、こうでなくては絶対に受け入れない何か……そんなものを持っている。それが器にも出る筈だ」

利休は嘗て明智光秀として腹を切って自死する前に、茶を好みの井戸茶碗で点てたいと思った。そしてその為の茶室、待庵を造る時、長次郎に依頼して茶碗に合うよう朝鮮の居室のあり様を取り入れながらも、そこで切腹することを想定し、研ぎ澄まされ冷え冷えとした設えを造らせた。

思いも寄らずその茶室が茶の湯を大きく変えてしまったことを改めて考えた。

「待庵は私の中で茶と死を結びつけたものだった。それを長次郎という職人が仕上げると誰もがそこに異界を想い、茶への想いを強くする。そこに何があるのか？」

利休は、長次郎の手元を見詰め続けた。

すると陶然としてくると同時に、胸の奥が哀切で締め付けられるように思える。

「幼い頃に父と共に異国に来て……苦労のうちに生きて来た男の持つ特別な心なのか？　朝鮮と日の本、どちらをも受け入れ、且つ受け入れない……相反しながら同一する心で全く新たな器を創る。その不可思議な心を形にしているということか？」

そうして作られたものが素焼きされ十個並べられた。

利休はその中の三つを選んだ。

「これらが良い。何を考えているのか分からぬ造形に仕上がっている」

そう言うと長次郎も笑った。

「何かを考えては作っておりません。ただただこの手の馴染みの良いものに、掌に載せた時に茶が飲みたいと思えるものを感じて作っただけでございます」

そして加茂川黒石を砕いて作られた鉄釉がかけられ、乾くとまたかけることを十数回繰り返した。利休はずっと作業に付き添った。

「では焼いていきます」

焼く窯は屋敷内部に作られた小さな内窯を使うという。

床下に設けられた小さな窯にぎっしりと並べられた炭が熾（おこ）り、中に器が入れられると長次郎は弟子二人と共に鞴（ふいご）となる鉄の棒を持って窯の縁に立った。

「よし！」

そう声を掛けると勢いよく棒を動かす。

物凄い炎が窯から噴き出す。

そうして短時間で高温にして焼くのだ。

長次郎たちは物凄い汗をかきながら鉄の棒を動かす。

そうしながらも長次郎は感覚で釉薬の溶け具合を探っているようだった。

利休は炎を見ながら、あの比叡山焼き討ちを思い出した。


それは、この世に出現した地獄だった。

七百八十年前に最澄によって開闢された、王城鎮護の聖域の全てが炎に包まれた。

死者の数は四千近くに上った。

燃え落ちる根本中堂を見詰めながら、光秀は陶酔に浸っていたのだ。

「あの陶酔が一体どこから来たのか？　それは未来だけが知っていると私は考えていた」

未来……。それが茶か、と利休は思った。

「よしッ！　出そう！」

長次郎は声をあげた。そこで利休は我に返った。

器は窯から引き出され急速に冷えていく。それで黒く変色するのだ。

出来上がった茶碗を持ってみて利休は思わずため息を洩らした。

口部は僅かながら内側に沈み、手捏ねの大らかな柔らかみが胴に残っている。腰から高台にかけてのすぼまり方が静かで……手に馴染む。

見込みの腰から底にかけて土が厚く残されていることで茶が点て易いと分かる。高台は小さく丸く整えられ落ち着きがある。

利休は思わず大きな声を出した。

「よくやってくれたッ！　この茶碗でまた茶が、茶の湯が変わる！　面白くなる！」

長次郎は満足そうに、ありがとうございますと頭を下げた。

羽柴秀吉と千利休は天下取り、茶の湯御政道をさらに進めていた。

その中で喫緊の課題である九州が、なかなか片付かない。北の大友と南の島津の争いがまだ続いていたのだ。

「島津……名家は厄介じゃな」

大友宗麟からの書状を読んで秀吉は利休に言った。

利休もそうでございますなと頷いた。

九州での大友と島津の争いを治める為、天正十三年に秀吉は朝廷の権威を使っての和解勧告を両家に出した。

最後通牒とも取れる勧告に対し、島津家から秀吉への使者として鎌田刑部左衛門尉が上坂、その際秀吉は鎌田を厚遇し黄金の茶室での饗応まで行った。

鎌田は薩摩に戻って秀吉の武力、財力、そしてその茶の湯御政道のあり方を伝え勧告に従うよう主君島津義久に説いた。しかし、反秀吉で強硬な他の家臣たちを抑えられない義久は、大友の領地への侵略を止めようとしなかったのだ。

秀吉は続けた。

「島津はどこまでも大友側がちょっかいを出すので……それへの対応とするつもりなのだろうな？　水掛け論で逃げようと？」

利休は頷いた。

「関白殿下の御明察通り、名家の意地が長年の因縁の争いからは簡単には引かせぬのでございましょう。やはりどこかで武を以て屈服させる必要があるかもしれませんが……何とか茶の湯御政道の力で決着させたいものでございますな」

書状の中で宗麟は、秀吉の救援を求める為に直々に上坂したいとしていた。

「そうじゃな。儂の世の天下泰平とはどのようなものか……大友に見せ、それが九州全域に伝わるようにせんといかんな。茶の湯御政道で念押しをして……」

御意と利休は頭を下げた。

争う両者を仲裁する場合、どちらか一方を心の底まで屈服させてしまえば、それが対立するもう一方の側に伝播することを利休は軍略家として理解している。

(戦というものの面白さよ。敵を知ろうとする意識ほど強いものは無い。真に大友が秀吉政権の凄さを知ったと島津が分かれば……大きな効果をもたらす筈)

天正十四年四月五日、大友宗麟は大坂城に参上し秀吉に謁見した。

「大友殿ッ！　遠路はるばるよう来られた！」

秀吉は満面の笑みで宗麟を迎えた。

宗麟が饗応を受ける大坂城の大広間には羽柴秀長、宇喜多秀家、細川幽斎、前田利家、安国寺恵瓊、それに……千利休他秀吉の茶頭が連座していた。

宗麟は利休の姿を見て思った。

(あれが……明智光秀か？　やはり、他のどの武将よりも迫力を感じさせる)

謁見の儀の後、宗麟は秀吉と利休の二人に黄金の茶室へ案内された。

足を踏み入れた瞬間、目がくらみ自分が自分でなくなるように思えた。

切支丹(キリシタン)の宗麟に天国という言葉が浮かんだ。

「う、噂に聞いておりましたが……これほどのものとは……」

宗麟は黄金の輝きに包まれて暫く言葉を失った。そして切支丹として正直にこの場に神の国を感じるようだと話した。

だが今、そこにいるのは自分と秀吉と利休の三人だけだ。

黄金の茶室と共に、秀吉と利休の二人から感じる大きな力に宗麟は終始圧倒されていた。

そして茶になった。

初めは利休の点前だった。宗麟はその所作の美しさに心が蕩けるように思った。

「これが千利休の茶」

千利休とは明智光秀……決して明かされてはならない秘密故に、その茶の力があるのかとばかり思っていたが、利休の点前の魅力がその先入観を打ち消した。

黄金の天目茶碗を手に持った瞬間の軽さに驚きながら茶を飲んだ。

「あぁ……旨い」

思わずそう口にした宗麟に利休は頭を下げ、秀吉も静かに頷く。

黄金の茶室で黄金の茶碗から飲む茶が五臓六腑に染み渡っていく。そこに茶の湯御政道の意味があることを宗麟は知る。

(千利休の茶、何ものにも代えがたい魅力の茶。この場でこのまま死んでもよいと思わせる茶……何ものをも屈服させる茶だ)

そうして次に秀吉の点前で茶を飲んだ。

これもまた見事な美しさだ。宗麟はここで秀吉の凄さを知る。

(なんと高い茶格のあり様！)

心の隅で貧乏百姓の成り上がり、と蔑(さげす)んでいた心が払拭される。

茶の湯という世界での序列が自ずと知らされるように思われるのだ。

これもまた茶の湯御政道だった。茶に心のある誰をも茶の中で従わせていく。

それを千利休、羽柴秀吉という武でも茶でも真に力を持つ二人が行っていくのだ。

黄金の茶席の後はさらなる饗応が続く。

秀吉は、これでもかと宗麟をもてなしていった。壮大な大坂の景色を一望出来る天守閣と豪華絢爛(けんらん)な秀吉の寝室を見せて感激させた。

狩野永徳の筆になる数々の障壁画は秀吉の理想とする世、天下泰平の世を表しているように思え心に迫って来る。

そしてさらに利休が、秀吉の茶頭として宗麟をもてなす。

それは、秀吉秘蔵の茶壺の披露だった。

そこには利休以外の秀吉の茶頭も揃った。

まず津田宗及が『松花』の壺を、そして今井宗薫が『佐保姫』の袋を取って披露し、利休は『四十石』と『撫子』の壺を披露した。

そこには利休の子、千紹安もいて『百鳥』の壺の袋を取った。

紹安は利休、光秀の弟である竹次郎、千宗易の息子で本当は利休の甥にあたるが二人宗易の流れから自分の息子としていたのだ。

この一連の饗応で秀吉の下での茶の湯御政道、千利休の支配力を見せつけていった。

そして宗麟は駄目を押される。

秀吉を支えるもう一人の人物によってそれは成された。

秀吉が自分の政権の中で千利休と共に頼りにする人物、秀吉の身内でもある人物、異父弟の羽柴秀長だった。

公儀での秀吉の片腕とされる人物、性格は温厚だが軍略にも政略にも長け、利休も厚い信頼を寄せている。

大坂城での羽柴秀吉への謁見で大変な饗応を受けた大友宗麟は、羽柴秀長の屋敷に御礼の挨拶に赴いた。

「大友殿、私めのようなところへまでご丁寧な御挨拶、痛み入ります！　どうぞ、どうぞお上がり下されッ！」

秀長はそう言って屋敷に宗麟を招いた。

ただ秀長の屋敷は普請の最中で、仮屋住まいをしているようだ。

宗麟は不案内だったことを恥じて直ぐその場で辞去しようとしたが、秀長はどうぞどうぞと招いてくれる。

秀吉とは一味違う人たらしの妙を持つ。利休は秀長の能力をそのように見ていた。

「動と静、懐への入り易さは秀長様の方が兄の秀吉様より上だ」

それが秀吉政権にとって大変な力を持つ人材になっていた。

大友宗麟への接待が秀吉の九州平定への大きな布石となることは、秀長も十二分に承知している。

仮屋ながら酒や肴(さかな)も十分に用意されていて、宗麟は秀吉も利休もいない中で緊張が解かれ、秀長の人柄の良さと旨い酒に昼間から酔っていった。

気がつくと宗麟は秀長と二人だけで酒を酌み交わしていた。それがまた快い。

「失礼ながら羽柴殿とは長年の友のような気がいたします」

宗麟がそう言うと秀長は誠に有難いお言葉と頭を下げる。

「私たちのような成り上がり者、こうやって大友殿と席を同じく出来るだけでも有難いことと思っておりますのに……そのようなお言葉を頂戴するとは！」

切支丹である宗麟は秀長の謙虚さに打たれたように思った。

そして、心を許して訊ねてしまった。

「関白殿下の御茶頭、千利休様……あの方は本当に明智……!?」

そこまで言いかけたところで、宗麟は秀長の尋常でない表情を見て慌てて口を閉じた。

秀長はじっと宗麟の目を見て嚙んで含めるようにして言った。

「そのこと……お言葉にされたり、書付にされたならば……直ちにお首が落ちまする。それは私も同様、その刃どこから降って来るか……分かりません。ご用心、ご用心下され」

その言葉で宗麟は瞠目した。

その宗麟に秀長は、一転大きな笑みになり手を取って言った。

「何事も何事も、兄の羽柴秀吉がついております故、ご安心下さいませ。そして、何かございいますれば内々のことは千利休に、公儀のことは私秀長に、いつでもご相談下さいますよう」

羽柴秀吉と千利休、その力はこのように支えられ強化されていった。

大友宗麟が大坂で見聞きしたことは、一点を除いて全てが九州全土に広がっていった。

国の力にはハードパワーとソフトパワーの二つがある。

ハードパワーとは軍事力、経済力、国際政治力など明確に〝力〟として使用し他国を屈服するものだ。

そしてソフトパワーとは、文化や芸術など、それに触れることで他国の人々を魅了させるものだ。優しく心を摑むものということになる。

歴史を見るとギリシャ、ローマの時代から、支配者はこの二つの力を使って来ている。

フランスはブルボン朝以来、芸術だけでなく料理を洗練させてソフトパワーとして使うことで外交を有利に導いている。

太平洋戦争の後の日本は米国の占領下に置かれたが、戦後日本の米国への追随はそのソフトパワーに依(よ)るところが大きい。

米国製の映画やテレビドラマ、音楽、食べ物など、様々な豊かさを背景にしたそのソフトパワーで日本は完全に米国に支配されていったとしてよいだろう。

実際の武力や威圧的な政治力よりも、人を動かすのがソフトパワーの強さだ。

日本の歴史でこれを十二分に使ったのが、豊臣秀吉ということになる。

千利休という偉大な茶の湯クリエーターを従えていたことで、それを可能にした。

人の心をどう魅了するか？

ハート＆マインドをどう摑むか？

茶の湯に戦国武将たちが次々と魅了されていく中で、その中心にいる利休を自らの手にしていた秀吉の強さは計り知れない。

ハードよりもソフトの方が実は力がある。

それは日本では古来そうなのだ。

朝廷や公卿がずっと力を持っていたのは、雅な儀式や文化を司っているからだった。実は、日本の力の源泉はソフトパワーだったのだ。

和歌や蹴鞠（けまり）というソフトが、力を持っていた。

秀吉はそれを茶の湯というものに置き換え、さらに力を持たせたと言ってもよい。

第六章　利休、人間関係のビジョンを示す

羽柴秀吉と千利休による天下取りの戦略上、最も重要な人物は徳川家康だ。

その家康、小牧長久手の戦いで秀吉に勝ったにもかかわらず、実態では押し込まれていた。

越中の佐々成政を秀吉が攻める際、家康の立場を明確にせよとして、既に人質として秀吉に差し出した息子、義伊の他に家老たちからも子息を人質に出すよう、織田信雄を通じて揺さぶりを掛けられていた。

そして、地盤固めにしたい信濃制圧も真田昌幸の抵抗が続いて進まない。真田は上杉景勝ら秀吉側の支援を受けている。

「ままならんな……」

辛抱強い家康も、状況のあり方に苛立ち(いらだ)ちを覚えていた。

「どうする？　秀吉の臣下となるか、北条との結びつきを強化して秀吉と戦をするか……どうする？　どうする？」

そんな時、秀吉が関白になったことが知らされる。

「帝の定める位で武将で最高位に就いたということか……」

そしてさらに家康を驚かせたのが、禁裏での秀吉と千利休による茶会だった。

「秀吉と利休、明智光秀。茶の湯御政道の力をこれでもかと見せつけて来る。このままでは各国の大名たちも平常心ではいられない」

その家康に秀吉は、帝を通じてさらなる揺さぶりを掛けていく。禁裏茶会の直前、天正十三（一五八五）年九月、正親町天皇は家康に対し比叡山再興を求める綸旨（りんじ）を出していた。

「比叡山……明智光秀が全山焼き討ちの指揮を執ったことを思い出せということか？」

家康は「心中疎意ではないが、関白の命なくして請けることは憚（はばか）られる」と帝の側近に向けて返信した。

秀吉からの圧迫は強まっていく。

その裏に千利休がいることを、家康にははっきり見せつけて来る。

家康は、明智光秀の凄さを知っている。

「信長様の天下布武があそこまで進んだのは明智光秀、羽柴秀吉という途轍もない強さの二人の武将がいたからこそ……」

その二人と戦うこと、その恐ろしさを家康は改めて考えた。

「戦に於いては圧倒的物量で勝利をものにし、茶の湯御政道という力で武将たちの心をも支配していく。これは信長様の時にはなかった新たな力の複合……」

禁裏での茶会、比叡山再興の綸旨……千利休は明智光秀であり隠然とその存在と力を見せつけているということだ。

「どうする？　どうする？」

家康は迷いに迷った。

「確実なのは秀吉がどんどん強くなっているということ。儂が同盟する北条は油断がならんということ。……それで秀吉に、光秀に、勝てるか？」

天正十三年十月二十八日、家康は家臣を浜松に集めた。秀吉に対し家老の中から人質を出すか否かを協議したのだ。

「御子息、義伊様を既に人質として差し出しておいでなのです。さらにというのは無礼でございましょう！」

重臣の本多忠勝は強硬に反対した。

「秀吉は義伊を自分の養子とした故、人質ではないとの方便だ」

義伊と共に自分の息子も人質として差し出している石川数正は「ここは秀吉に折れるべき」と主張した。

「秀吉は今や関白となり禁裏で初めての茶会を行った由、急速にその力を増しております。その裏には……」

明智光秀の存在があることを言った。

だが家康以外の家老たちは、「明智ごとき」と聞く耳を持たなかった。

家康は内心で数正の主張に傾いていたが、北条から徳川との同盟の強さを確認する書状が家老二十人に届けられ、それへの対応もしなければならない。反秀吉の忠勝は北条に対して、徳川の国衆も書状を返すべきだと強く言った。

「ここで北条から同盟への疑いを持たれるようなことは、なさるべきではありません。秀吉の要求は『義伊様を人質で差し出している』、一点で撥ねつけるべき。その上で北条との同盟をさらに強化し、秀吉との戦に備えるべきでございましょう。小牧長久手でも我が軍は勝利しております。ここは、一歩も譲るべきではございません！」

忠勝の勢いによって、家老たちの大半が秀吉への譲歩に反対した。

家康はそう決した評定に従った。そうして北条側に、家老たちは書状を送ったのだ。

だが、内心ではまだ迷っていた。

明智光秀の存在が恐ろしい。

小牧長久手の戦いの和議が成った後に家康の名代で大坂を訪れた数正は、茶会で千宗易が明智光秀であることを確認している。

「千宗易から千利休と名を変えた秀吉の茶頭、明智光秀……禁裏茶会ではっきりとした。その茶の湯御政道は天下取りを可能にする！」

家康は家臣たちの手前、反秀吉の姿勢を見せたが……心の裡では秀吉光秀連合に屈していた。

「どうする？　戦で勝てるか？」

様々な軍略を考えて頭の中で動かしてみるが、信濃制圧が出来ない中で勝利は難しいと家康は判断した。しかし、家老たちの大半は北条との同盟を盾に秀吉との戦を望んでいる。小牧長久手の戦いで勝利したことが武での自信となっているのだ。

「だがあの二人、秀吉、光秀との戦い、武だけでは勝てん。絶対に勝てん！」

だがここで、家康が秀吉の軍門に下ると言えば……少なからぬ数の家老が北条を頼って離反する可能性がある。そうなると秀吉との関係で家康は不利になる。

「家老たちに武で秀吉に敵わんと思わせる何か、そう、何かがあれば……」

ずっと考え続けた。

家康はあることを思いついた。

そして、密かに石川数正を呼んだ。

そこで家康は腹蔵なく自分の考えを語り、数正はそれに同意した。

「羽柴秀吉、明智光秀の二人を相手にしての戦は避けねばならんと私も強く思っております。

その為には何なりと致します」

数正はいつでも家康の為に死ぬ覚悟はある。

家康は数正の目をじっと見て言った。

「お前に先陣を任せたい」

数正は、家康が何を言っているのか分からない。

「秀吉、光秀との戦いの先陣だ」

数正は瞠目した。

「ど、どういうことでございますか？」

そこから家康はとくとくと数正に軍略を語った。


「なッ、何だと!?」

天正十三年十一月十三日、徳川家中は騒然となった。

岡崎城で家康の留守を預かっていた石川数正が、家臣の小笠原貞慶(さだよし)を伴い、共に妻子や質(ち)子(し)を連れて、出奔したのだ。

「数正と貞慶が消えたッ!?」

その後直ぐに二人が羽柴秀吉のもとへ立ち退(の)いたことが分かった。

家康の家老たちは皆、蒼白となった。

数正は徳川家の軍事軍略の全てを知る要の存在であり、それが秀吉側についたとなると、戦の陣立てや戦い方などこちらは丸裸にされたも同然だからだ。

「まずい……まずいぞ!!」

数正出奔の報を聞いて家康は直ちに岡崎城に入り善後策を家老たちと練った。

北条に対しては、数正の出奔は秀吉の手引きと思われることから、いつ戦を仕掛けられるか分からないので油断なきようと伝えた。

そして、信濃の徳川方の国衆に対しては動揺させない為に領地安堵の措置を取った。

さらに岡崎城に戦普請を行わせた。


石川数正は堺の利休屋敷で、千利休が茶を点てるのを見ていた。

大柄の利休が太い指で茶筅を動かす様子が、なんとも軽やかで涼しげで心地よい。

「いつ見ても陶然とさせられる」

そうして、青磁茶碗が数正の前に置かれた。

数正が飲み干し、見事なお点前でございましたと頭を下げると利休が言った。

「見事は石川様の御主君、徳川家康様でございます。見事な読み……難しい状況の中でこの軍略を描かれ突破されるとは……この利休、感服致しました」

そう言って不敵な笑みを見せた。

数正の出奔は、家康が仕組んだことだった。

徳川家の軍事上、最も重要な人物が羽柴秀吉に奔れば、秀吉との戦に逸っていた反秀吉の家老たちは考えを改めなければならない。こうなった以上、秀吉との関係を深めるしかない……つまり、家康が秀吉の臣下となることに同意せざるを得ないと読んだのだ。

「ですが、あくまでも表向きは互いに戦への姿勢を見せながら……」

数正は利休にそう返した。

分かっておりますと利休は言った。

そして、替え茶碗を用意した。

「もう一服如何です？」

数正が今焼の茶碗で二服目を飲んだ後で利休は微笑んだ。

「関白殿下は近々、『家康成敗』を諸大名に伝えます。宜しいですな？」

数正は結構でございますと言った。

利休は頷いてから続けた。

「その後の和議……殿下からの条件は破格のものと致します。それで徳川御家中皆様の面目が立ち、徳川殿が関白の臣下となることで纏まるものに……それで宜しいですな？」

数正は何卒宜しくと深く頭を下げた。

利休は静かに微笑んだ。


「さすがじゃな」

羽柴秀吉は、千利休に言った。

徳川家康のことだ。

「腹心の家臣をこちらの懐に飛び込ませて、家中に動揺を起こさせた後に纏める。獅子身中の虫を炙り出してしまってこの儂に従う。そうされれば……こちらも譲歩をせざるを得ない。見事な軍略じゃな。上様もこんな真似は出来ん」

利休は深く頷いた。

「そんな徳川様を関白殿下のお味方に出来ることは僥倖。殿下による天下泰平の要となるお方だと改めて思います。ここからは……」

そう言って秀吉を見た。

「ここからは？」

秀吉は利休に訊ねた。

利休は不敵な笑みを浮かべて言った。

「殿下の人たらしの妙をお見せ頂きとう存じます」

秀吉は笑った。

「以前申したな？　へりくだりにへりくだって家康を落とし、上に出ろと？」

御意と利休は言った。

「今の状況、実で殿下が上、そこで名では徳川様が上となるように……」

秀吉は考えた。

「さて……どのようなものが……!?」

利休を見るとなんともいえない冷たい笑みを浮かべている。

(こういう時の〝明智光秀〟は……恐い)

秀吉は利休の表情を見ながら思った。

利休は言った。

「徳川様は嘗て御正室を上様の命により手に掛けておいでになったのはご承知の通り」

秀吉は勿論知っている。

「その徳川様に後添え、御正室を関白家から差し出されるのです」

秀吉は驚いた。

「儂の家から嫁を出せと？　だが誰もおらんぞ！」

利休はさらに冷たい目になった。

「関白殿下には妹君がおられるのではありませんか？」

秀吉は瞠目した。

「朝日のことか？　だが朝日は既に嫁いでおる」

秀吉の異父妹、朝日は同じ村の幼馴染みの男の妻となり、その男は秀吉について侍となって今も秀吉の家臣の一人だ。

利休はじっと秀吉を見詰めるだけで何も言わない。

「朝日を離縁させ……家康の嫁に、と？」

御意と利休は頭を下げた。

秀吉は苦い顔をした。肉親思いの秀吉は朝日の夫婦仲の良さを知っている。

(あれを引き裂くのか？)

その心を見抜いているのか、利休は言った。

「関白殿下の血を分けた妹君を徳川様が御正室に迎えられる。これほどめでたく、そして義兄弟となられる強い結びつき以上のものはございません。徳川御家中も十二分に納得される筈と存じます」

利休は秀吉に、実の妹を人質として出せと言っているのだ。

秀吉は目を閉じて考えた。

次に目を開いた時には、晴れ晴れとした顔つきになった。

「分かった！　それで家康との和議を進めようぞ！　それがよい。流石は利休じゃ！」

利休は何も言わず頭を下げた。

「ではその内容で石川数正様から徳川様に密書を届けさせます。勿論徳川様はご納得になると存じます。そして、和睦の仲介として織田信雄様を立てることで全て正式に纏まるかと……」

そうしようと秀吉は言った。

これで自分の天下取りは大きく前進する。それを思えば、妹も喜ぶ筈だと秀吉は自分に言い聞かせた。血を分けた親弟妹を思う心は強い。だがその心を殺してこその天下人だと、自分を納得させたのだ。


天正十四（一五八六）年正月十六日の禁裏での黄金の茶会の翌週、京の都に羽柴秀吉と徳川家康との和睦が成ったという噂が流れた。

「御所で黄金の茶会をやる関白には誰も敵わんやろ」

そんな話が市中に流れた。

そして二十七日、織田信雄が羽柴秀吉の仲介人として岡崎城で徳川家康と会い、正式に和睦が成立した。

秀吉側が表向きは大きく譲歩をした内容の和睦だった。秀吉の妹、朝日が家康の正室として三河に嫁ぎ、甲斐、信濃の支配は家康の裁量に任せるとした。

だが『家康成敗』の命令を出した大名たちには、「家康が全面的に秀吉に従うとして来たので赦免した」と伝えた。


「やはり秀吉は凄い。いや千利休こと明智光秀が凄いのか……」

家康は自分の妹を正室として差し出して来たことに、秀吉の覚悟を感じたのだ。

「力で捻じ伏せることも出来るところを、下に下にと出て来る。これは敵わん」

そして、同時に聞こえて来るのが黄金の茶室のことだ。

「秀吉には千利休の茶の湯御政道がある。余計な戦をせずにその隠然たる力で相手を屈伏させる。まさにこの家康がそうなった」

石川数正の出奔で動揺した家臣たちは秀吉の和睦の条件に溜飲を下げた。

「あとは……名実共に秀吉の臣下となったことをいつ示すか？」

それは家康自らが上坂して正式に秀吉に頭を下げることで示される。

だが簡単には上洛したくない。

その後の秀吉との関係を、少しでも自分に有利なものとするにはどうすればよいかを考えなければならない。

領地で家康の裁量次第とされた信濃の真田昌幸ら反家康勢力は、秀吉や上杉景勝を後ろ盾にしてそのままなのだ。

「秀吉は婚姻の直後に上坂しろと催促してくる筈。そうは簡単にはいかんところを見せねばならん」

家康は婚姻は承諾したものの、臣従までには一筋縄ではいかないところを発揮する。

「徳川様は様々に駆け引きをなさる御仁、こちらも工夫のしがいがございますな」

千利休は、困ったような口調で秀吉に言った。

家康がさっさと動かないことだ。

「上様なら腹を立てて一気に軍勢を出されるところだな」

秀吉も苦笑いで応じた。

利休は、あぁというような表情になった。

「如何です？　徳川殿は上様には徹底的に従われた。殿下もそろそろ上様が如きなさり方をなさっては？」

秀吉はどういうことだと訊ねた。

「朝日様の輿入れに関して、徳川様の対応にこちらから難癖をつけ、関白殿下がお怒りになるというのは？」

秀吉は、なるほどと頷いた。

利休は続けた。

「下に下に、は肝心なところで。枝葉末節では上様の如きお振舞いも効くのでは？」

茶事のようなものだな、と秀吉は笑った。

「陽と陰、緩と急。茶事同様、物事を面白くすることは必要かと存じます」

天正十四年四月十一日に秀吉の妹、朝日の家康への輿入れが正式に発表された。

家康は家臣の天野康景を御礼の使者として遣わせたが、秀吉は「徳川家臣で自分が見知っている酒井忠次か本多忠勝、或いは榊原康政を遣わせるべき」だとして怒っているとの知らせを返した。

家康は苦笑いした。

秀吉の使者は和睦決裂を口にする。

その場に同席している織田信雄の使者が、「信雄様の面目を考えてくれ！」と懇願したことで家康は本多忠勝を大坂に遣わせることを承諾した。

利休は笑った。

「狐と狸の化かし合い……天下取りには色々あって当然、色々準備して当然」

様々な茶道具を用意するように、様々に人の心を読んでいく。それが茶の湯御政道に通じると利休は思っている。

こうして五月十一日、家康は輿入れする朝日姫を迎えに重臣内藤信成ら七人を三河の池鯉鮒まで遣わした。秀吉の側からは浅野長政ら四人、織田信雄から織田長益、飯田半兵衛が従っていた。

尾張の西の野で朝日姫は、家康側にもらい受けられた。行装は長柄の輿が十二挺、つり輿が十五挺、代物三千貫、金銀二駄、その他の道具は数えきれないほどだった。

十四日に朝日姫は、浜松城に迎えられ婚儀が成り正式に家康の正室となった。

そこから直ぐ家康は、秀吉を刺激するような動きに出る。

「徳川家康は、一筋縄ではいかぬ。それを事あるごとに、武では見せておかねばならん」

家康は上田の真田昌幸を攻撃するとして突如、出陣したのだ。

知らせを聞いて、秀吉はため息をついた。

「ほんにあの御仁、なかなかに面白いな」

利休は笑った。

「いやはや、徳川様との茶が本当に楽しみになりました。殿下、ここは当然……」

秀吉は、分かっていると言った。

家康が駿府（すんぷ）まで出馬したところで、秀吉は仲裁に動いた。

それに家康はすんなり従う。

そうして八月七日、浜松に戻った。

秀吉は朝廷を動かし、婚姻に合わせて家康の官位を上げさせた。それまでの従五位下（じゅごいのげ）左京大夫（さきょうのだいぶ）から従三位（じゅさんみ）参議に昇進したのだ。

そうなると家康は、帝に御礼の為に上洛が必要になる。自分のところに早く来い、という秀吉の圧力がそこにあった。

「さて、まだ下手に出ねばならんかの？」

羽柴秀吉は千利休に訊ねた。

秀吉の妹、朝日姫を正室に迎え、官位も上げて貰った返礼に直ぐにでも上坂するのが筋であるところを家康はまだ気配すら見せない。

信濃上田城の真田昌幸攻撃の動きを見せたり、居城を浜松から駿府に移して関東への重心を掛けるような様子も見せる。いざとなれば北条との連合軍で戦を仕掛けるとの思惑を隠そうとしない。

そんな家康に対し、秀吉は次の手をどうすべきか考えあぐねていた。

利休は珍しい茶碗で茶を点てている。

最近になって、長次郎に焼かせた今焼の赤茶碗だ。

黒だけでなく赤を焼かせるとどうなるか？

京の利休屋敷に近い長次郎の工房で、何度も釉薬の試行錯誤をさせて満足いくものが出来た。黒茶碗より丸みがありどこか優しい。黒の冷え冷えとしたものとは逆の温かみを感じさせるように、利休は造形を工夫させていた。

秀吉の茶の感性は鋭い。

利休と共に進める茶の湯御政道、そこには『天下人の茶』……派手で大らかで天下泰平を象徴する茶が必要であると利休から言われる中で自分でも茶を深めたいと思っていた。

そこへ利休から今焼の茶碗が出された。

「これは……」

その赤い茶碗に秀吉は自分を見た。利休が理想とする関白の自分を見たと思ったのだ。

利休は、その茶碗で茶を点てている。

無骨な太い指が、なんとも軽やかに動く。

そうして茶碗が秀吉に出された。

「旨い」

秀吉が一言いうと、利休はゆったりと頭を下げる。利休と秀吉の茶の感性の交換だった。

「良い茶碗だ。儂に似合うておる」

そうして、秀吉は改めて利休に訊ねた。

「家康に対し、まだ下手に出んといかんかな？」

利休は微笑んだ。

「さらに下手に……と申し上げたら、如何されます？」

秀吉は一瞬厳しい目をしてから笑った。

「あの家康、それで動くか？」

はいとはっきり、利休は言った。

次で動かなければ後は無い、と家康は分かっている筈だという確信がある。

「ですがもし、もし動かなければ……一気に攻め滅ぼしましょう。北条や奥羽雄衆をも敵に回しての大戦となります。その際の軍略立案、どうかこの明智光秀めに御命じ下さい」

秀吉は息を呑んだ。利休が真の名を口にする時の眼光の鋭さにはぞっとする。

（この男が味方で本当によかった……）

秀吉は笑った。

「天下泰平、天下泰平！　下手に出ての天下泰平。それでいこうぞ！」

利休は微笑んで頷いた。


天正十四年九月二十六日、徳川家康は羽柴秀吉からの上洛を促す使者を岡崎まで出向いて迎えた。

そこで、秀吉側から提案された内容を聞いてため息をついた。

「これはやはり……敵わん」

家康は即座に秀吉の使者に対し、「関白殿下のお召しに応じ来月上洛致します」と伝えた。

秀吉はこう言って来たのだ。

「娘の朝日を遠くへ嫁に出して母、大政所（おおまんどころ）が気鬱になってしまっている。そこで一度、朝日に会いにそちらへ行かせたい」

秀吉の下手の出方には凄みがある。

「実の妹だけでなく……実の母親までも人質に出すということだ。これをこちらが飲まねば……戦になる」

家康は上洛を決めた。

家康は十月十四日に浜松を発った。

その日は三河吉田に泊まり、翌日吉良、十六日に西尾と移動した後、岡崎に入った。

十八日に秀吉の母、大政所が岡崎に着いた。そこで対面した朝日とのやり取りの様子を間者に探らせ、大政所が本人であることを確認した後に岡崎を発ち、軍勢三千を引き連れて京へ向かった。

十月二十四日、京の徳川屋敷に入り、翌日、三条猪熊の南にある呉服商、茶屋四郎次郎清延の屋敷をお忍びで訪れた。

清延は本能寺の変を堺にいた家康に逸早く一報、家康の伊賀越え逃避行を助けた人物で、家康にとっては命の恩人だった。

「あの時以来の京でおますな」

清延はギヤマンの杯に葡萄酒を注ぎ家康に手渡した。

　家康は旨そうに口をつけた。

「久々の味、格別です」

　清延は微笑んだ。

「伏見の酒もよろしいけど、今度の徳川様の御来洛と御上坂では仰山御酒を召し上がられると思いましてな。南蛮の葡萄酒の上物を用意しておきました」

　家康はご配慮痛み入ると頭を下げた。

「南蛮の酒を飲むと上様を思い出します。あの方とはいつもこうしてギヤマンの杯を重ねたものです」

　そう言って飲み干すと清延は直ぐに注ぎ足した。

「本能寺の変から四年……世の中、一変致しましたな」

　家康は「誠に」と頷いた。

「羽柴秀吉殿の電光石火には敵いません。これから関白秀吉の臣下となるとは、伊賀越えの折には夢にも思いませんでした」

　自嘲気味にそう言う家康に清延は真剣な表情で言った。

「明智光秀殿の御存命……お聞き及びでしょうな？」

　家康は頷いた。

「明智光秀改め千利休、茶の湯御政道の宗匠として関白の世を仕切る御仁。その男を抱える関白には敵いません。秀吉の世で決まり」

何ともいえない空気がその場に流れた時だった。番頭が慌てて座敷に入って来た。

「い、今こちらに関白殿下がおいででございます!!」

二人は驚いた。

すると座敷に満面の笑みの秀吉が土埃(つちぼこり)のついた顔で現れた。

「いやぁ、久々に早馬を駆って大坂から京まで参りましたぁ……上様から火急に呼び出された時を思い出しましたわ」

家康も清延も唖然としたままだ。

「おっ!! 南蛮酒ではござらんかッ! 儂にも一献、ご相伴に与(あずか)らせて下され!」

清延は慌てて新しい杯を持ってこさせた。

「あ! あと、もう一人参りますでな」

秀吉がそう言うと大柄な剃髪の男が入って来た。

家康は息を呑んだ。

秀吉は葡萄酒で喉を潤してから言った。

「徳川殿ッ! ようおいで下されたッ! これが儂の茶頭、千利休でございます。徳川殿は見知っておいでの筈」

そこにいるのは、紛れもなく明智光秀だった。

利休は頭を下げた。

「大変なご無沙汰を致しましてございます。只今関白殿下よりご紹介賜りました千利休でございます。堺で納屋の〝ととや〟を営んでおります。以後お見知り置き下さいますよう」

そう言って微笑んだ。

家康は笑った。

「お二人には敵わん。こうやって人を喰い、あっという間に天下もお取りになる。そういうことですな？」

秀吉は真面目な顔つきになり、杯を置くと突然、がばりと家康の前に両手をついた。

「徳川殿ッ!!　ご上洛を頂戴し誠に、誠にありがとうございます！　この秀吉、家康殿との入魂（じっこん）、この世で最も大事なものを得たと思っております。何卒何卒よしなにッ!!」

そう言って深々と頭を下げるのだ。

家康は直ぐにその秀吉の手を取った。

「殿下、どうぞお手をお上げ下さいませ。今後は殿下の臣下としてこの家康、死ぬ気で務めて参ります故」

秀吉はその家康をがばりと抱きしめた。

「徳川殿ッ！　共に力を合わせて天下泰平の世を創ること、お願い致しますぞッ!!」

家康は秀吉の人たらしには敵わんと改めて思っていた。その家康を抱きしめながら秀吉は利休の言葉を思い出していた。

（最後の最後、さらに下手に出て徳川様のお心を殿下のものに致しましょう。そして、それが下手に出る最後と致しましょう）

その二人の様子を見ていた利休が言った。

「御茶弁当を持参しております。どうか一服、召し上がって下さいませ」

そう言って、持って来た手提げの箱から茶道具を取り出した。そして、襟に掛けていた棗の茶入を出し、あっという間に準備を整える。

その様子を見ながら家康は思った。

（まるで野戦陣中の茶、これが利休の茶か）

茶を点てる利休を皆が眺めた。

そこにいるのは紛れもなく明智光秀だ。

信長の信頼厚く頭脳明晰、高い教養を備え軍略家で腹の据わった武人……家康には武田騎馬軍団を壊滅させた鉄炮戦が忘れられない。

（そして大謀反人……）

信長を弑逆した後に惨めな死を遂げた筈。

（だがその男が秀吉と世を動かしている）

家康は利休の茶筅の動きを冷静に見ていた。

（この男の茶がもたらすもの。その先に天下泰平があるなら……飲み干そう）

家康は、利休の茶を飲んで言った。

「見事な……お点前でございました」

人を落とす。

納得させる。説得する。味方につける。攻略する。自分の意のままにする。支配する。

人生の様々な場面で程度の差はあれ……そのような行動を取らなければならない時がある。

その時に、何を武器とするか？

己の魅力を武器に出来れば最高だ。徳のある人という言われ方があるが、それもそういうものの一つだろう。

下手に出る――それも徹底的に下手に出ることの効果は、様々な場面で発揮される。

相手を顧客だと思い「お客様は神様だ」として対応すれば悪い結果は出ない。

そして、その相手との関係性を、自分は何より重要に考えているということを見せるのも必要だ。

〝相手とのこれからの関係のビジョンを示す〟

それが、一番の武器になる。

短期、中期、長期での関係性のビジョンをきちんと示されると（明らかに示されずともそれを内包しての説明があると）人は必ず心を動かされる。

どんな人を落とす時にも、ビジョンを用意することは絶対に必要なのだ。

天正十四年十月二十七日、徳川家康は大坂城に登城した。

羽柴秀吉臣下の大名、武将がずらりと正装で揃っていた。

そうして家康が登場し、その先頭に座った。

暫くして関白、羽柴秀吉が現れた。

全員が平伏した。

「面を上げい」

秀吉の声と共に全員が頭を上げた。

次に秀吉はよく通る声で唸るように言った。

「家康、上坂大儀！」

家康は「ははぁ」と手をついて頭を下げた。

このやり取りで、家康は秀吉に対し臣従の礼を取ったことが天下に知らしめられた。

家康からは秀吉に対し馬十四、金子(きんす)百枚、梨地の太刀が進上された。

秀吉からは『白雲』の壺、『正宗』の脇差、『三好』の太刀、大鷹が家康に下された。

ここで利休が秀吉好みの演出を行った。

家康に事前に知恵をつけていたのだ。

「そうなされば、必ず関白殿下は大きな見返りを徳川様に下される筈でございます」

家康はそれに乗った。

上座にいる秀吉の後ろには豪華な唐の陣羽織が飾ってある。

家康は秀吉に対して型通りの礼の言葉を懇ろに述べた後、大きな声で言った。

「この家康が関白殿下に臣従致しましたからには今後、殿下を戦場に立たせるようなことはさせません。私めが殿下の敵となる者全て蹴散らしてみせます。つきましては、あちらにございます関白殿下の陣羽織、この家康めにどうかお与え下され！」

秀吉は満面の笑みで言った。

「家康、よう言うたッ！　儂が直々に着せてしんぜようぞ！」

「ははぁ、有難き幸せ！」

この芝居は効いた。

そして秀吉は近江守山付近の在京料三万石を家康に進呈したのだ。

家康の秀吉への臣従の儀式が終わって天守閣での茶会になった。千利休が亭主となり、秀吉、家康、そして織田信雄に茶を献じた。

織田信長亡き後の天下の趨勢（すうせい）が、秀吉への流れで完全に固まったことがこれで示された。

羽柴秀吉と千利休、二人による天下取りへの茶の湯御政道がここに定まったのだ。

「旨い」

利休は堺の利休屋敷に戻って、弟の宗易の点てた茶を飲んでそう口にした。

宗易は少し驚き、ありがとうございますと頭を下げた。

「昔、与四郎殿の点てた茶を何故旨いと感じるのか……不思議だった。そのことを思い出したら思わず口から出てしまった」

宗易は懐かしいですなと笑顔になった。

「あの頃は茶席で平気で『旨い』と言うような、ざっくばらんで正直なものがあった。そんな茶を……私は窮屈なものにしてしまったのかな？」

宗易は首を振った。

「茶は様々あってよいではございませんか？　硬い茶もあれば軟らかい茶もある。正直な茶もあれば嘘の茶もある。身も蓋もありませんが茶は茶。それで宜しいではありませんか。兄上がお創りになっている茶は途轍もないもの。おそらく百年経とうと二百年経とうと、いや千年でも続いている茶でございますよ」

利休は難しい顔をした。

「たかが茶、されど茶……。私は茶を遠くに連れて来すぎたようにも思うがな……いや、これは少し格好をつけすぎたか？」

利休は笑った。

それを聞いて、宗易は言った。

「忙しすぎるのではございませんか？　兄上はあまりにお忙しゅうございますよ」

徳川家康の上坂での根回しや準備、秀吉が京に造る新たな城や大仏殿の敷地内での茶室造り、そして様々な有力者から持ち込まれる道具の鑑定……利休には表でも裏でもやることがありすぎるくらいあるのは事実だ。

利休は首を振った。

「上様にお仕えしていた時に比べればこんなもの万分の一、大したものではない。だが……」

茶に疲れたようになるのは、避けねばならんと利休は思った。そしてもう一度、虚心坦懐に茶の旨さを考えようとした。

利休にとって疲れた時の頭の切り替えは、武将時代から習い性となっている。それが心身に疲労を残さないことだと思っている。

そして頭をまっさらにしてみた。

「改めて茶を飲むことを考えた時、『旨い』とはどういうことだろうな?」

宗易は心が躍った。久しぶりに茶の議論が、兄と出来ることが無性に嬉しい。

「茶を飲む者が単純に『旨い』と思うこと……確かに昨今、茶会でしみじみ茶を味わっていることは無いように思います。道具や作法に左右され、本来は最も大事な味わうことが忘れられているように思います。兄上のその疑問は茶の本質を考える上で重要でございますね」

利休は頷いた。

「観念の茶を捨て物として終始考えてみよう。単純に酒肴と同じ『旨さ』というものがある。材料が新鮮であるか、調理の塩梅(あんばい)が良いか、出された頃合いが良いか……そして、器の口当たりが味を左右するな」

宗易はそれを茶に移したらどうなるかを考えた。一つ一つの物を要素に分解して考えていくことは、利休や宗易の得意なところだ。

「茶葉そのものの旨さ……この工夫は必要かと思います。もっと栽培や碾茶のあり方に手を加える余地はあるのでは？」

　碾茶とは茶畑にある茶を摘採までの一定日数、被覆してから摘んだ後、生葉を蒸して乾燥させたもののことで、これを石臼で挽いて抹茶にする。

「茶の葉は栂尾か宇治の産を使っているが、堆肥を工夫させてもよいかもしれんな。人がそのまま口にしても旨いようなものを、土に混ぜて育ててみる。魚の干物や油粕、酒粕のようなものも混ぜてもよいかもしれんな」

　是非試させましょう、と宗易は書き付けてから言った。

「そして、水。京の醍醐寺の井戸水の旨さは格別ですが……水は汲み立てでないと旨くはありませんから、これは茶席のそばの井戸以外に手立てはございませんね」

　宗易の言葉に利休はそうなのだと呟いた。

「堺で飲む茶が大坂よりも旨いと思うのはそこにあるように感じる。大坂は硬く感じる。堺の水の方が軟らかく茶には合うのかな？」

　利休はそう言ってから考えた。

「これは工夫次第だろうな。大坂での茶会の前には水を盛大に攪拌してみることも必要かもしれんな」

様々に具体的な工夫が出て来る。

そこから、水を沸かす釜のあり方や柄杓での水の差し方による温度調整について議論した。

そして、次に点前でいかに『旨い』茶を点てることが出来るかを考えた。

「茶筅の使い方……これも工夫がいるが、茶筅そのもののあり方を工夫してもいいな」

宗易はそうですねと頷いた。

「白竹で出来た茶筅を外穂と内穂に分ける工夫は村田珠光によってなされたと聞いておりますが……その茶筅、北宋の徽宗皇帝の『大観茶論』には次のようにあります」

筅　茶筅以筋竹老者為之
身欲厚重　筅欲疏勁
本欲壮而未必眇　當如劍脊之狀
蓋身厚重　則操之有力而易於運用
筅疎勁如劍脊　則擊拂雖過而浮沫不生

筅、茶筅は、老いた筋竹を以て作る

身は厚く重く、筅は疏(あら)く勁(つよ)いを良しとする
筅の本(つけね)は壮(ふと)く、末(さき)は眇(ほそ)くなければならない
そして剣脊(けんせき)状にすべし。身が厚く重いことで操る際に力が入り動かし易い
筅が疎くて勁く剣脊のようであるなら、撃払がすぎても浮沫(あわ)が生じない

利休はその通りだが、と言いながら茶筅を手に取った。

「どうだろうな？　この穂先を内側に丸く曲げて整えるというのは？」

宗易は、はっとなった。

「その方が、余計な力を入れずとも茶を上手く点てられるのではないでしょうか！　手元を柔らかに優美に動かすことが出来ますね！」

利休は嬉しそうに頷いた。

「是非そうしよう。職人にそれで作らせてみよう。結果は良いと思うな」

こうして様々に道具についても再考がなされていった。

「様々なものを見立てて使うことは、茶の湯そのものを広げるが……飲み方を変えるというのもまた、茶の湯を変えるかもしれん」

ふと利休はそう言って遠くを見るような表情になった。

(兄上が最も集中されている時のお顔！)

宗易はじっと利休の次の言葉を待った。

あっ、と思い出して利休は宗易に訊ねた。

「お前は濃茶をどう思う？　本当に普段から旨く感じて飲んでいるか？」

宗易は怪訝な表情になりながらも、考えてみて答えた。

「そうですな……一口目は旨く感じますが、量を多く感じてしまうと食傷致しますね」

利休は、そこだという顔をした。

「どうだ、濃茶？　覚えておるだろう？　嘗て山崎城で行った客が飲み回すあり方を」

それは秀吉が死んだ筈の明智光秀を、堺の茶匠たちに明らかにした時の飲み方だ。

秘密を皆で共有する為の茶、秘事としての茶の飲み方に工夫したものだった。

「天下泰平の茶の湯……濃茶は一つの碗の茶を客が回し飲むことを常とする。それで作法を考えてみよう。これはいけるぞ！」

天正十四年十一月五日、徳川家康は羽柴秀吉に従い織田信雄、羽柴秀長、羽柴秀次と宮中に参内した。そして秀吉の執奏によって秀長と共に正三位中納言に叙任された。

そして十一月七日、正親町天皇は譲位、和仁親王が即位して後陽成天皇となった。

即位の後、秀吉は太政大臣に任官し新たに豊臣の姓を勅賜された。

羽柴秀吉は、豊臣秀吉となったのだ。

家康は全ての行事を終えると八日に京を発って十一日に岡崎に入り、十二日に大政所を大坂へ送り届けさせ、浜松に滞在した後に駿府に帰った。

家康の上洛上坂……「何事も関白殿下次第」と家康が秀吉に臣従したことで、「関東のことは家康次第」ということになった。それは関東の北条を秀吉の臣下とする為に、上手く動けということを意味した。


「北条氏直様、或いは父君、氏政様の上坂の実現……楽しみにしております」

千利休は、家康に茶を点てた後にそう言った。

家康が京を発つ前日、京の徳川屋敷に利休は単身出向き座敷で家康に茶を披露した。

それは、二人だけの茶だった。

家康はそれを聞いて、薄く笑った。

「親戚だらけとなっての身のほど……ほとほと疲れます」

北条に娘を嫁がせ、自身は秀吉の妹を正室にしている家康の心情を察しろということだ。

利休は笑った。

「人の上に立つ者の宿命でございますな。それだけ天下を身近に引き寄せられるということ。上様も盛んに縁組を行われましたが、血が交わると結びつきは強くなるのは必定、そしてその要となる者が全てを背負わねばならんのも必定……強き者の定めでございます」

そう言って、もう一服如何かと訊ねた。

家康は所望致します、と応じた。

先に出した井戸茶碗に替えて、今焼の黒茶碗を用意した。

「北条……難しいですな」

そう利休が口にしたので家康はえっという表情をした。

暫く沈黙があった。

「恐れながら徳川様の今回のご上坂、関白殿下への臣従の御決断、政略からも軍略からも正しいものと拝察致します。ですが、北条が徳川様のように賢明かどうか……」

ぬけぬけとよく言うと家康は思った。

「それは、明智光秀殿のお言葉ですか？」

利休の目が光った。

「明智光秀……あの大謀反人が生きておれば今を見てどう考えるか？　はっきりと申し上げます。豊臣秀吉の治世は盤石、天下泰平への道は明確に見えております。そこでの徳川様のあり方、やはり北条をどうされるかで全て決まると存じます」

軍略家としての光秀の能力を知る家康は、その言葉の重みが理解できる。

「明智殿は北条を攻めますか？」

利休は頷いた。

「はい。関東の地はしっかり固めねばなりません。なまじ臣従させても油断ならん北条は滅ぼし、彼の地は信頼に足る徳川様に全てお任せする。それが天下泰平の要諦と存じます」

家康は目を剝いた。

「先ほどは北条を臣従させよと仰ったではありませんか？」

利休は不敵な笑みを見せた。

「今のは本心を申したまで……関白殿下にも申しておりません。まずは九州平定がございます。殿下の気を散らしたくございませんので……」

秀吉にも明らかにしていない軍略を、家康には語るという利休の態度に家康は少なからず心が動かされた。

「北条は滅ぼすべきと？」

利休は、その通りですと言った。

「この日の本の天下泰平に関東の地は鬼門、しっかりと封じることが必定。北条を置いたままでは鬼門はそのまま。それを取り除いてこその天下泰平……その地に徳川様がおられてこその泰平の維持。この利休がそう強く思っておりますこと、ご心中深くにお留め頂きたく存じます」

そう言って頭を下げる。

家康は、利休の長期的軍略を考えての言葉だと理解した。そして、その流れになるよう裏で働きかけていくのだろうとも思った。

そこで家康は、話題を変えようとした。

「鬼門といえばあの金ケ崎が上様の鬼門でございましたな。関白殿下と明智殿が殿（しんがり）を務められ、見事に信長軍は助かりましたが……」

浅井長政の裏切りによって、危うく信長が朝倉軍との挟み撃ちで討ち取られるところだったのを間一髪で虎口を脱出した。

その時に従軍し、信長と共に家康も逃げたことを言ったのだ。

利休は微笑んだ。

「面白かったです。あの殿戦、今思い出しても愉快」

家康は驚いた。利休の言葉つき、顔つきが、完全に武将のそれになっている。

そこで家康は明智光秀に会ったら、一番訊ねたかったことを訊ねた。

「明智殿、本能寺の変……一体何があったのです？」

利休は冷たい笑顔を見せた。

その表情に家康はぞくりとした。

「真相は関白殿下だけにお話を致しましたが、その殿下を真にお助け頂き、天下泰平を成し遂げた後の殿下の治世を支えて頂ける方と信頼する徳川様にはお話し致しましょう」

家康はゴクリと唾を飲み込んだ。

「上様は私に、お亡くなりになる一年前、織田政権が天下布武を成し遂げた後の治世のあり方を考えろと仰せになりました」

ありうることだ、と家康は思って訊ねた。

「上様は幕府を開くお考えだったのですな？」

利休は首を振った。

「上様に過去の制度を踏襲しての天下布武は、頭にありませんでした。実は、関白という位も私が上様にその折に申し上げたものでして……それを現関白殿下で実現させただけ」

家康は驚いた。

「上様は全ての頂点に立とうとなさっておいででした。天下布武が成った後の治世では神や仏のように……人の心においても制度の上でも、最高のものとなって支配をなさることを考えておいでだったのです」

家康は、努めて冷静を装って訊ねた。

「朝廷を超えることを考えておいでだったということですか？」

利休は、暫く黙ってから呟いた。

「上様は私にこう仰いました。『天下布武が成った後、朝廷を滅する。信長は天子となり織田家が皇統となる。それを万民に認めさせるあり方……制度、法、そしてどのような過程を経れば円滑にそれが成せるかを考えよ』。そう仰ったのです」

家康は瞠目した。

「そしてさらに、『天下布武は全てを支配する。日の本の歴史をここで変える。儂があらゆる権威の頂点に立つ。そしてそれを未来永劫持続出来るようにする』と……」

自分の背中に、嫌な汗が流れるのを家康は感じた。

利休は続けた。

「私は考えました……朝廷を滅すればどうなるか？　日の本の永遠の象徴が消える。有史以来の拠り所、ある意味で〝空〟或いは〝無〟であるのが朝廷。〝空〟や〝無〟であるが故に和を、静謐を保てる。どれほど世が乱れても、最後は静謐に纏まる。武家の争いの和睦は、帝が仲介し成される。静謐そして和……その核となる帝が、日の本から消えるとどうなるのか？」

　そして利休は、家康をじっと見詰めて言った。

「下克上が永遠に続いてしまうと私には分かったのです。誰も触れられず誰も手に入れられない最高の権威が消えること、その権威が人の手で消せるということは、必ず次にその消した者を消す者が現れる。そしてまたそれを……そうしてこの日の本が戦と争いの絶えない無間地獄となる」

　家康は利休の話を聞きながら、様々な信長との過去を思い出していた。

　そこに現れるのは大勢の人間の死と破壊、炎の海と硝煙のたなびきだった。

　家康は呟いた。

「あれが、あの地獄がさらなる大きさと広さでこの日の本に広がったということですか……」

　信長が生きていれば、それを自分も見ることになったのだ。

　利休は落ち着いた口調で言った。

「上様はどこまでも〝在る〟もので〝空〟や〝無〟ではない。その死後で神にすることは出来るが、織田家を萬世一系の皇統のように〝無い〟ものとしての権威を発揮させるのは不可能。『在は無に勝てず。在は必ず滅する』。それが私の考えです」

家康は納得した。

利休は、その家康に微笑んだ。

「たまたま、まさにたまたまあの時、徳川殿は安土城にいらっしゃった。私が饗応をさせて頂いている最中に、中国遠征の羽柴殿から上様に応援の要請が届いた……そして私は上様の先陣となるように命じられた。私はその時、畿内に軍略上の空白が出来ていることに気がついたのです。気がついた瞬間、『上様を亡き者にするにはこの時しかない』と思った次第……そこからはご存知の通り。私のその後の戦いは自裁を決めての戦い。家臣、一族に知られぬように負ける戦を行ったのです」

家康は言葉を失った。

そして、改めて千利休、明智光秀の凄さを感じたのだ。

第七章　利休、先を読む

豊臣秀吉の天下取りはその軍事力、財力、そして茶の湯御政道の力を増強する形で遂行されていった。

だがその秀吉を〝成り上がり者〟として認めず、九州での覇権を確立しようと、秀吉臣下となった大友を攻め続けて拡大を図ろうとする薩摩の島津はそのままだった。

秀吉は天正十四（一五八六）年三月、再び状況説明に上坂した島津家臣、鎌田刑部左衛門尉に対し島津が占領した大友領地を返還させる九州国分案を示した。同時に中国の毛利輝元に対し九州攻めの先導役を命じ戦闘準備を指示した。そして讃岐の仙石秀久、土佐の長宗我部元親を豊後に派遣、大友宗麟に加勢させた。

島津は秀吉の国分案を受け入れず天正十四年六月、筑前への侵攻を開始、当主島津義久自身が出陣し大友方が守る肥前国勝尾城を攻め落とした。

これを知った秀吉は島津討伐に大軍を出すことを決定した。

秀吉は大友宗麟と毛利輝元に対して国分令の執行、つまり島津討伐を命じた。

島津は七月、本陣を筑前天拝山に移して筑前岩屋城を攻撃、陥落させたが死者数千名の大損害を出してしまう。八月に同地の宝満山城も陥落させたものの毛利進軍の報に接して撤退、岩屋城、宝満山城共に失うことになった。

八月、秀吉は軍監、黒田孝高に豊前出陣を命じた。

九月、秀吉の命によって讃岐の十河存保（そごうまさやす）が豊後に出陣し大友と合流した。

十月、毛利輝元は黒田孝高らと共に九州に上陸、小倉城、豊前宇留津城を攻撃し陥落させた。その後も豊前の主な城を次々に落とし毛利勢に帰服させていく。

一方の島津は東九州へ進軍して大友の本国である豊後を攻撃した。阿蘇から九州山地を越えて豊後に侵入、津賀牟礼（つがむれ）城など数城を落としたが大友側の激しい抵抗で苦戦、さらなる侵攻は難しくなっていく。

その後も秀吉の命を受け出陣した吉川元春らの活躍により豊前はその殆どが秀吉方に屈し、豊後戦線が残されるだけになった。

十二月一日、秀吉は諸国に対し、翌年三月を期して関白自身が島津征討にあたることを伝え、三十七ヶ国から計二十万の兵を大坂に集めるよう命令を発した。

その一ヶ月前、豊臣秀吉は千利休と九州平定の軍略を練っていた。

「九州平定に向け、三十万人分の兵糧米、馬二万匹分の飼料一年分の調達を奉行たちに命じたが……何せ遠征となる。彼の地で兵糧や武器弾薬の調達が、確実に賄えるようにしておきたいな？」

利休はその通りでございますと頷いた。

「堺納屋衆も総力を挙げて関白殿下の軍略をお支えしますが……やはりここは博多会合衆を完全に取り込むことが肝心かと」

そう言って、不敵な笑みを見せた。

「利休の茶で落とすか？」

自信たっぷりに頷きながら、利休は言った。

「加えて関白殿下の〝人たらし〟をお願いしたく存じます」

秀吉はあい分かったと扇子で膝を打った。

「博多会合衆の筆頭は島井宗室殿ですが勢いは若い神屋貞清殿にあります。堺でたとえるなら宗室殿は今井宗久殿、貞清殿は津田宗及殿……両名とも茶の匠で上様にも可愛がられておりました。本能寺での上様の名物披露に参加して変に遭遇、上様愛蔵の牧谿『遠浦帰帆図』、空海直筆『千字文』を燃え盛る本能寺から持ち出しております」

秀吉はにやりとした。

「明智殿、よう二人を殺さんでおいてくれたな。今日を見通しておったのか？」

利休はなんともいえない笑顔を作って首を振った。

「家臣には将兵以外は全て逃がすように命じておりました故。余計な殺生は好みません……たまたまのことでございます」

秀吉は真剣な表情になった。

「どうする？　二人同時に茶で接待するか？」

利休は神屋貞清に重点を置いた方がよいと言った。

「優越と満足、嫉妬と焦り……互いの心を操り、関白殿下へのご奉仕を競わせるのが肝要かと」

なるほどなと秀吉は頷いた。

そうして利休は、貞清と懇意の津田宗及を通じて上洛させる。

九州平定の兵糧や武器弾薬、船や馬の調達の為に他の博多衆や山口衆も上洛し大名たちと取引を行う中の一人ではあったが、貞清を特別扱いすることに決めている。

利休は宗及に言った。

「神屋貞清殿が参りましたら、どっぷり茶に浸らせて頂きたく願います。心の芯まで茶に染まるように……つきましては――」

利休は宗及に貞清への対応を事細かく指示した。

天正十四年十一月十八日、神屋貞清は京に到着、下京四条の森田浄因の屋敷に泊まった。そして二十三日に上京にある津田宗及の京屋敷を訪れた。

出迎えた津田宗及は言った。

「神屋殿の茶へのお心の深さ、常々感銘を深めておりましたが、この度の御決心、堺の茶人皆、心を動かされました」

宗及は貞清がまだ面識のない利休に憧れていることを手紙のやり取りで深く知った。利休のように……もし禁裏で茶会が出来たら死んでもよいと書いていた。

それを知らされて利休は動いた。

宗及を通じ、貞清に居士となることを勧めたのだ。

そうして十二月三日、貞清は大徳寺の古渓宗陳を戒師として剃髪し、宗湛を名乗ることになった。それ以後、宗及らの紹介で堺や京の町衆茶人らを訪ねては様々に茶を重ねた。

しかし、利休には会わせて貰えない。

「いつご紹介頂けるでしょうか？」

宗湛は事ある毎に宗及に訊ねるが「お忙しいので……」の一点張りに落胆を続けた。

宗湛を焦らしに焦らし、最後の最後で茶の湯御政道に取り込む。それが利休の戦術だった。

そうして天正十五（一五八七）年正月二日、津田宗及から宗湛に迎え馬を添えて飛脚書状が届いた。

明日三日の朝、大坂の御城で関白様が大名衆への御茶の大宴会をされる。ついては宗湛殿を関白様にお引き合わせすることになった……早々に御進物を用意し当方に罷り越したいとなっている。

事前にこのことは宗及から仄めかされていたが、正式の連絡に飛びあがった。

（これで関白殿下だけでなく、千利休様にもお会い出来る！）

宗湛は用意して来た進物の品々……大きな虎の皮二枚、豹の皮一枚、蜀の絹織物二反、沈香一斤を馬の背に載せ、秀吉の近臣、石田治部少輔三成の屋敷に運んだ。宗湛の大坂城での世話は三成が関白から命じられていると宗及から連絡されていたからだ。

受け取った三成は笑顔で言った。

「明日は大変な御馳走となるでしょう。楽しみにされるがよい」

正月三日、まだ夜の明けぬうちに神屋宗湛は大坂城への登城に向かった。

無数に篝火が焚かれて、その姿が浮かび上がる巨大で壮麗な城に圧倒された。

ふと見ると門の外で津田宗及ともう一人、大柄な剃髪の男が待っている。

（もしや⁉）

そうしてようやく千利休に紹介された。

「よくおいで下さいました。関白殿下が宗湛殿にお会いするのを楽しみにしておいでです」

その言葉に、宗湛は震えた。

感激からの震えだけではなかった。

（千利休、町衆茶人の趣は微塵もない。やはり……噂は本当なのか？）

そうしているうちに、大名や武将たちが徒歩や乗物でどんどん参上してくる。

「凄い人数ですね！」

利休は興奮の様子の宗湛をじっと見詰めた。

「では、後ほど」

利休と別れ、案内された広座で待ち合わせの堺衆らが到着する前に石田三成が現れた。

「こちらへ」

なんと自分一人だけが別室に通される。

そこで茶の湯の飾り道具を一通り、拝見させて貰えたのだった。

その後、元の広座に戻ると堺衆五人がようやく参上した。

そうして、進物を差し上げる関白殿下との対面になった。

秀吉が現れ、上機嫌で言った。

そう言われて宗湛もう一度、皆の後について拝見している時だった。

「筑紫の坊主はどこにおる？」

関白がそう訊ねたのだ。

「こちらにございます」

津田宗及が宗湛を指すと秀吉が言ったのだ。

「残りの者は皆下がって、筑紫の坊主一人によく見せてやれ」

宗湛は関白直々の特別扱いに驚いた。

その後の茶会でも、秀吉の宗湛贔屓は続く。

「筑紫の坊主には『四十石』の茶をたっぷりと飲ませてやれよ」

点前は利休だ。

「筑紫の坊主、『新田肩衝』を手に取って見てみよ」

宗湛一人だけに天下一とされる茶入を手に取らせる。

茶会が終わると、

「筑紫の坊主に飯を食わせてやれよ」

なんと関白の御前で大名たちと共に食事をすることになったのだ。

京や堺の町衆は誰もいない。神屋宗湛は、夢を見ているようだった。利休は宗湛の感激ぶりを見ながら思っていた。

「茶の湯御政道、九州平定する」

天正十五年三月一日、豊臣秀吉は九州平定に向けて大軍勢を引き連れ、出陣した。出陣に際して、帝の勅使、公卿衆、織田信雄などが見送った。

秀吉は先に出陣させている軍監、黒田孝高宛の書状に「やせ城どもの事は風に木の葉の散るごとくなすべく候」と記し自らの大軍で蹴散らすとしていた。

軍略として二方面からの進撃が取られた。肥後方面軍を秀吉自身が率い、日向方面軍を豊臣秀長が率いる。合わせて二十万を数える圧倒的な将兵と武器弾薬での攻撃となる。

九州でその膨大な兵站（へいたん）物資を支えるのは博多衆や山口衆を中心とした会合衆たち、中でも博多の神屋宗湛は格別の働きを見せた。

「あれだけの特別なお計らいを関白殿下から受けたのだ。それには商いで期待以上にお返しする！」

茶の湯御政道による九州平定、その要となる神屋宗湛取り込みは……大坂城大茶会の後もこれでもかと続いていたのだ。正月四日昼には石田三成の屋敷で茶を頂戴し、その夜には豊臣秀次邸を訪問、小袖一重(かさね)を拝領した。

その後も毎日、堺、大坂、大和で茶会に呼ばれ、十一日朝には大和郡山城で豊臣秀長の茶会に招かれた。

感激のうちに茶会が終わると、堺在住の博多衆で宗湛の世話をしている博多屋宗伝から飛脚で知らせが来た。

「明日の朝、千利休様が宗湛殿に御茶を差し上げたい由、急ぎ戻られたい」

宗湛は大急ぎで堺に戻り、一睡もせずに支度をして大坂城の門を潜った。まだ夜の明けていない時刻だった。

千利休が小姓衆に行灯(あんどん)を持たせ露地口で待ってくれている。

「どうぞこちらへ」

宗湛らは露地を抜けて躙口から茶室に入った。客は宗湛と宗伝の二人だけだった。

「これが大坂城内の利休茶室か……」

深三畳半で一尺四寸の囲炉裡(いろり)、姥口(うばぐち)の霰釜を五徳に据え、床の柱に高麗筒を掛け白梅が活けてある。

「深い趣だなぁ」

やがて白梅は手水(ちょうず)の間に下げられ、代わって『橋立』の大壺が網に入れられたまま飾られた。名物が持つ威光に宗湛は緊張を感じる。

唐物陶器の水指、茶入は尻のふくらんだもので……茶碗は井戸茶碗、土の水下に竹の蓋置だ。

名物は『橋立』の大壺だけ。それ以外は極めて侘びた簡素な道具立てになっている。

だが、それらを眺めるうちに「まさにこれしかない！」という道具立てに思えて来るから不思議だった。

そして宗湛はじっくりと利休の点前を見た。

(あぁ……吸い込まれるようだ)

ごつい指が茶筅を動かすと羽のようになる。

その動きに陶然としていく。

そして茶碗が宗湛の前に置かれた。

深く頭を下げてから宗湛は頂戴した。

(旨い！)

熱めの薄茶に思わず声を出しそうになった。

毎日が茶三昧、そして昨夜は一睡もしていない宗湛に茶を旨いと思わせる利休の点前がそこにある。

茶事が終わってから雑談となった。

宗湛は茶に関して、様々に疑問を持っていることを利休にぶつけた。

返って来る答えから、利休が持つ驚くほどの知識と経験、そして感性が窺える。

「近頃は道具を袋に入れて飾ろうとする人がおりますが……袋に入れるのは茶入だけに限ります。むやみに道具を仕覆で飾ったりしてはいけませんな。茶の命に関わることです」

「少し前までは茶杓は〝小壺の茶杓〟などと壺の大きさや素材に合わせて象牙や鼈甲などで作らせていましたが……今は竹の茶杓で茶をすくっています。簡素なもので茶入の口に入ればよいということです」

そんな風に、今の茶の湯のあり方に対する利休自身の考えを丁寧に話してくれる。

「円悟の墨跡は、村田珠光が一休禅師から貰って表装したものだということです。珠光は一休の仏道の弟子としてタダで貰った訳ですが……私なら今、千貫文出しても欲しいですな」

そして、武野紹鷗の天目茶碗の話などもする。

宗湛は話を聞きながら思った。

(利休様は今日の茶席の道具の簡素さを、その豊かな知識で補われていくようだ。つまり、茶席での全てが茶ということ……言葉も道具、言葉は大名物になりうると仰っているのだ!)

そんな深い思いに浸りながら宗湛は心地よく利休の話を聞いていた。

そして次の話になった。

「抛頭巾（なげずきん）という名物茶入があります。村田珠光が末期の際『これには極上の茶は入れず、茶の挽き屑（くず）を揃えたものを入れよ』と言って亡くなったといいます。後に名物とされますが、珠光は二貫文ほどの値段で買ったといいます。こういうことは言わぬが華。言霊というものがありますからな。言挙げは無暗（むやみ）にせぬ方が良い。この茶入を奈良屋又七という者が持っておりましたが、この話を聞いてから気に病み、死んだといいます……ご用心、ご用心」

そう言って何ともいえない表情を宗湛に見せるのだ。

宗湛はドキリとした。

（い、言わぬが華……言霊、言挙げするな。つまり……千利休は明智光秀であるということなど絶対に口にしたり書き付けたりしてはならんということだ！）

こうして利休の茶会は終わった。

「関白殿下は凄いが、利休様の凄さも途轍もない！」

宗湛はこの後も、三月末まで畿内で天下の名物名器を拝見しながら茶の湯三昧で過ごした。が、利休に招かれたのはこれきりだった。

こうして様々な方法で豊臣秀吉と千利休の茶の湯御政道を刷り込まれた神屋宗湛は、博多という軍略地の秀吉の要となった。

三月一日、九州に向け大軍で出陣した豊臣軍が取った軍略、二方面攻略戦は島津軍の戦略に大きな影響を与え、緒戦から秀吉軍に有利に働いた。

二方面同時侵攻を知った島津軍は北部九州を放棄、薩摩、大隅、日向の守りを固める方針に変更せざるを得なくなった。そうして豊臣軍は瞬く間に島津方の城の多くを陥落させた。

秀長は三月上旬に小倉に入った。

すぐに豊後を攻めるのではなく、まず高野山の僧、木食応其（もくじきおうご）を使者として府内城にいる島津義弘に送って秀吉との講和を勧めた。

しかし、義弘はこれを拒否した後、弟の家久と共に豊後から撤退した。

秀吉は物見遊山のように山陽道を悠然と時間を掛けて下り、三月二十五日に赤間関に到着、改めて秀長と九州攻めに関する協議を行った。そして従前の通り、秀長が東九州の豊後、日向を経て薩摩に進軍すること、秀吉が西九州の筑前、肥後を経て薩摩に向かうことが決定された。

秀長軍は先着していた毛利輝元や宇喜多秀家、宮部継潤（けいじゅん）らの軍勢と合流、豊後より日向へ入って三月二十九日には日向松尾城を落とし、さらに四月六日には耳川を渡って高城を包囲した。秀長は城を何重にも囲んで兵糧攻めにし、後詰の島津援軍への防備に城塞を築いた。

高城孤立の報に四月十七日、島津義久、義弘、家久が二万の大軍を率いて来襲、激しい戦闘となったが……豊臣方の奮迅で島津は大敗を喫した。義久、義弘は都於郡城まで退却し家久も佐土原城に兵を引いた。

一方の秀吉は、赤間関での秀長との軍議の後、船で九州に渡って筑前へと向かった。三月二十八日、小倉城に到着、翌二十九日には豊前馬ヶ岳まで進軍し、島津方が本拠とする筑前古処山城、豊前岩石城を攻めることにした。

秀吉は豊臣秀勝を大将に先鋒の蒲生氏郷、前田利長隊に命じて岩石城を攻撃させた。戦いは四月一日に始まり、蒲生軍が大手口から、前田軍が搦手口から岩石城を力攻めし、一日で攻略した。城兵三千のうち約四百が討死するという激しい戦闘だった。

秀吉は古処山城攻めに五万の軍勢を送り込み、夜中に大勢の農民たちに松明を持たせて周囲を威嚇、さらに翌日には島津方が破却した城壁を奉書紙を使って一日で改修したように見せかけ敵方の戦意を喪失させて降伏させた。

岩石城が一日で、古処山城が三日で陥落したことで、秀吉に敵対していた島津方の在地勢力は戦わずに続々と秀吉に臣従していった。

その後も秀吉方が予想を上回る速さで薩摩国内に進軍すると島津方は次々に降伏した。

四月二十一日、遂に島津義久は秀長に和睦を申し入れた。

島津家当主、義久は剃髪して出家し、五月八日、泰平寺に陣を敷いていた秀吉のもとを訪れて降伏した。

「大坂を三月に発って二ヶ月も経たず九州の平定がなった。それにしても……」

秀吉は利休のことを考えた。

戦闘の裏で行ったこと、利休の助言に従っての工作が……勝利を早めていたからだ。

千利休は九州征伐中の豊臣秀吉の陣中見舞の為に出立の準備をしていた。

しかし、これはただの陣中見舞ではない。

九州平定後を見据えての豊臣政権の強化、天下泰平に向けた大きな基盤作りを秀吉に行わせなくてはならない。それは、秀吉とずっと話し合って来たことだ。

「天下泰平に必要なものと必要でないもの。そろそろその仕分けをせねばなりませんな」

利休は九州征伐出陣前に秀吉と様々に軍略を語り合う中でそう言った。

「九州平定の先を見据えて、ということだな？」

御意と利休は頷いた。

利休は秀吉を武将の目になって見詰めた。

そんな目になる利休には、いつもドキリとさせられる。

(明智光秀としての意見ということか)

利休はゆったりとした口調になった。

「関白殿下はどれほどの数の坊主や僧兵、門徒衆を殺されました？」

秀吉は利休が何を言いだすのかと驚いた。

利休は続ける。

「私は比叡山焼き討ち、そして本願寺攻めや一向一揆の根絶やしで……恐らく十万は下らぬ数の坊主や僧兵、門徒衆を殺しました」

秀吉はそういう利休の後ろに蒼白い妖気のようなものが漂うのを見てぞくりとした。

「如何です？　あの連中を殺す時に……何を思われました？」

秀吉は少し考えてから首を振った。

「全ては上様のご命令。天下布武の為、上様を唯一絶対と思い、上様だけを信じ、斬り捨て焼き殺すだけであった」

さらに利休は訊ねた。

「あの者たち、命を惜しまず何故あれほどまでに歯向こうて来たと思われます？」

秀吉は一向一揆との戦いを思い出し苦い顔をした。

「南無阿弥陀仏を唱えて死ねば極楽へ行けると信じる心。それだけじゃろ？」

利休は頷いた。

「そう、それだけのこと。それだけに恐ろしいということ……」

秀吉は利休が何を言いたいのか分からないながらも、もう終わったことだとした。

「比叡山焼き討ちや本願寺攻め、一向一揆の根絶やし……上様が徹底して行われたことに恐れをなし、もう二度と歯向こうては来んだろう。本願寺も完全に手なずけておるしな」

秀吉の言葉に利休は不敵な笑みを見せた。

「如何です？　誰も見たことのない極楽などを信じる心……それがどれほど強いものか、殿下の九州攻めでもご覧になられては？　それでもし、その力の根の強さに得心がいかれ、まだまだ恐ろしいと分かられたら、あらゆる〝信じる力〟を天下泰平の為に潰しに掛かりましようぞ」

秀吉は瞠目した。

「ど、どういうことじゃ？」

利休は言った。

「本願寺現法主の教如を九州攻めにお連れになるのです。彼の地の浄土真宗末寺を回らせ見参する門徒衆に、『関白殿下と共に本願寺は栄える』と説法をさせるのでございます」

秀吉の目が光った。

「そうかッ！　それで地域門徒衆を我が方への与力とするということか？」

御意と利休は頭を下げた。

「それでどれほどの力を門徒衆が発揮するか……殿下自身の目でご覧頂き、その力のあり方をご判断頂きたいのです。そして――」

そこからの利休の話に、秀吉は驚愕した。


秀吉は薩摩から悠々たる凱旋行軍で筑前に向かっていた。彼の地では大坂からやって来る利休らとの茶三昧が待っている。そして天下泰平への新たな政略を打ち出す手筈になっている。

秀吉は僅か二ヶ月弱で九州平定を成せたことを改めて考えていた。

「圧倒的な軍勢による戦い……兵力、戦力で大きく敵を上回れば百戦危うからずだが……今回の早期決着、そこに利休が言う〝信じる力の根〟が見事に効いた」

それは本願寺教如と各地域の門徒衆の存在だった。

教如は九州に入って本願寺の末寺で説法を行い「法主の私が九州に来られたのも関白殿下

のお陰」とした為に一向門徒衆が地の利を生かして秀吉軍の将兵や武器弾薬、兵糧の移動を助け、島津方の動きも逐一教えてくれたのだ。

「門徒衆の助けがなければもっと長引いた筈。利休の言う〝信じる力の根〟がいかに広く強いか……よう分かった」

もし逆に門徒衆が敵に回り武器を手に向かって来たら……。

「南無阿弥陀仏の行軍は恐ろしい。敵にすればこちらは無間地獄に陥る。それを止められるのは門徒衆に〝信じる力〟を持たせる法主の教如のみ。一向一揆を根絶やしにし、総本山石山本願寺を屈服させた上様を儂は継いだ。上様から頂戴した総本山を握る力、絶対に緩めてはならん。そして、門徒衆に武器を持たせることは絶対にしてはならん。もしそうなれば……いつ天下泰平がくつがえるか分からん」

利休が見て来いと言った〝信じる力の根〟は改めてよく分かった。

「そして、利休はここでさらなる手を打てと言う……。あらゆる〝信じる力の根〟を絶てと言う。それをこの地、九州で始めろと……」

利休は堺の自分の屋敷で、九州へ出かける支度の合間を縫ってある男の話を聞いていた。

相手は帰化人、油屋伊次郎だった。

猶太（ユダヤ）の民で本名はイツハク・アブラバネル、威尼斯（ヴェネツィア）国の出身で切支丹に改宗し貿易船で日の本に来てから再び猶太の教えに従う決心をし、帰化した。

あらゆる言語を自由自在に操り、信長と出会うまではこの世で最も頭の良い男だと利休は思っていた。

切支丹は猶太の民を忌み嫌う。その存在を無き者と考え完全に無視する。猶太の全てが不浄不吉、悪魔のものであるとして目にも口にもせず書付にも一切記さない。

南蛮との商いの為に切支丹との友好関係が欠かせない堺の納屋衆はそんな伊次郎を敬遠したが〝ととや〟の主人田中与四郎は伊次郎の高い能力を買って密かに雇い入れ、裏方として貿易に関する書付や翻訳をさせていた。

今はその与四郎に成り代わった宗易が〝ととや〟を切り盛りしているが、宗易にとっても利休にとっても伊次郎は欠かせない存在だった。

伊次郎は知恵袋だったからだ。鉄炮や玉薬（たまぐすり）の知識、医術や薬術、天文学や航海術、占星術、そして南蛮の戦や政（まつりごと）について教えてくれる。マキアヴェッリという人物が著した書物『第一の者』を使っての講義を受けそれを信長の天下布武に応用した。

そして伴天連（バテレン）（宣教師）や切支丹の南蛮人からは絶対に得られない情報を、伊次郎から得ることが出来た。中でも南蛮人が秘中の秘とする大型船の設計図は白眉だった。信長に伝えて建造させた軍船で、毛利水軍との戦いに勝てたのだ。

利休はその伊次郎に、様々な情報の収集を頼んでいた。

「分かったか？」

伊次郎は、長い旅から戻ったところだった。利休は伊次郎を〝ととや〟が雇った船で呂宋（フィリピン）に行かせ南蛮の情勢を調べさせていた。

利休は、明智光秀時代から伊次郎の影響で伴天連には懐疑の目を向けている。

「奴らは自分たちに都合の良いことしか教えん。そして必ずどこかで牙を剝く筈だ」

伊次郎から聞いた切支丹による他の国々の征服、その国の民を奴隷とする様子を克明に教えられ、彼らが本当は油断のならない恐ろしい存在であると認識していた。

だが、彼らは貿易には欠かせない。

中でも鉄炮の玉薬として必要な黒色火薬、その製造に欠かせない硝石は日の本にはなく輸入に頼るしかない。

「戦の為には伴天連は必要悪だという理屈がそこにはある。だがもし、戦のない世、天下泰平の世になれば……切支丹はいらない！」

利休は先を読んでいた。

戦の勝利の要諦である〝相手を知る〟こと……。切支丹宣教師、伴天連を送り込んで来る南蛮の国々、その情勢を知ろうとしていたのだ。

伊次郎は、簡潔に的を射て話をする。

「今、南蛮の本国はかなり揺れております。葡国（ポルトガル）やエスパニアが国力を急激に落とし、代わって阿蘭陀国（オランダ）や英吉利国（イギリス）などの新興国が力を伸ばしております。南蛮地域のあらゆるところで大小の戦が起きています」

利休の目が光った。

「どうだ？　お前の見立ては？　伴天連を送り込んで来るイエズス会の拠点がある呂宋は？

葡国やエスパニアが支配しておる地は？」

伊次郎は同じ猶太の民の商人からの確かな情報だとして……阿蘭陀国が彼の地を虎視眈々（たんたん）と狙い、侵略攻撃は近いと伝えた。

利休は考えた。

「だとすると切支丹の後ろ盾は揺らぐ。これは都合が良い。あと九州は如何であった？」

伊次郎は呂宋から琉球、薩摩、博多を経て戻っていた。

「葡国やエスパニアの商人たちが九州で行っていることは酷いものです。特に島津に侵略された大友領地では……目を覆うばかりの惨状でした」

それは、畿内では目にすることのない葡国やエスパニアの非道な商いのことだった。

利休は、その情報が欲しかったのだ。

「これでやれる！　〝信じる力〟が天下に根を張らぬうちに全て引き抜く！　切支丹、伴天連を放逐する！」


千利休――明智光秀、その心の奥底に恐怖として存在するものが二つあった。

一つは――唯一絶対の神というものを信じる者たちだ。

切支丹は、唯一絶対の神を信じる者に他ならない。彼らは他の信仰を認めない。仏教は勿論、日本の神道、八百万（やおよろず）の神など絶対に認めようとせず、そのようなものを信じる者たちとの共存などもってのほか、抹消の対象でしかなかった。

彼らは自分たちが信じる唯一絶対の神の為の国……全ての人間が唯一の神を信じ、全ての人間がその神の教えに従う国を、この世に築こうとする。

世界の国々をそのような神の国とすることを目指し、活動を続けるのが宣教師、伴天連だ。

伴天連たちを支配するのがバチカンの法王であり、この世で神の国を創る組織の頂点にいる人間だ。伴天連たちは、法王の命令で世界の各国に派遣される。

伴天連たちは先遣部隊であり、その後に必ず軍隊がやって来てその国を武力で抑え込み、民を切支丹にして心を奪い、国土を支配し搾取を行う。切支丹になった者は人として認めるが、ならなかった者は奴隷として売られるか殺された。そうやって切支丹は世界の様々な地を征服していったのだ。

ただ、日の本は様々な国に分かれ各々の国を支配する大名が軍備を持ち、戦が上手い為に武力制圧が難しい。そこで伴天連たちは考えた。

「大名を支配する者を切支丹にし、全ての大名と国を自分たちが支配する」

だが、誰が本当に大名たちを支配する存在なのかが分からない。

自分たちの国の王のような存在がいない。

嘗ては大名の頂点である将軍に力があって、権力を振るっていたらしいが既に力はない。

朝廷というものはあるが、単に儀式を取り仕切っているだけでその力は理解不能だ。

そこで別の方法を考えた。

「有力大名を切支丹にし武器を供与して支援する。その大名に他の国々を侵略させ最終的に日の本（ジパング）の王にさせる。切支丹であるその王はバチカンの法王に従い、日の本は自分たちが支配する国に出来る」

その有力候補は、織田信長だった。

しかし唯物論者の信長は、信仰を受けつけず切支丹には出来なかった。

ただ信長は宣教師たちから得られる実利の見返りに布教は許した。切支丹が信長に従順で実害がない限り認めたのだ。その裏には一向一揆に苦しめられている現実があった。

「南無阿弥陀仏よりアーメンの方がましだ」

自分に歯向かう仏教勢力への対抗があった。

だが、伴天連たちと彼らを支える葡国やエスパニアはしたたかだった。強いが無神論者の信長に最新最強の武器の供与は決して行わなかった。自分たちが武力で信長に敵わなくなることは絶対に避けなくてはならないからだ。大型軍船の設計図や大砲などの情報は徹底的に隠したのだ。

「いつか必ずこの国の全てを支配する大名が現れる。その大名を切支丹にすることで必ず日の本を支配する。それが出来なければ……満を持して葡国やエスパニアの大船団で軍団を送り込んで……征服する」

伴天連たちの野望は決して消えなかった。

千利休は信長に仕えていた頃からそんな伴天連たちの本心を油屋伊次郎から教えられていて絶対に信用していなかった。

「奴らは必ずどこかで牙を剝く。いつか必ず切支丹はこの国を支配しようとする」

それ故、切支丹の持つ唯一絶対の神への信仰の強さに恐れを抱き続けたのだ。

「切支丹となり唯一絶対の神を信じて心を奪われるとどうなるか……」

利休は高山右近や大友宗麟など切支丹大名たちと接するとその信仰心の深さに恐ろしさを感じた。

「心の純粋さ……欲も得もなく神の教えのままに生きようとする潔さ。唯一絶対の神を信じて生きること。それは見事だがそこに己がない。思考や思想がない。伴天連の言葉を神のそれと取れば……何もかもを受け入れてしまう。切支丹大名が増えたら大変なことだ」

利休は高山右近のように戦上手の切支丹大名が増えることを恐れた。

「山崎の合戦……私にとっての自裁の戦い。後手後手に将兵を動かし、わざと敗れたがそれでも……敵方だった右近の軍勢の速さと強さは見事なものだった」

そして利休はその右近が徳のある人柄で、武将たちを次々に切支丹に入信させることを脅威に感じていた。

「小西行長、蒲生氏郷、黒田孝高……右近の勧めで切支丹となった者たちが、もし揃って信仰に殉じようと、切支丹の世を創ろうと、結束したらどうなる？」

畿内は大変な争乱となり天下泰平の世など吹き飛ぶ。

利休は秀吉に切支丹をこの国から追放させようと動いていた。

利休は秀吉になんとも言えない表情で言った。

「伴天連たちに葡国やエスパニアの王に口をきかせ、軍船や最強の兵器を殿下に購入させるよう申して頂けませんか？」

秀吉はどういうことかと訊ねた。

「それで奴らの正体が分かる筈でございます。のらりくらりとはぐらかすか『伝えます』と言うだけでその後はなしのつぶてとなる筈。奴らは決して切支丹でない殿下が強力な兵器を手にすることを許しません。この国をいずれ切支丹の国にするために……」

秀吉は少し考えた。

「だが一向門徒衆のように切支丹の者たちは歯向かうことはしない。伴天連の言うように切支丹は戦を望まぬ者たちではないのか？」

利休はそれは全く違うと言った。

「畿内は上様や殿下のように強い武将がいるために、伴天連たちは猫を被っております。しかし、九州では違います。切支丹たちが邪教とする神社仏閣の焼き討ちを伴天連が煽り、信者たちが火を放ち破壊を行っております」

秀吉もその話は聞いてはいるが、遠いところの出来事として受けとめるだけで……切支丹に対して悪い気持ちは特段持ってはいない。

そして秀吉は言った。

「どうだ？　こういう話を伴天連にして軍船や最強の武器を手に入れるというのは？」

よく回る秀吉の頭から出た交渉術だ。

「この秀吉が天下を取った後に明や朝鮮を侵略し、そこに切支丹の国を創ってやる。それにはこれまで以上の軍備が必要。ついては……と持っていくのはどうじゃ？」

利休はさすが秀吉だと思った。

「是非、お願い致します。それで奴らが了承し本当に武器が手に入ればそれに越したことはございません。手に入らなければ……奴らの本心は日の本侵略であることが炙り出されると存じます」

秀吉はその通りに動き、遠征先の九州でその話の返事を葡国の人間から直接貰える段取りを整えていた。

利休はこれは必ず破談になると読んでいる。そして秀吉に九州征伐の際、草を使って切支丹たちが彼の地で何をしているかを克明に探らせることを依頼した。

「伴天連が本当に強力な武器をこちらのものにさせるか？　そして切支丹が、南蛮人が、九州で何をしているか？　それが分かれば奴らの本性が分かります。本性を摑んだその時が、切支丹を日の本から追放する時です」

千利休、明智光秀――その心の奥底に恐怖として存在する二つのもの。

一つは唯一絶対の神というものを信じる者たちだ。

そしてもう一つは――この日の本の人間の本性と呼べるものだ。

「起こったこと、入って来たもの、今あることを受け入れてしまう……そういう性根がこの国の人間にはある。そしてそれが時として途轍もない勢いとなり、止まらなくなる」

それは下克上のことだ。

それまでは上下の関係、主従、師弟、位の高低をしっかり守ることがこの国の根本にあった。争いが起こっても最後には上の位にある朝廷が出ることで和平で機能していた。

しかし応仁の乱以降、将軍が家臣に弑逆されてから主従の関係が崩れ、様々な階層の上下で争いが起き、戦が際限無く続く戦国の世になった。

そこへ織田信長という途轍もない大名が現れ、圧倒的な武の力によって乱世を治めることで泰平の世になると思われた。しかし、その信長は朝廷を滅ぼすことを考えていた。

「私はそれを阻止した。上様を討つことで止めた。もし朝廷を滅したらこの国は永遠の下克上に陥り、国が無くなるまで戦が続く」

それまでの歴史に無かった下克上というものが……いつの間にか受け入れられ、次々と成り、勢いとなったのだ。

「日の本の人間たちは勢いがつくとそのまま走ってしまう。下手をすると国が無くなるまで走る」

そんな勢いの素となる人の本性を、利休は恐れたのだ。

「一向一揆がまさにそうだ。何も知らず何も考えない人間たちが、勢いに乗って恐ろしい力となった。だがそれを上様が殺しまくって根絶やしにし、一揆扇動の頂点にいる本願寺の法主を捻じ伏せることで、治まった」

利休がこの文脈でも恐れるのが切支丹だったのだ。

「切支丹の中から言葉巧みに民を煽る者が現れ、切支丹の世を創るのだと一揆を起こして勢いがつけば……一向一揆以上になる。今その根を絶っておかないと大変なことになる」

利休が天下泰平の世の為に切支丹を追放しなくてはならないと考えるもう一つの理由、それはこの国の人間の本性だったのだ。

「何も考えず普段は大人しく従順な者たちが、何らかの拍子に突き動かされて勢いがつくと取り返しのつかないものになってしまう。それこそが、常に為政者が恐れなくてはならないこの国の人間たちの本性だ」

天正十五年六月、千利休は筑前博多の地で薩摩から凱旋して来た豊臣秀吉を迎えた。

秀吉は博多箱崎の周囲、方三里に軍兵を配置し八幡宮の社頭に仮の館を設けた。

「博多の地はかなり荒廃しておりますな」

利休の言葉に秀吉は頷いた。

「中国の大内や毛利との合戦から今回の島津征伐まで……度重なる戦乱で荒れ果てておる。利休の言った通り神屋宗湛を存分に取り込んでおいて本当によかった。宗湛は家を挙げて博多から唐津に疎開しており彼の地で大名との商いや南蛮との貿易を続けておる。九州での軍備や兵糧の宗湛による手配は一切支障がなかった」

利休は誠にようございましたと言った。

「宗湛への見返りは相当なものとされるのでございましょう？」

秀吉は微笑んだ。

「あの男にこの荒廃した博多の立て直しをやらせる。町割りを任せ、あらゆる商いを主導させる」

利休も笑顔になった。

「よろしゅうございますな。あの男、覇気があり進取の気性に富み、何より勉強熱心。あれほど茶席の内容を克明に書き付けておる者は……津田宗及殿以外見たことがございません。どうか殿下のさらなる御贔屓をお願いしたく存じます」

秀吉は分かっていると頷いた。

「さてもう戦は済んだ。気を散じたい。この地で盛んに茶をやろう。儂も茶屋を設けるが、利休や宗及にも茶屋を造って貰い茶を競おうではないか。そこで宗湛を存分に茶でもてなしてやろう」

利休はその言葉に有難き幸せと頭を下げた。

そして頭を上げた時、表情が変わっていた。それは明智光秀の顔だった。

「盛大に茶をやる前になさねばならぬこと、お忘れではないでしょうな？」

秀吉も表情を変えた。

「切支丹……だな？」

御意と利休は頷いた。

「奴らがこの九州の地で何をしておるか？　葡国やエスパニアの南蛮人が関白殿下の目の届かぬところでどれほどの悪事を行っているか？　草からの報告は如何でございました？」

利休は伊次郎の報告で下調べはついているが秀吉から聞いた報告はそれ以上のものだった。

「それほど非道にございますか……」

利休は嘆息した。

九州の地にやって来ている葡国、シャム（タイ）、安南（ベトナム）の切支丹たちが大勢の日の本の民を購入し、奴隷として本国や印度などに売っていたのだ。

「私が上様にお仕えしていた折、伴天連には葡国の国王の命によって日の本での人身売買は禁じさせたと仰っておられましたが……有名無実も甚だしゅうございますな」

秀吉は頷いた。

「上様のように恐ろしい武将が目を光らせる畿内では悪さをしておらなんだが、目の届かぬ九州では、やり放題だったということ……」

そして秀吉は、さらに九州での奴隷売買の実態を語った。

「島津軍が侵攻した豊後で捕虜にした者たちは肥後に連行されていった。だが肥後の地は飢饉に襲われており豊後の者たちを養う余裕がなかった。それでその者たちは家畜のように扱われ、島原まで連れて行かれて奴隷として切支丹に売り払われた。大勢の豊後の女子供が二束三文で売却されたそうだ。多くは呂宋や安南、印度に売られていったという」

利休は顔をしかめた。

「それが切支丹の裏の顔、いや真の顔というものでございますな」

秀吉は頷いた。

「これで切支丹の日の本での悪行は分かった。あとはこの儂に最強の武器を手に入れさせるかどうか？　それが無ければ決まりだ」

利休はその秀吉をじっと見詰めた。

神屋宗湛が五ヶ月に亘った京、大坂、堺、奈良での茶三昧の滞在を終えて九州に戻り、薩摩の出水に陣を敷いていた豊臣秀吉を見舞ったのは四月二十七日だった。

その差配は石田治部少輔三成が行った。

秀吉は宗湛の顔を見て大きな声で言った。

「宗湛！　この度の九州征伐の成功、宗湛の手の者の働きによるところ大であった！　有難かったぞ！」

そう言って宗湛を感激させた。

宗湛は鶴を一羽と高麗胡桃十袋を進上した。

「茶を飲んでいけ」

出されたのは黄金の天目茶碗だった。

台子での同朋衆の点前だ。

茶を飲み干し煌びやかな外見に比して軽い茶碗を手に取って眺めていると秀吉が言った。

「薩摩の処理が全て済めば筑前に移る。そこでまた会おうぞ。お前には色々とやって貰わねばならんと思っている。頼りにしているぞ」

宗湛は何なりとお申し付け下さいと頭を下げた。

そうして唐津に戻ってひと月が過ぎた頃、秀吉が筑前博多の箱崎で凱旋滞在との報を受け、宗湛は急いで向かった。

箱崎の八幡宮の社頭に設けられた館で宗湛は秀吉にお目通りした。

秀吉は宗湛に言った。

「この荒廃した博多の地、復興は宗湛、お前に任せる。石田治部ら町割奉行と共に早急に掛かってくれ。何か支障があれば何なりとこの秀吉に申せ」

有難き幸せと宗湛は頭を下げた。

「さて明後日、南蛮船に乗って博多の地のあり様を海から眺めることになっておる。お前も一緒にどうじゃ？」

宗湛はその特別な計らいを喜んだ。

そして当日、箱崎宮の社頭に停泊する南蛮船を見て宗湛は驚いた。

「これは!?」

それは大型の軍船で大砲を積んでいる。

乗り込んだのは秀吉と伴天連が二人、そして宗湛と数人の小姓だけだった。

そこから博多までをその船で行くのだ。

出帆前に秀吉は葡国人船長の案内で船内を見て回った。

「これだけの武器を積んだ軍船があれば……小国なら一隻で攻め落とせるな」

秀吉はそう言って大砲を撫でた。

博多湾に出ると秀吉は宗湛に言った。

「よぉく博多の全容を見ておいてくれよ。儂は今から大事な話があるのでな」

そう言って船室に消えた。

その後、秀吉は博多に着くまで甲板に出て来なかった。

そして博多港に着き船室から出て来た秀吉を見て宗湛は息を呑んだ。

(何という恐ろしいお顔だッ！)

顔面は蒼白で目が据わっている。

宗湛は驚いた。その秀吉が宗湛を見た途端、大きな笑みを作ってみせた。

(何だ？)

その様子が宗湛には不気味だった。

博多の浜に上陸すると博多衆が秀吉への沢山の進物を持って集まっていた。

「皆の衆、よう来てくれた！　礼を言うぞ」

そして秀吉は山のような進物の中から銀子(ぎんす)を一枚だけ取り上げて言った。

「儂はこれだけ頂いておく。あとは皆、博多衆で使ってくれ。これだけ荒れ果てた博多の地、この宗湛に町割りは任しておる。皆も宗湛を助けてやってくれよ」

そう上機嫌で言う秀吉に宗湛は感謝の言葉を述べ深く頭を下げながらずっと考えていた。

（あの恐ろしいお顔は何だったのだ？）

豊臣秀吉は、博多の地で千利休と話した。

「あの軍船、見せるだけで絶対に売らんと言いおった。金は幾らでも欲しいだけ出すと言ったが、伴天連は頑として首を縦に振らなかった」

利休が薄く笑いながら言った。

「見せびらかすだけ……とは、関白殿下を威嚇したということでございますな？」

秀吉の顔はみるみるうちに蒼白になった。船室でのやり取りを思い出したのだ。

「あの葡国の船長！　軍船百隻で大坂を表敬訪問したいが如何か？　と言いよった！」

秀吉の体が小刻みに震えている。

利休は落ち着いて言った。

「それこそこけおどし。今や葡国やエスパニアにそんな力はございません。奴らの拠点の呂宋も危うい状況。こちらが弱腰になったところで何か差し出させようとする魂胆が見えております」

秀吉は次第に落ち着いて来た。

「これで全て分かった。切支丹の本性、奴らが何をしているか、そして何が本当の目的か。分かった以上、猶予はならん。布告を出す！」

利休は頷いてから言った。

「この度の九州攻めに水軍で参戦した小西行長、それに随行した高山右近、二名の切支丹大名……行長はさておき、右近は完全に切支丹に染まっております故、ここは果断にご処分をお願いしたく存じます」

利休は右近の求心力を格段に恐れている。

秀吉は、全て分かったと言った。

そしてその夜、関白豊臣秀吉は全国に布告を出す。

――切支丹布教は今日を限りに厳禁、宣教師たちは二十日以内に日の本から追放とする。

――切支丹高山右近、改易し追放とする。

こうして、日の本から切支丹が消えていく。

「天下泰平の世の礎作り、その一つが出来た。さて、まだここから……」

利休は不敵な笑みを浮かべた。

第八章　利休、決まり事を作る

千利休は博多で茶会を行った。

天正十五(一五八七)年六月十四日の昼、箱崎の燈籠堂の近く、利休が設えた茶室での会だ。

客は神屋宗湛、島井宗室、そして柴田宗仁という博多衆を代表する三人だった。

宗湛はその前日、主賓を関白秀吉とした津田宗及の茶会にも招かれていた。

秀吉に目を掛けられ今や博多衆の筆頭となった宗湛だったが……この日の茶会は目上の宗室、宗仁との相伴ということで関白や利休に対するのとは別の意味で何とも気を遣うものとなっていたが、有難いとも思った。

そこに利休の戦略がある。

——秀吉の天下泰平の世への礎の一人としての宗湛を、博多の長老たちにはしっかりと支えて貰う——

そのことを利休が直々に宗室、宗仁に伝える茶会であったからだ。

「博多衆はしっかりと一つに纏まって貰わないといけない。畿内からは目の届きにくい九州を安定した状態に置く要は博多衆たち商人だ」

　様々な物流を担う商人たちは誰よりも情報を握っている。

「伴天連追放令の徹底遵守を担うのは奉行ではなく彼ら商人だ」

　南蛮との貿易を難しい状況下でいかに上手くやるか？　それは彼ら商人の腕に掛かっている。だが、利休は楽観視していた。

「利に敏(さと)い会合衆はどんな状況でもちゃんと商いをやる。そこが彼ら商人のたくましいところだ」

〝どんなに状況が変わっても商売は出来る。さらに儲ける機会をそこに見つける〟

　それは利休が堺の〝ととや〟で炮術師をしていた明智光秀時代、主の田中与四郎に見た商人のあり方、商人魂とも呼べるものだ。

「そんな彼らにとって戦が無く安全に商いを広げられることは最も有難い筈。その意味で九州平定からの博多復興事業は目先の商いとして大きい。そして……」

　利休は商人が常に先を読むことを考え、何を〝先〟として与えてやればよいかを考えた。

「関白が伴天連への方便として使った明、朝鮮への出兵……これは博多衆に効く！」

　彼らにとって世の中の安定は商いをするには大事だが戦も商売の種だ。平和の世となっては戦で儲けることが出来なくなる。

利休は秀吉を支えて天下泰平の世を創ろうとしているが、その流れから商人たちを離反させる訳にはいかない。

「これから大名たちが遠く離れた異国の地へ出向いて戦をする……それは商人にとっては宝の山になる」

秀吉の九州遠征でも遠く離れた地の堺、京の商人たちが戦商いで莫大な利益を得ている。

「自分たちは戦渦に巻きこまれることなく、戦で大きく儲ける……商人にとってこれほど美味しいものはない」

世の中が富むとは……人、物、銭が動くことだと利休はその本質を理解している。

「その動きを最も大きくするのは戦だ」

戦は武器弾薬、食料、木材、馬などの物が必要になり、そこには銭がついてくる。そして戦が終わった後は戦禍を受けた建物や橋の再建が待っている。今の博多復興の動きはまさにそれだ。

「戦は商いの宝の山。その商いに自分たちは常に安全なところから関われるとしたら、これからの戦は全て海の向こうで行われるとしたら、……これほど有難いことは無い筈」

利休は自分が恐ろしいことを考えていることに気づき体の底が震えるような気がした。

「天下泰平の世とは朝廷から民百姓に至るまで……万民が平和に暮らし豊かでなくてはなら

ない。豊かな世にするには商いが盛んにならなくてはならない。だが商いに戦が絶対に必要だとしたら……天下泰平はありえないことになる。戦は天下泰平の必要悪だ。だがその戦が海の向こうであれば……決して戦禍はこちらに及ばず泰平は保たれる。天下泰平の世とは戦を南蛮商い（貿易）にすることだ！」

利休は壮大な構想で、秀吉政権の次の絵を描き始めていた。

死の商人という言葉がある。

この時代の堺、京、山口、博多の会合衆、大商人は軍需物資を扱う死の商人だ。その後の歴史では彼らのような存在が発展拡大し軍産複合体が生まれるのだが、その理屈はこの時に利休が考えたのと同じだ。

戦争は複合的な巨大経済成長をもたらす。

第二次世界大戦後、アメリカ合衆国が超大国となっていく過程を支えたのがこの理屈だった。

世界の警察官となって合衆国の外で戦争を行い、そこへ自国の軍産複合体が武器をつぎ込むことによってヒト、モノ、カネの回転を速め、自国の経済成長をもたらす。戦後は当該国で合衆国の企業が様々にビジネスを展開してまた合衆国は潤う。

自国内にいる国民の安全を保障しながら国外では最新最強の兵器で戦火を交える。冷戦下では他国間での代理戦争に武器を供与して外貨を稼ぐ……。

反戦平和主義という観点からはとんでもないことだが、身も蓋もない現実世界はそのようになっている。

この時代、天下統一が成った後の国内経営を考えた場合、武将たちの生きるモチベーションをどう扱うかが大きな問題となる。

戦がなくなれば戦で得る領地がなくなる。家臣に与える領地がなくなれば主君は何で家臣を繫ぎ止めるのか？

大きな社会制度の改革を行わない限り、この時代に戦争抜きでの成長はありえない。

冷静に考えると天下統一後の豊臣秀吉による明、朝鮮攻めは無謀でも荒唐無稽でもなく、起こるべくして起きたことだったのだ。

利休の博多での茶会が始まった。神屋宗湛、島井宗室、そして柴田宗仁の三人は茶聖である利休の茶を殊の外、楽しみにしていた。

利休が造った茶室は、茅葺(かやぶき)で青茅(かりやす)を壁に代用した深三畳のものだった。

招かれた神屋宗湛は、先に訪れた関白秀吉や津田宗及らが同じく博多の地に造った茶室と似た侘びた趣ながら……利休のそれにはさらなる深みを感じた。

「黄金の茶室とは逆、物の不如意を転じさせる心、はっきりと表れている」

道具は銘『布袋』の備前焼の肩衝茶入の他、新鋳の姥口釜、炉の下に敷く小板はなく、銅の風炉が畳の上にそのまま置かれている。

上座の柱に掛けた高麗筒に篠の花を活け、益母（やくも）の花も投げ入れてある。

そして茶碗は今焼の黒茶碗だった。

――今ここに、まさに生まれたものたち――

戦の後の復興への息吹を感じさせる道具立てだった。

「博多衆、しっかりやってくれよ」

そういう言葉が伝わって来る。

利休は茶入を手に取って言った。

「茶は『橋立』の壺のものを挽かせました」

大名物茶壺の茶、博多衆に対する秀吉政権の後押しを示唆していた。

そして黒の楽茶碗で利休が茶を点てる。

(いつ見てもうっとりする)

利休の指がしなるように茶筅を動かす。

そしてその茶が旨い。

(何故これほど、いつ頂いても利休様の茶は旨いのだろう?)

その宗湛に利休は訊ねる。

「如何です?　もう一服?」

宗湛は次に利休の長男、紹安の茶席も用意される特別な計らいを知らされていた為、丁重に遠慮した。

そして雑談となった。宗湛はまた利休から茶の深い話が聞けると楽しみにしていた。

しかし、

「関白殿下は近々、伴天連追放令を発せられます。驚かれましたか?」

(茶席でする話ではない!)

宗湛は驚いた。

そして利休の顔を見た時に驚愕する。

(武将の顔だ!!)

そこにいるのは、明智光秀だった。押し黙る三人に対して利休は厳しい口調で言った。

「切支丹、伴天連たちの九州での悪行、この地を訪れて初めて関白殿下もお知りになられました。自分たちの信仰に相容れぬ神社仏閣の打ち壊し、そして女子供にまで至る人身売買……」

博多衆もその事実は知っているが、円滑な貿易の為に見て見ぬふりをしていたのだ。

「関白殿下はそのような悪行、決してお許しになりません。伴天連に対して『銭は幾らでも出すので諸外国に売った日の本の民を全員返せ』と命じております」

三人は黙ったままだ。

そこで利休は微笑んだ。

「如何です？　南蛮との商い、これでやりづらくなりますか？」

ここは自分の出番だと宗湛は思った。

「関白殿下の御晴眼、感服致します。我々、切支丹の悪行は知りつつ商いの為を思い目を瞑っていたのは事実でございます。どうかご容赦下さいませ。ここからの商いに支障は出ますでしょうが、取り仕切ってみせます」

そう言う宗湛に、利休は頷いた。

「南蛮商人にとっても博多衆との商いは死活問題。これで商いが切れることはないとは存じますが……大事なのは殿下のご命令は絶対ということ。今後この九州の地に伴天連を見かけたりしたら、直ちに奉行に知らせ、無き者とさせること。宜しいですな？」

三人は畏まってございますと頭を下げた。

そこでまた利休は笑顔になった。

「さて、ここからは関白殿下の天下泰平の世が定まった後のお話を致しましょう。これで九州は平定されました。あとは北条と奥羽のみ……日の本の全大名が殿下に従うのは時間の問題、つまりあともう少しで天下泰平の世、戦の無い世が出来ます」

有難いことでございます、とまた三人は頭を下げた。

「だが、それでは皆様の商いに支障が出る。そうではありませんか？」

利休は不敵な笑みでそう言った。

三人は商人の顔になってその利休をじっと見詰めた。

利休は、皆の思うことは十二分に分かっているという表情で言った。

「日の本の天下泰平が成った後、関白殿下は明、朝鮮をお攻めになるおつもり」

三人は驚いた。

「そこで……博多会合衆を代表するお三方にお願いしたい。万全の態勢でその大きな戦を支えられるよう博多の地を整えて頂きたい。博多だけでなく、琉球、呂宋に至るまで、どこでどう武器弾薬、兵糧を調達し、戦地まで送ることが出来るか……考え、動き、整えて頂きたい。そして戦に必要な情報、切支丹や反豊臣政権の情報含め……徹底的な収集をお願いしたい」

三人はじっとその利休を見詰めた。

利休は大きく頷いてから言った。

「明、朝鮮攻め。博多が兵站となるその戦での商い、博多衆には幾ら稼いで頂いても結構。博多衆の為の戦だと受け留めて頂きたい」

三人は明るい表情になって頭を下げた。


九州征伐は豊臣秀吉と千利休による天下泰平の戦略に新たなものをもたらした。

「本願寺法主、教如を伴っての戦い、そして伴天連の追放……一向衆の〝信じる力〟の元は押さえ、切支丹の根は絶った。これで豊臣政権に歯向かう一揆の核となる〝天下のさわり〟は取り除いた。あとは……」

利休は、まだこの文脈で考えていることがあった。

「それを成した後で明、朝鮮攻めだ。だがその前に関東と奥羽を制しなくてはならない。北条と奥羽雄衆を臣従させるか滅ぼすか……」

利休は得意の茶の湯御政道の力が、北条には嵌らないことに苛立ちを感じていた。

「何とか茶の力で関白に屈させ、余計な戦で血を流させたくはないものだが……」

しかし、関白秀吉の権威をさらに大きく発揮させ、まだ臣従せぬ者たちを秀吉の足元に近づけるものが用意されていた。

「関白秀吉の天下泰平の世、それは大らかで派手で煌びやか……それをこれから茶の湯御政道も含め続けざまに行う」

天正十五年七月、九州から凱旋した秀吉は休む間もなく忙しく指示を出していた。

昨年二月以来、畿内の大工や職人、人足を総動員して京の都、平安京大内裏跡に建造させている城郭風の邸宅、聚楽第（じゅらくてい）の落成が近かったからだ。秀吉は大坂城からそこへ居を移すことにしている。

大坂城内に秀吉が造った山里の茶室——山里曲輪（くるわ）にある数寄屋造りの建物だ。

二畳敷、床の隅に囲炉裏がある。

秀吉と利休の二人、秀吉が茶を点てている。

（いいものだな）

利休は秀吉とこうしている時間が好きだ。

秀吉の茶の感性の良さ、それには特別なものがある。派手なものも侘びたものも自分のものにする。利休は秀吉を高い趣の茶人だと思っている。何より秀吉との茶は楽しい。

（楽しい茶とは良いものだ）

楽しいという基本がそこにある。

茶には色々なものがあるが、利休は秀吉の楽しい茶が素直に好きだった。

秀吉は茶を点てた赤の楽茶碗を利休に差し出して言った。

「聚楽第……これがまた天下泰平の世のあり方を見せるものになるな？」

利休はゆったりとした調子で茶を飲み「御意」と言って頭を下げた。

そしてあっと気がついたような調子になって言った。

「如何です？　雅に中秋の名月の頃にお移りになるというのは？　かの御堂関白藤原道長をも超えているという意味で？」

それは道長の歌を意味している。

この世をば　我が世とぞ思ふ
望月の　欠けたることも　なしと思へば

道長は、何もかもを支配している自分を満月に見立て自賛してそう詠んでいる。

秀吉は笑顔になった。

「いいな！　その日程でいこう。儂はかの藤原道長をも超えた関白秀吉……。そして、上様でさえ出来なかった天下統一もあと一歩。その後は明、朝鮮も征服する。いっそ月もこの手にしたいものだ！」

そう言って笑った。

利休も笑顔になりながら、ふと信長のことを思い出した。

安土城天守閣の天井画に天人として描かれていた信長……その信長から朝廷を無きものにしての治世の制度を考えろと言われた時の自分を思い出した。

そして思った。

(私はあれから変わったか？)

無限の下克上を回避する為に信長を討った自分。秀吉の茶頭、軍師として秀吉の天下取りを支えている自分。

(何も変わってはいない)

そう思えて仕方がない。そこには常に自分の力を理念の為に使おうとしている自分があるからだ。

(私は利己を考えて来なかった)

武将として軍略家としてその優秀な能力は己を超えたもの、理念の為にあった。

それは天下布武であり、天下泰平だ。

利休は不思議と、そういう理念は実現出来ると思い込んで生きて来ていた。

（そして実現出来る確信まで持った）

信長を殺さなければ、天下布武は実現していた筈だ。だが、その後に起きること……利休しか知らなかった天下布武の後の世の恐怖がある。

（その恐怖は潰した。そして、豊臣秀吉による天下泰平の世は着々と完成しようとしている。そこでの茶の湯御政道のあり方、美しきものを創る）

その自信がずっと利休にはある。

茶を創ること。それは決して楽しいだけの作業ではない。死の茶も裏切りの茶もある。

だが茶は作法という決まりごとが常にある。

（そこに安心がある。寄るべきものがある）

それが茶の魂だとも思う。

秀吉との楽しい茶、共に力を合わせて天下泰平の世を創る者としての茶は特別なものだ。

利休は我に返って言った。

「聚楽第は一つの節目、関白殿下の天下泰平の世を在らしめるもの。帝の行幸を賜りたいものですな？」

秀吉は嬉しそうな顔になった。

「儂も同じことを考えておった。確か……『日本国王』を称した足利義満が後小松天皇の北山殿への行幸を賜った。それに倣いたいもの」

利休は頷いた。

「あと、足利義昭様……今は出家されておられますが、嘗ての『室町殿』もお呼び致しましょう。さすれば……」

秀吉はにやりとした。

「関白秀吉の世の一つの仕上げとなるな」

そこで日の本の全てが秀吉の支配の下にあることが分かる。

「是非、来年には実現させましょう。その前にこの秋、茶の湯御政道の一つの仕上げも致しましょう」

秀吉は頷いた。

「以心伝心、儂も茶のことを考えておった。やるか？　大茶会！　これまでで最も大きなものを？　そして天下の万民を呼んでのものにするか？」

利休は大きく頷いた。

「殿下の茶の湯御政道の姿、是非ともそのように万民にお見せ下さいませ」

秀吉は満面の笑みだった。

「大らかに派手に煌びやかに……」

利休は、万事お任せ下さいと頭を下げた。


堺の利休屋敷の座敷で利休は弟の宗易と話していた。

「九州の平定と聚楽第の落成、関白殿下のなさることは速くて大きい、やはり常人ではありませんな？」

宗易の言葉に利休は頷いた。

「速さ、大きさというのは本当に大事だ。それによって様々な問題の本質が先に見えて対処の仕方も分かるし、物事を根本から変えることも出来る。速さ、大きさ……常にそう心得ることは何事にも大事だ」

九州平定後の伴天連追放はまさに天下泰平の本質に関わることを一気にやった〝速さ〟の典型だ。

そして〝大きさ〟……それは大坂城と大坂の町造りで秀吉は示したが、それを京の都でも行っていた。

「帝のおられる京の都をこの儂の手で一変させる。これまでの都の支配者が誰もやったことのない立派な普請を行う！」

聚楽第建設はその壮大な計画の一歩に過ぎなかったのだ。

その案を利休は秀吉と練っていることを語った。

「京の都の大改造。聚楽第の周辺に聚楽町、大名屋敷を建設し、点在する公卿屋敷や寺社を移転させ集中させる。同時に公卿寺社の領地を洛外に移転させる。そうして洛中の地子(じし)（公田の賃貸料）、公事(くじ)（税）を免除し座（同業者組合）の特権を無くす。上様が嘗て行われた楽市楽座だ。その地は町衆だけを住まわせ武家やその奉公人の居住は禁止する」

宗易は驚いた。

「どういうことでございますか？」

利休は不敵な笑みを浮かべた。

「上京と下京を遮断するのだ。上京の大名武将が下京の京の商人たちと密な関係を持つことを無くさせる。公儀として町衆を支配するのは豊臣政権だけとなる」

宗易はその様子を思い描いた。

「なるほど……まさに豊臣政権による都の一元支配ですな。朝廷も公卿も武家も商人も民衆も全てを囲い込む。そうして互いの間には隙間を作り関係を密にさせない。全ての間を取り持つのは豊臣政権ただ一つ。まさに一元での京支配」

利休は頷いた。

「私は制度としてこれを上様の時に考えていた。それぞれの階級で住まいを分けることで安定が保たれる。そして普請好きの関白は途轍もないことを思いついている」

宗易はそれは何かと訊ねた。

「御土居を造られる」

宗易には分からない。

「おどい？」

利休は頷いた。

「壮大な普請だ。京の都の全てを大きな土塁と堀で囲むのだ」

驚く宗易に利休は言った。

「大らかに派手に……皆の目に見えるように」


豊臣秀吉の京の都の一元支配、まずそれは秀吉の聚楽第への転居から始まった。

天正十五年九月十三日のことだ。

中秋の名月の下で秀吉は藤原道長を超えた自分への思いに浸った。

そして京の支配にも当然、茶の湯御政道が発揮される。

八月二日付で高札が次のように立てられた。

——来る十月朔日、北野松原に於いて茶湯を興行せしむべし。貴賤に寄らず貧富に拘らず、望みの面々来会せしめ、一興を催すべし。美麗を禁じ倹約を好み、営み申すべく候。秀吉数十年求め置きし諸道具、飾り立ておくべきの条、望み次第見物すべき者也——

北野大茶会開催の知らせだった。

その後直ぐ、七ヶ条からなる参加への詳細も出された。

庶民に対し通達をした後、一ヶ月後には秀吉側近で医師の施薬院全宗を通じて公家衆にも参加するように伝えられた。

博多の神屋宗湛にも津田宗及の取次で参会せよとの秀吉の朱印状が届けられた。

千利休も堺衆に対して、次の書状を出した。

十月朔日

一　風炉　釜

一　ツルベ

一　茶入　主秘蔵

一　分け面戸板

一　竹輪

此分用意候て、上洛有る可く候。
北野ノ松原にて、堺衆は一所ニ
かこい仕る可きの旨、御意に候。以上
　九月廿五日

同様の案内は奈良の茶人たちにも出された。

事情通は「先年の信長の馬揃えのような規模だ」と噂した。

十月一日当日、北野社の境内からそのはずれとなる森、経堂から松梅院に至るまで……見渡す限り立錐の余地もなく、公卿、武将から町衆、僧侶、百姓、市井の者たちの手による数寄屋や茶屋が八百余軒も建造され壮観な様子となっていた。

関白秀吉は北野天満宮の拝殿に十二畳の座敷を設え、それを三つに囲い、それぞれの座敷に所蔵する名物茶器を飾った。

『似茄子』の茶入以下九つの名物を飾った一番目の座敷、二番目の座敷は黄金の茶室を設え、三番目には『紹鷗茄子』の茶入以下九つの名物を飾った。それぞれの座敷に入り茶を頂戴する者は八十人を超えた。

そしてこの座敷とは別に境内にも四つの茶室が建てられていた。

一番目の茶室では関白秀吉、二番目には千利休、三番目は津田宗及、四番目には今井宗久が茶頭となって茶を点てたのだ。

どの席の茶を頂けるかは籤引きとなっていて、八人一組で秀吉の前で籤を引き、当たった茶室で茶を飲んだ人数は八百人を超えた。

利休が担当した茶室の中は誰もが期待する通りの道具立てとなっていた。

「大らかに派手に……やる時はやる」

『捨子』大壺を飾りつけ、茶入は『楢柴肩衝』、茶碗は塗天目と高麗茶碗、おりため茶杓、『蛸壺』の水下、竹の蓋置、玉澗筆『平沙落雁』の絵、胡銅の鶴瓶、青磁の筒花入、尻ぶくらの茶入という豪華さだ。

「なるほど……九州平定の御印を掲げられているということか」

茶人たちはそう納得させられた。

天下の三大肩衝の一つ『楢柴』……元々は足利義政所持の東山御物だ。それを義政の茶匠である村田珠光が拝領、その後、数寄者の間を転々と渡り博多の島井宗室の手に入った。信長がそれを是非自分にと宗室に求めたが本能寺の変で沙汰止みになった後、秀吉の九州平定の際、島津方についた秋月種実が強奪同然で宗室から譲り受けた。種実は秀吉に古処山城を包囲された際、それを献上することで許されたのだ。

茶人たちはその『楢柴』を見て思う。

「これで天下の三大肩衝は全て関白殿下の手に入ったということ……」

『初花』『新田』そして『楢柴』……秀吉の茶の湯御政道、天下統一の完成を思わせる道具立てを利休は見せていたのだ。

『楢柴肩衝』……口付のところに筋が二つあり、腰は下がっていて帯が一つある。肩は丸く撫で肩、筋の辺りに茶色の釉薬、土は青めで細かく、釉薬の塗り残されているところは五、六分ほど、底は糸切で切目が後ろの土肌にかかっている。

客となった茶人たちは丹念に名物道具を見ていく。そして道具のあり様以上に、利休の点前に魅入られていく。

利休の凄さは、百人以上に茶を点ててもその所作の美しさに全く乱れがないことだ。茶の湯御政道とはそのような力のあり様が基盤なのだと、無言のうちに語っているようだった。

「いやぁ、大変じゃあ！」

秀吉は茶を点てるのを切り上げ、昼食を取りながら大声でそう言った。

五十人以上に茶を点て、その重労働に音をあげたのだ。

「もう儂の茶はよかろう。これだけ沢山あるのじゃ、他の茶席を見ようぞ」

そうして松原内にぎっしりと立ち並んでいる数寄屋、茶屋を一つ一つ見て回った。

「なかなか皆やるのぉ！」

貴賤を問わず茶の好きな者たちが、思い思いに趣向を凝らしているのが分かる。

「おっ！」

秀吉は一際目立つものを見止めた。

直径が一間半はある大きな朱塗りの傘を立ててその下に席を設けているのだ。

「なるほど、これは良いのぉ。傘で茶席を造るのか……戦場でも使える趣向じゃ！」

それは山科のノ貫（へちかん）という侘び茶人が拵えたものだった。

「一服貰おうか」

そう言って秀吉はノ貫の前に座った。

思いもよらない関白の来訪にも動じずノ貫は手取釜から今焼の茶碗に湯を注ぎ、茶を点てた。秀吉の感性がその所作に響いた。

（なかなか趣の深い茶人、こういう者が市井にいるから茶は面白い！）

そうして出された茶を秀吉は飲んだ。

「旨い！　どこか野趣に富んだ味わい……気に入ったぞ！」

ノ貫は恐れ入ってございますと頭を下げた。

秀吉は言った。

「今度聚楽第に遊びに来い。あと……町役人から何か命じられたら『関白殿下直々に諸役免除を頂戴しております』と言え。これからも茶に励めよ！」

有難き幸せ、とノ貫は頭を下げた。

そうして秀吉は他の茶席も見て回った。

美濃の一化（いっか）という茶人が設えた大量の松葉で囲った茶席も面白かった。

そうして夕暮れまで見て回り上機嫌で聚楽第に戻った。

その夜、秀吉は聚楽第にある利休屋敷を訪れた。

二畳の茶室の中で利休が茶を点てている。

「嫌というほど茶を飲んだのに……お前の茶は飲みたくなる。不思議なものだ」

利休は、勿体ないお言葉と頭を下げた。

「お前は今日、何杯茶を点てた？」

利休は茶筅を動かしながら少し考える様子を見せて「二百五十は下らんと存じます」と答えた。

秀吉は頭を振った。

「儂は五十を超えたところで降参じゃった。やはり茶頭は大したものよ」

利休はそれが務めでございますと涼しげに言ってから訊ねた。

「如何されます？　大茶会、公には十日の催しとしておりますが……殿下との内々の取り決め通りに今日を限りと致しますか？」

そう言って、赤楽茶碗を秀吉の前に置いた。

秀吉は旨そうに飲み干してから言った。

「そうしよう。儂は今日で懲りた。茶席は全て見て回ったしな。内々の予定通りと致そう」

畏まってございます、と利休は頭を下げた。

利休は秀吉が大茶会を十日間開催と言った時、これは無理だろうと思い、一日で終えても世間には体裁が整う用意をしておいた。

それは、利休ならではの深い軍略に基づくものだった。

「信長家臣団の中でまだ一人、心の奥底から関白秀吉に臣従していない者がいる。それを排除しておきたい」

それは秀吉が信長に仕えている時から常に秀吉を見下していた武将だ。

佐々成政。

信長亡き後、秀吉に反旗を翻したが敗れ、助命後は領地も与えられていた。九州攻めでは戦功を挙げ肥後の大半を任されるまでになっていた。秀吉はその成政が九州攻めの戦いでつまずくことを内心では期待していたのを利休は知っている。しかし、戦上手の成政は九州平定の功労者の一人となった。

「戦功での報いは関白として公平にせねば他の武将への示しがつかん」

それで秀吉は成政に肥後を与えたのだが……もし万一、成政が島津と組んで反秀吉勢力となればやっかいだ。そこで利休は裏の軍略を使うことを秀吉に進言した。

草からの報告によると成政は肥後入国後、強引に税の徴収を行い国衆たちから強い反発を買っている。

「北野大茶会開催時に肥後で争乱が起こった為に関白秀吉が茶会を中止して軍を差配しなければならなくなった……となれば成政は面目を失う。関白は成政に対してどんな仕置きでも可能になる」

そうして秀吉は草を使って国衆を煽り一揆を起こさせたのだ。

肥後の国人一揆は大規模化、これを鎮圧出来ない成政は居城を逃れる始末となってしまった。

この急報を受けたという形を取って北野大茶会は一日で中止とされた。

京童の間では「大茶会を潰され、関白が佐々成政の失政に激怒している」という噂がたち、北野大茶会の盛大な様子と共に全国に広がったのだ。

神屋宗湛が関白秀吉からの朱印状による北野大茶会参加を命じられ、急遽博多を発って大坂に着いたのが十月四日だった。

「えッ、大茶会は終わった⁉」

十月一日から十日間の開催と聞いていた宗湛は落胆から深いため息をついた。

中止の理由が肥後の国人一揆の所為だと分かりこれは自分のような博多衆も無関心ではいられないと気を引き締めた。

そうして十二日の朝、宗湛は聚楽第の関白秀吉のもとへ北野大茶会の招待を受けた礼を言いに上がった。

秀吉は宗湛の顔を見るなり言った。

「可哀相に……せっかく上洛して来たのになぁ。だが儂が茶を飲ませるからそれで辛抱してくれ」

勿体ないことでございますと頭を下げた。

そして十四日の昼、聚楽第での関白の茶会に招かれた。客は宗湛と津田宗及の二人だ。

茶室は二畳敷の数寄屋で床はない。躙口の入口に信楽の大壺が置かれていて、関白がその横に膝を立てて座っているので入ることが出来ない。

それで宗湛と宗及は地面に畏まり、躙口から大壺を拝見する形になった。

二人を見て満足そうにした関白が自らの手で大壺を仕舞うと二人は奥の数寄屋に入った。

「飯を食おうか？」

関白が勝手口からそう声を掛ける。

「かたじけのうございます」

中に入りながら宗湛は返事をした。

そうして関白の茶になった。

囲炉裏は隅にあり、責紐の釜を五徳に据えてある。洞庫に備前の水指が入れられ、茶杓は折撓（おりため）、手水鉢は古い丸石で苔（こけ）むしている。『新田肩衝』茶入が四方盆に据えてある。水下は甕（かめ）の蓋だった。

そして塗天目茶碗で関白は茶を点てる。

関白の衣裳（いしょう）は加賀梅小袖、紅梅の樹皮で染めた友禅でなんとも煌びやかなものだ。

宗湛が茶を頂戴すると宗及が言った。

「この数寄屋は関白殿下が三日間で造られ、昨日完成したものです。殿下が座敷始めに宗湛殿を招くようにと仰せられてのこと、どうか博多に戻られたら皆様にそうお話し下さい」

そう関白の前で言い、宗湛は勿体ないことでございますと大きく頭を下げた。

「せっかく博多から北野大茶会を楽しみに参ったのに……肥後の愚か者の所為で中止せざるを得なかった。せめてもの慰めにと……この茶室を造ったのだ。許してくれ」

宗湛は関白の言葉を聞いて感激に身が震える思いがした。

関白の人たらしの妙だ。

「この先にさらに趣向がある。楽しんでいけ」

そう言われて座敷の外に出て松原を行くと奥に茶室がある。

同朋衆が一人いて長囲炉裏の一方の竈に煤けた釜を据え、もう一方には田楽豆腐を二つ立てて、古い板の上に藁で作った円座を置き、柿を二つ盛ったものを三ヶ所に置いている。

その脇の壁に藁草履が二足ある。

——一足・銭五文——

そう書かれた張り紙を見て、宗湛は微笑んだ。

宗湛と宗及はそれを買って円座を二つ取って躙口のところに持ち寄り、足袋を脱いで円座の上に置き、藁草履を履いた。

関白が同朋衆に「博多の者に何か趣向をしてみせよ」と声を掛け、同朋衆は物売りの真似をして皆を笑わせた。

そしてお開きとなる時に関白は言った。

「今度は大坂で茶を飲ませる。楽しみにしておれよ」


その夜、秀吉は千利休と話していた。

「宗湛は殿下の御贔屓ぶりに感激したことでございましょうな」

秀吉はにやりとした。

「自分の為に関白が茶室を造ってくれたと言われたのだからな……」

利休は微笑んだ。

「九州の騒動、手筈通りでございますね？」

秀吉は頷いた。

「小早川隆景、立花宗茂それに黒田孝高を差し向けた。来月には鎮圧とあいなるだろう」

利休も満足そうに微笑んだ。

「それにしても明智殿の裏の軍略……佐々成政が知ったら仰天であろうな」

利休は不敵な笑みでお止し下さいませと言った。

「肥後の国人一揆を我らの手の草が煽ったなどということ……誰にも知られてはならないことでございます。それにつけても北野大茶会は残念でございましたな」

皮肉っぽい目をして利休は秀吉を見た。

「儂は怒っておる。成政の失態は絶対に許さぬ。茶の湯御政道に泥を塗ったのだからな」

芝居気たっぷりにそう言う秀吉に「その通りでございます」と利休は頭を下げる。

信長に仕えていた時から秀吉と成政のそりの悪さを知っている利休は秀吉のスッキリした胸の裡がよく分かる。

「成政の所領は没収とされますな？」

秀吉は勿論だと言った。

その後どうするか……秀吉が言い淀んでいる様子に利休はきっぱりと言った。

「恐らく成政は殿下に謝罪をしに上洛して参りますでしょう。ですが……茶の湯御政道を乱した者として決してお会いにはならず、切腹を申し渡すのが宜しいかと……」

秀吉はその利休を見た。

(明智光秀の目だ)

そして秀吉は言った。

「おっそろしいのぉ……明智殿は相変わらず。軍略となると血も涙もないのぉ」

恐れ入ってございます、と利休は頭を下げた。

成政の戦上手を失うのは痛いが、状況次第で豊臣政権に牙を剝く武将は切っておかなくてはならない。

そして、言った。

「さらなる軍略としての茶の湯御政道、神屋宗湛の取り込み……明、朝鮮攻めには九州の一致団結は不可欠、その点での殿下の〝人たらし〟、さらに宜しくお願い致します」

利休は秀吉が宗湛を大坂城での茶会に呼ぶ時の客の人選を言っていた。

「分かっておる。これまでの遺恨は忘れ、皆と茶を通じ、天下泰平の世を創る。そういう茶会に致す」

利休はすっと頭を下げた。


十月二十一日の昼、神屋宗湛は津田宗及と共に大坂城に登った。

茶室は山里曲輪の茶室だった。

宗湛が驚いたのは、それは秀吉が朝に行った茶会の跡見の茶会であったことだ。

跡見の茶会とは茶会の後で、参会できなかった者がその茶事の道具を拝見することだ。

朝の茶会は正客がなんと島津家の重臣、伊集院忠棟――博多の地を焦土とした島津の主軸の武将、博多衆にとっては憎んでも憎み切れない存在だ。そして相客は細川幽斎、豊臣政権にとっての要の武将だ。

宗湛は秀吉に二人を紹介され慇懃に挨拶を交わした。

「よいか、明、朝鮮攻めを控えて九州の者は一丸となって貰わねば困る。薩摩は博多を重んじ、博多は薩摩を尊ぶ、その心でこれから頼んだぞ」

皆の前で、そう笑顔で言うのだった。

そうして忠棟や幽斎が帰った後に山里の茶室での跡見の茶会となった。

二畳の茶室、床の隅に囲炉裏があり、宮王釜が五徳に据えてある。

まず四畳の座敷に入った。

囲炉裏に焙烙釜を自在で吊ってある。

「飯は食ったのか？」

関白はそう宗湛に訊ねた。

「宗及様のところで頂戴しました」

それでは茶にしようと関白は言って、勝手から背の高い胡銅の花入に薄板を添えて持ち出して来て床に置いた。

「宗湛に花を活けて貰おうか！　活けないのなら茶はやらんぞ」

そう言って笑う。

宗湛が畏れ多いことと遠慮し宗及もとりなし、関白が手ずから活けることになった。

その後も打ち解けた雰囲気で二畳間に関白と宗湛、宗及の三人で終日話を続けた。

宗湛は楽しいながらも、九州の地での今後の自らの働きに気を引き締めるのだった。

利休は、その様子を聞いて思った。

「茶の湯御政道、それは厳しくもあり楽しくもある。茶は何もかも包含する。天下泰平の道もそこにある」

ここから大きな行事が待っていた。

利休はその支度に忙しく動いた。


明けて天正十六（一五八八）年、関白秀吉による天下泰平、中でも京の都でその威光を見せつける時がやって来た。

聚楽第行幸——四月十四日に後陽成天皇が聚楽第を訪問されることになったのだ。

『日本国王』足利義満による後小松天皇の北山殿行幸に倣い、秀吉の私邸への帝の招待だ。

「京の都の大改造、そして帝の聚楽第行幸。関白秀吉の京支配、これで見せつける」

行幸を裏で仕切る千利休は呟いた。

信長に仕えていた時に奉行として取り仕切った洛中での天覧馬揃え、それに匹敵する大行事が展開されるのだ。

「大らかに派手に……関白秀吉の天下泰平の世のあり様を皆の目に見せ、平伏させる」

常に利休が考えている戦略だ。

「聚楽第行幸、この機に豊臣政権の基盤をさらに強固にする」

表でも裏でも利休は精力的に働いていた。

茶の湯御政道、聚楽第行幸の為に大名たちが続々と上洛して来る中で利休は豊臣政権の最重要人物としての存在感を発揮する。

九州の地の要である大友氏——宗麟が島津との戦の後で病没した後、豊後を領した嫡子の大友義統が宿老浦上長門入道宗鉄と共に二月十八日、堺の港に着いた。

豊臣政権による徹底した茶の湯御政道がそこから展開される。

二人はまず堺で今井宗薫、天王寺屋道叱らの茶会に招かれ、二十二日には上坂し豊臣秀長から饗応を受けた。そして、二十四日に上洛して聚楽第で関白秀吉に謁見、三月二日は京の津田宗及の屋敷での茶会、そして五日には秀吉の茶会に呼ばれる。

義統と宗鉄、両名とも優れた感性を備えた茶人で茶の湯三昧を楽しみながらも様々に茶のあり様を観察していた。

「茶の湯御政道、中でも千利休の茶とは一体どのようなものなのか……」

その頃、筑前に於いて……茶の湯御政道は今や派手なものが主流で利休に代表される侘び茶は畿内では廃れていると口の端に上っていた。しかし、現実は違っていることが堺や大坂の茶会で分かっていく。

「茶の湯とはもっと器の大きなものだ。全てを広く包含する。形に囚われず自由闊達、派手、侘び、寂び……何もかもを包み込んでしまうものなのではないか！」

そうして臨んだ秀吉の茶会……四畳半座敷での濃茶と二畳の席での薄茶に分かれる趣向でどちらも関白の点前だ。

薄茶席では囲炉裏に責紐の釜を自在で吊り、水指は鶴瓶、蓋置は竹、水下は面桶……やはり利休好みとされる侘びた道具立てで茶碗は天下一とされる井戸茶碗『筒井筒』だった。

義統は茶を飲んだ後で言った。

「こちらでございますか？　嘗ては『筒井』と呼ばれておったものが……関白殿下の茶席で格を上げ『筒井筒』となった大名物！」

秀吉はその言葉ににやりとした。

（大友義統……父の宗麟より趣があると思ったが、相当な茶人よ）

天下一の井戸茶碗『筒井筒』――元々は奈良の筒井順慶が所持していたものを秀吉に献上し、『筒井』と呼ばれていた。

秀吉はその大振りの茶碗を気に入り、利休が考案した吸い茶の時に使った。

吸い茶とは――濃茶の飲み回しのことで一碗に茶をたっぷりと練ったものを連れの客同士で飲み回すことで、精神的連帯を強める趣向となる。一座の客には序列がなく茶席は平等という茶の湯御政道の中、吸い茶にまだ慣れていない者たちが先を争って『筒井』を取ろうとして、軟らかい焼けなりの井戸茶碗がその時の客の数の五つに割れてしまったのだ。

全員の顔面が蒼白となる中で客の一人だった細川幽斎が歌を詠んだ。

筒井筒　五つに割れし井戸茶碗
咎(とが)をば誰か　負ひにけらしな

秀吉はそれを聞き声に出して笑った。

伊勢物語にある歌……

筒井つの　いづつに掛けしまろがたけ
過ぎにけらしな　妹みざるまに

幽斎がそれを見事に替え歌にして、その場を収めてしまったのだ。

割れた井戸茶碗は金で継がれてその後も使われ、『筒井筒』と呼ばれるようになったのを義統が知っていたのだ。

その義統に秀吉は満足げな表情になって言った。

「若いのに大したものよ。是非とも利休にも茶を点てさせようぞ」

有難き幸せと義統は深く頭を下げた。

そうして大友家への茶の湯御政道の締めとして……当主、義統と宿老、宗鉄に対し、千利休の茶会が翌日、催されることになった。

天下一の茶の点前が、用意されたのだ。


茶室に現れた千利休を見て、義統も宗鉄もぐっと押し込まれるような気がした。

(大きい！)

大柄で剃髪の利休が四畳半に入ると座敷の全てを占領するかのような勢いがある。

(これが……明智光秀、千利休)

誰の口の端にも上らないのに関白秀吉の臣下となるとそれが示される……茶の湯御政道の秘事、秘儀がそこにある。

床には名物『橋立』の壺が飾られている。

一尺四寸の囲炉裏、袋棚がある。

客間に置かれた重箱に竹の蓋置、竹の茶杓。

「珠徳の作です」

村田珠光が深見珠徳に作らせたものだ。

水指は備前の芋頭で共蓋が添えられている。

亭主の間の重箱から肩衝茶入を四方盆に据え、下の戸を開けて今焼の茶碗を取り出した。

黒の楽茶碗だ。

水下は唐金物で道具立ての趣はまさに二人が利休の茶として想像した通りのものだ。

炭点前が始まると、どこにも無駄のない美しい所作に、見ている客の心が軽くなる。

「あぁ……」

思わずそう口に出そうだ。

そして茶が点てられる。

利休のごつい指がしなやかに動きまるで羽のように感じてしまう。

見ていて陶然となり、ずっとこのままこの時が続いて欲しいと感じる。

そうして出された茶を飲んで驚く。

（旨い！　こんなに茶は旨いものなのか！）
まるで客が欲する濃さや熱さを心得ているかのようだ。
「これが千利休の茶……」
――枯木に雪のごとき
――習いのなきを極意とする
――茶の湯の道に定め事なし
利休はそのようなことを語るとも語らぬともなしにいる。
そうして千利休の茶に誰もが魅入られ、そこから逃れられなくなるのだった。

そうして聚楽第行幸の当日が近づくと大友義統や長宗我部元親ら新たに臣従した大名、そして秀吉直臣への官位授与が相次いでいく。三月二十九日には徳川家康、織田信雄、豊臣秀長、豊臣秀次が〝清華成(なり)〟した。〝清華〟家とは――公卿に於いて摂関家に次ぐ家格だ。武家の官位によって豊臣政権の編成を広げ拡大強化する目論見がそこにある。

「大らかに派手に、そして、皆に全てが見えるように、分かるように……」

名前、形、格式……利休が考えた一元支配の武器だ。

それは四月十四日から十八日までに及ぶ後陽成天皇の聚楽第行幸で見せつけられる。

初日、行幸の行列によって「支配のあり方」が示された。

秀吉の牛車は金箔と紅絹で飾られ、前後には煌びやかな装束をまとった騎馬武者〝関白家来の殿上人〟が配され、雑色、馬副などの従者が周りを固めた。〝関白家来の殿上人〟のうち、五位の〝諸大夫〟は牛車の前、四位の〝侍従・朝臣〟は後ろに並んでいた。三位以上の徳川家康、織田信雄、豊臣秀長、秀次、宇喜多秀家は〝当官の公卿〟として公卿と共に別集団を作っていた。

その行列は延々と続き、先頭を行く帝の輿が聚楽第に着いた頃、ようやく秀吉の牛車が御所を出発した。

絢爛華麗な武者行列に京童は声をあげた。

「なんとも見事な関白の行列！」

「信長の馬揃えのようやな！」

遥か前を行く帝の輿が霞んだだけでなく……帝は秀吉が行進してやって来るのを、出迎える者が到着しない聚楽第の玄関前でじっと待たされるという屈辱的な状況に置かれた。これこそが豊臣政権の狙いだった。京の都の人間全てに、誰が京の都の、天下の支配者であるかを見せるのが目的だったのだ。

そうして全員が揃った後の聚楽第では七献の饗宴と管弦が行われた。饗宴には二十一人が相伴し家康の姿もあった。
翌日、関白秀吉は帝を前に立てる形を取って諸大名に忠誠を誓わせる。

三、関白の命令への服従
二、禁裏料所、公卿門跡領の保護
一、行幸参加への感謝

これらを起請文として提出させたのだ。
聚楽第での歌会で家康は次のように詠んだ。

緑立つ　松の葉ごとに　此の君の
ちとせの数を　契りてぞみる

家康は帝と関白への服従の歌を詠みながら武将として最上の地位にいる己の現状を考えていた。
「秀吉がいる間の天下、これへの臣従は良しとせねばならん」

聚楽第行幸は家康に嘗ての信長への臣従と同じ覚悟を秀吉に対して持たせた。

家康は改めて思った。

「秀吉と千利休、この二人には敵わん」

そして今回も上洛して来なかった北条に引導を渡さなければならないと強く思った。

千利休は行幸がつつがなく終了したのを聞いて、政権の盤石化が大きく進んだと確信した。

「豊臣政権の一元支配……帝、公卿、武家、大商人……人、物、銭を動かす大半はこれで押さえた。天下泰平の世に向け、残る武将は北条と奥羽、これには家康に動いて貰う。そして次には民百姓の支配、それこそが泰平の世の基盤となるもの」

本願寺を手中にし伴天連を追放したことで、民百姓の心を反豊臣政権で煽るものは排除してあるが……さらに利休は考えていた。

「絶対的な泰平の世の基盤は下を安全にすること。それに尽きる」

利休は、さらなる軍略を実現させようとしていたのだった。

第九章　利休、三つの煩悩を手放す

天正十六（一五八八）年四月の聚楽第行幸が終わった後、関白秀吉はその政権の支配を強める施策を行っていった。

前年十月に催された北野大茶会を中止させた肥後の国人一揆は、秀吉が派遣した小早川隆景と黒田孝高によって鎮圧されたが、肥後を与えられていた佐々成政が治安を維持できなかった失政は許されず所領は没収となった。成政は関白への謝罪に大坂に向かったが、尼崎で止められて幽居の身に置かれ、秀吉は決して会おうとしなかった。

聚楽第行幸がつつがなく終わった一ヶ月後の五月十四日、秀吉は成政に切腹を命じた。行幸が血で穢れることを忌み嫌い、それまでは切腹命令を慎んでいたのだ。

秀吉は成政自害の報を聞いて思った。

「旧信長家臣団、これで全員が心から儂に仕える者だけとなった」

すっと気持ちが晴れるのを感じた。

嘗て成政から猿呼ばわりされた、若き日の屈辱を覚えているからだ。

「儂は今や帝をも動かせる身」

既に自分を見下す者はいないと思っている。

そして六月、島津義弘が上坂した。宿敵島津だったが今は自分に降った大名だ。秀吉はいつもの〝人たらし〟と茶の湯御政道、豊臣政権への参加を認めることで義弘を取り込んでいく。

六月六日、大坂城に登城した義弘を山里の茶室でまず秀吉が薄茶で接待した。

「では、利休にしっかり茶を教えて貰えよ」

そう言って、秀吉は退席する。

そして、次に利休が濃茶を点てた。

利休は義弘の顔つきから、武将としての強さが分かるように思えた。

濃茶を飲んでから義弘は口を開いた。

(良い面構えをしている)

「利休様にお訊ねしたい」

独特の抑揚ある話し方だ。

「茶会で客に対して亭主が出会う場所は何処でしょうか？」

利休はすっと頷いた。

「客との距離によります。それは見送る場合も同様」

あぁという表情を義弘はした。

「茶の湯にはどういう履物をはけばよいのでしょうか？」

利休は、少し微笑んで言った。

「新しい裏付草履をはくのがよいです」

納得したような顔つきを義弘は見せてまた訊ねる。

「客が座敷に入った後で座敷には掛金を掛けた方がよいのでしょうか？」

利休は首を振った。

「掛けない方がよろしい」

「茶を擂るのはいつがよろしいですか？」

「朝茶の場合は前の晩、夕茶は朝擂ってもよいが、その場で擂ってもよいです」

次から次に間髪を容れずに義弘は訊ねて来る。

（この男、戦の続きをしている）

利休はそう感じた。島津は秀吉軍に戦で敗れたが、ここで別の戦いを見せてやるという意気込みがある。天下一の茶頭に対して鉄炮の玉を撃てるだけ撃つという調子なのだ。

「棗と茶碗を勝手口から出す順は？」

「まず棗、次に茶碗。二回に分けて運んで出すのがよいです」

利休は、丁寧に答えてやる。

「炭を直すのはいつがよいのですか？　決まった頃合いはあるのですか？」

利休は少し首を振った。

「必ず直さなければならないという頃合いは決まっていません。湯が沸かなければ、いつでも直すだけのこと。ただ、炭を直すのを客が見たいと長居をするのは良くない。客が座を立つまでに亭主が炭を直せば、それを見るだけのことです」

利休は自分の茶の自然なことを説いていく。

「座敷に入ってからは何から注意をするのがよいのでしょうか？」

素直な良い質問だと利休は思った。

「まず床の間をよく見て、それから自在、釜という具合に、段々と注意を移していくのがよいですな」

義弘はそうやって百近く質問を重ねた。その一つ一つに利休は真剣に答えていく。

「ありがとうございました。天下一の茶頭にこれほど教えて頂き感謝の言葉もございません。精進をして参りますので、今後とも何卒宜しくご指導のほどお願い申し上げます」

そこから暫く雑談になった。義弘は器づくりが好きで地元薩摩で職人に好みの焼物を作らせているという。

「とても利休様のような今焼は出来ませんが……」

そういう義弘に利休は笑顔で言った。

「島津様が明、朝鮮攻めで向こうに渡られた際、彼の地の焼物師をお連れになればよい。面白い今焼が出来ると存じます」

義弘はドキリとした。

(関白は本当にやる気なのだな)

そして義弘は最後の質問を利休にした。

「もし、明智光秀殿が生きておられたら……明、朝鮮攻めをなさるでしょうか？」

利休は眉一つ動かさずに言った。

「明智光秀がそうします」

義弘はその時の利休の眼光の鋭さに気圧された。

(なんというお方！)

義弘は利休の茶の秘事に触れたと思った。

「関白殿下は日の本に天下泰平の世を創られます。それは間違いございません。様々な形で、そう、茶にも様々あるように……天下泰平の道を進まれます」

義弘はその利休の言葉を、翌月理解させられる。

七月八日、関白秀吉は次のような禁令を諸国の大名に対して出したのだ。

──諸国百姓の刀、脇差、弓、槍、鉄炮等の武具所持を禁じ、その国主、給人（きゅうにん）、代官等がこれらを取り集め、進上すべし──

刀狩令だった。

「百姓は農具だけを持ち、耕作に専念すれば、子々孫々まで安泰」を発令の趣旨とした。

そして没収した武具は溶かして京の都の大改造の一環として建築中の方広寺大仏殿の釘や鎹（かすがい）にするという。

「これよって今生は言うに及ばず、来世まで百姓は助けられることとなろう」

同じ日、海賊停止令も出された。各地の領主に船頭、漁師など船乗りを調べさせ、海賊をしない旨の起請文を取らせると共に、海賊が発生した場合には当事者の処罰だけでなくその地の領主も知行を没収するというものだった。

「地上も海上も安泰なものにする。農民支配も海路支配も豊臣政権が一元で行う」

その表明だった。

関白秀吉と千利休の二人による、天下泰平の世の基盤を盤石にすることが出来る。

これらは全て利休が明智光秀時代に、信長から天下布武が成った後の世の制度として考えていたものだ。

「秀吉はそれを実現してくれた。天下布武を否定した天下泰平の世があと一歩で出来る」

利休はそれを茶の湯御政道で後押しする。海賊停止令を確かなものにする為に、瀬戸内の海上路を支配する毛利輝元を秀吉は上洛させた。

輝元は小早川隆景、吉川広家を連れて七月二十四日に聚楽第に参上した。

秀吉は毛利水軍による海上路での取り締まりを輝元に命じ、隆景には改めて肥後国人一揆討伐の労をねぎらった。

そうして、千利休の茶の話になった。

「明日は皆、内裏への参内だったな……では利休の茶席は改めて用意するとしよう」

輝元らにとっても宮中参内と共に利休の茶は大変な栄誉であり楽しみでもあった。

翌二十五日、輝元は御所で後陽成天皇から天盃を頂戴し、従四位下侍従に任官、さらに二十八日に参議に転位し〝清華〟家の家格を持つ大名、朝臣として豊臣政権公儀の列に加わった。その日、利休の点前で祝いの茶会が催された。

公の儀が終わった八月七日の朝、聚楽第内にある利休屋敷に私的な茶会に招かれた。

「これが真の千利休の茶か？」

毛利輝元はその茶室に入って心がしんとなるのを感じた。

墨跡、四角釜、肩衝、珠徳の茶杓……武家の茶はこれでしかないというようなさりげない道具立てになっている。黒の今焼の茶碗で利休は茶を点てる。

「所作の全てに無駄がない。無駄のなさを美しさにされている。茶はそこに立ちのぼる」

茶の心得のある輝元は利休の無言の美しさに魅かれていくのを感じた。

茶の後、懐石になった。

木の膳に朱塗の椀、御汁、御菜、木皿に焼魚、大根の入った鯛の膾（なます）……利休自らが給仕をしてくれるその膳も淡々としながら味わいは深い。全て旨いと感じさせる。

茶は湯を沸かして飲むだけ。飯は上手く炊いて食うだけ……そう言っているようだ。

「毛利様は豊臣政権の中核。中国路と瀬戸内海路の治安維持、頼もしく存じております」

慇懃な利休の言葉に恐れ入ってございますと輝元は頭を下げる。

「ところで利休様の茶は本能寺の変で変わったとお聞きしますが……誠でございますか？」

不敵な笑みを浮かべる輝元に、利休は淡々と答える。

「さぁ、どうでしょうか。武も茶も同じでございましょう」

輝元は、利休の茶の秘事に触れたことを知った。


秀吉は聚楽第行幸で大きな自信をつけた。

「儂は今や天子様をも掌に載せられる者となった。天下の全てが、儂のものになる日も近い」

　貧しい百姓の出でありながら天下人となろうとしている自分、乱世を終わらせ天下泰平の世を創ろうとする自分とは神仏の如きものではないのかとも思った。

　しかし、その秀吉の自由にならないものがあった。

　それは夢だった。眠りにつくと見る夢、それに近頃、信長が出てくるのだ。

　夢の中で、秀吉は信長に殴られ蹴られる。

「藤吉郎ッ！　この愚か者め！」

　自分が何をしたのか分からない。だが、信長は鬼の形相で秀吉を責める。

「上様ッ！　お許し下さいませ！」

　信長は手を緩めない。

「どこの馬の骨か分からぬお前を取り立ててやった儂の恩を忘れたかッ！」

　今度は信長は刀を抜いている。

「どうか！　どうか、ご容赦をッ!!」

　だが、どんどん信長は迫って来る。目が覚めると寝汗をびっしょりとかいている。まだ明け方前だ。

「お疲れが溜まったのでございましょう」

秀吉側近で御殿医の施薬院全宗は秀吉の脈を取ってそう言った。秀吉は夢の内容は語らないが、眠りが浅いと全宗に訴えた。

「ぐっすり眠れる薬をくれ」

承知致しましたと全宗は煎じ薬を秀吉に飲ませた。そうしてまた床に入った。聡明な秀吉は天下取りを目前にしている自分がそれでも勝てぬ者、それが夢に出ているのではないかと考えた。

「儂が勝てぬ者、それは上様をおいてない」

その信長を討った明智光秀、それは千利休として自分の茶頭であり軍師として臣従させている。

「儂は上様を討った者さえ従えているのだ。なのに何故？」

信長が夢に出て来る？　何故まだ自分はその姿に怯（おび）えなくてはならない？

薬が効いてまた眠りに落ちた。男の子の姿がある。そこは長浜で秀吉が最初の城持ちになった地だ。

「石松丸！」

秀吉は子供に声を掛けた。だが男の子は遠くに走り去っていく。秀吉は何度もその子供の名を呼んだ。

夢から覚めた。朝になっている。

「石松丸……」

長浜時代に妾に生ませた初めての子供だったが、六つの時に病死してしまう。

それ以降、秀吉には子が出来ない。秀吉は自分が涙を流していることに気がついた。

「天下人の儂に、子がおらん……」

養子にしている者は数えられないほどいるが、実の子供はいないのだ。

関白の秀吉には、正室のおねの他に側室が十五人いる。

松の丸殿、三条殿、加賀殿、三の丸殿、姫路殿、甲斐姫、山名禅高の娘、お種殿……。松の丸殿は京極高吉の娘で大変な美女、三条殿は蒲生賢秀の娘、加賀殿は前田利家の娘、三の丸殿は織田信長の五女、姫路殿は織田信包の娘、甲斐姫は成田氏長の娘、お種殿は伏見の地侍高田次郎右衛門の娘……それ以外にも身分の低い側室たちがいるのだ。

公卿から名門の武将、町衆の出の者まで……人質として預かった女子を側室にしている者もいるが漁色家の秀吉にとってはまだ足りないと思っていた。

「子が欲しい……」

その望みを叶えてくれる者を、自分は常に求めていることに気がついた。

「天下を取れる儂に子供だけが手に入らん」

そこには諦めと焦りの混在がある。そして近頃見る信長の恐ろしい夢……どこかで信長を超えたと思うことがなければ、まだ悪夢は続くように思える。

「三の丸が子を生せばよいのだが……」

側室にしている信長の娘が自分の子を宿せばそこで信長を乗り越えられるように思えるが、女として魅力に欠ける三の丸のもとに通うのは……気が乗らない。

「贅沢なものよ」

そう独り言を言って笑った。その時、あることに気がついた。

「そうだ……あの者たち、その後どうなっておる？」

信長の妹、お市の方の三人の娘、浅井長政との間に生まれた女子たちだ。

信長が長政を滅ぼし、その信長が本能寺の変でこの世を去り、母のお市の方が柴田勝家に嫁ぎ、勝家が秀吉との戦いに敗れて北荘城で共に自害した後、秀吉側に引き取られた三人の娘……茶々、初、江の三人だ。

秀吉は石田治部少輔三成に調べさせた。

「今は織田長益様のもとにいらっしゃいます」

秀吉は目を光らせた。

「どうじゃ？　娘たちの器量は？」

三成は微笑んだ。

「皆様御器量良し。特に御長女のお茶々様はお市様に瓜二つということでございます」

直ぐに秀吉は山城にある長益の屋敷をお忍びで訪れた。

織田長益――信長とは年の離れた弟で本能寺の変の時には信忠と共に二条御所に入って戦ったが最後には甥の信忠に腹を切らせておいて自分は岐阜に逃げ帰った。肝心なところで腰砕けになる男だが気位は高く茶の湯には造詣が深い。

「お茶々を？　どこかの大名の嫁にやる為に関白殿下の養子とされるのですか？」

まさか側室に出せとは言わないだろうと思ったが、そうだと言われて驚いた。

長益は即座の返答を避けた。

（一寸の虫にも五分の魂。兄信長の娘を既に側室としながら……下司の極みではないか！）

そして茶々にも会わせようとしなかった。だがその後も秀吉は三成を何度も遣わして催促してくる。そこで長益は秀吉が信奉する大徳寺の古渓宗陳和尚に相談を持ち掛けた。

宗陳は即座にこの件は自分が引き受けると言った。

「聚楽第行幸を受けられ関白殿下は万民から崇められなくてはならないお方。そのような破廉恥で豊臣政権の評判を下げてはなりませんからな。私がお止め致します」

長益は宗陳が信長の菩提寺を預かる者として本件全て自分が引き受けると言ってくれたのでほっとし、一方で三成には茶々のことは了承したと伝えた。また逃げたのだ。

そうして、宗陳は造寺奉行である石田三成を呼んだ。三成は宗陳の言葉に驚く。

「織田長益様は本件、関白殿下の望み通りに致すと申されましたが？」

宗陳はそれはそれと言って聞かない。

「拙僧は信長公の菩提寺を預かる身。本件を耳に入れた以上、捨て置けません。これは許せません。主筋をないがしろにする行為を重ねてはなりません。ここは天下人として慎んで貰わねばならないと存じます。そのように殿下にお伝え下さい」

三成は宗陳が、この件で出て来ることは筋違いではないかと強く反論した。

(殿下の女好き……それを考えると、絶対に引き下がられる筈がない。こと女に関しては相手が帝であっても変わりない)

まだ少年の頃から秀吉の側に仕えて来た三成はその性格を知り抜いている。

だが宗陳も折れない。仏道御政道を秀吉から任され、その信頼は厚いと自信がある為に説得出来ると言って聞かない。

三成は腹を括（くく）った。

「御坊を貶めることになるかもしれませんが、仰られたこと全てそのまま関白殿下にご報告致します」

宗陳はそのようにどうぞと涼しい顔をした。

「何だとッ!?　宗陳和尚が？」

秀吉は寝耳に水という驚きだ。長益が承知した茶々の側室入りに横槍を入れ絶対阻止すると言い張っているという。

「信長公の菩提寺を預かる者とし承服出来んと申されました」

秀吉はカッと頭に血が上った。

「あの坊主、誰がその菩提寺を造ったと思っておるのだッ!!　誰のお陰で今の地位に就けたと!!　三成ッ！　宗陳をここへ連れて参れ！　首を落としてやるッ！」

三成は怒りに震える秀吉の足元で平伏しながら思っていた。

（こうなるのは分かっていたのに……あの狭量坊主！）

千利休は、津田宗及から古渓宗陳が秀吉の勘気を買って流謫(るたく)の身になるという話を聞き驚いた。

「理由は分かりませんが……石田治部様からの殿下への讒言によるようでございます」

利休には俄かに信じられない。

秀吉の宗陳への思い入れは強く、京の都の大改造での造寺事業……総見院と天正寺、東山大仏殿方広寺の開山、海会寺の再興開堂などの全てを宗陳に任せている。そして三成は大徳寺塔頭の開基であり造寺奉行としての能力は利休も高く評価している。

「宗陳和尚と石田治部、あれほど協力し合っていた二人に何があった？」

利休は直ぐに三成を呼んだ。三成は全て正直に語った。

「これは……駄目だ」

利休はがっくり肩を落とした。その利休の言葉と表情を見て全て理解してくれたと三成は思った。利休は暫く難しい顔をしてから言った。

「お茶々様の件、直ぐ側室ではなく、まずは洛外に屋敷を設けて差し上げ……そこへ殿下にお通い頂くようにするのがよいだろうな」

三成はそのように持っていくよう致しますと言った。

「古渓僧正のことは……ほとぼりが冷めた頃に私が殿下にとりなしをする。貴殿も色々大変であろうが……普請中の寺々については支障ないように頼んだぞ」

心得ました、と三成は頭を下げた。

利休は深いため息をつくしかなかった。

千利休は一人、堺の利休屋敷の白い茶室にいた。自分だけの、自分一人の為の茶室だ。そこでずっと考えていた。

「人と人は難しい」

豊臣秀吉と古渓宗陳のことだ。

「ほんの些細なこと、つまらぬといえばつまらぬこと……そんなもので取り返しがつかなくなるのが人情。人と人はそれぞれ違うもの。偉くなるとそれが分からなくなる。感情でしか動かなくなる。感情で動いているだけなのに、そこに自分の立場から理屈をつけようとする。自分しか見えていないのだ。己は立派なものを背負っていると思い込むやっかいな存在になる。馬鹿げたことだ」

それは宗陳への批判だった。

「秀吉の女狂いへの反発、それは羨ましさの裏返しなのに気がついていない。仏による反発ではなく己の感情だということに気がついていない」

利休の人間洞察は深い。修行を重ねたからとして年配の僧侶が悟りきっていて枯れているなど大間違いだということを利休は知っている。

「年齢を重ねてもう残りの時間が少ないと思えば『悟りとはこんなものか』と〝さらなる悟

り〟無常観、厭世(えんせい)観が生まれる。すると仏道で自分が様々な欲を遠ざけていたことが馬鹿らしくなる」

利休は多くの老僧が遊女を買っている事実を知っている。皆若き日は、修行第一として一切そんな禁忌を犯さなかった者たちだ。

「やっかいなのはそんな自分の真の心を認めず受け入れず、他人の行いを非難する者だ。それが今の宗陳和尚に他ならない。和尚は自分が感情で秀吉に腹を立てていることに気がついていない。そこに自分の心の弱さ、嫉妬があることに気がついていない。だから意固地になる。立派な理屈を幾らでもつけようとする。落としどころを作ろうとしなくなる。そうなれば力の強い者の勝ちだ」

利休は目を閉じてみた。白い世界が続いているように思う。

「色欲……女色であれ男色であれ、人が生きている限りなくならないものだ。そんなものに拘ってどうする！」

利休自身、閨(ねや)を共にする女性は複数いる。

「大徳寺の僧であれば何故、一休禅師を見習わん!!　最晩年には遊女をそばに侍(はべ)らして憚らなかった拘りのない心を……何故見習わん!!」

利休の宗陳への怒りは収まらなかった。それだけ宗陳を買っていたからだ。

「豊臣政権の仏道御政道を任せられる実務能力の高い僧……何とか元の鞘（さや）に収めるようにせねばならん」

九月四日、利休は九州に流刑となる古渓宗陳の為に送別の茶会を開いた。

聚楽第内にある利休屋敷の茶室だ。

客は宗陳の他、春屋宗園（しゅんおくそうえん）、玉甫紹琮（ぎょくほじょうそう）、本覚坊暹好（ほんがくぼうせんこう）……台子の茶席を利休は設えていた。

利休は台子の茶を好まないが客が皆禅僧であることを尊重したからだ。

宗陳送別の茶会をわざわざ秀吉のお膝元である聚楽第で行うのには二重の意味があった。

宗陳の狭量への怒りと秀吉への暗黙の抗議だ。利休はこの日まで宗陳とは会わなかったし、秀吉とは宗陳に関する話はしていない。

「今何かしても結果をさらに悪くするだけ……」

秀吉の性格を知り抜いている利休は、暫く時間を置き秀吉の様子を見てから宗陳赦免に動こうと思っている。

茶室は東向きの四畳半、四尺の床と洞庫がある。北に横窓が設けられ躙口が東についている。床には天下一『生島虚堂』、生島二郎五郎旧蔵の虚堂智愚の墨跡を掛けた。

台子には型通りに諸道具が並べ揃えてある。しんとした時間が流れる。しかし誰も心穏やかな者はいない。

宗陳は高僧らしい平静を見せているが、利休が自分に対し同情ではなく〝怒り〟を示しているのが分かった。だがそれでも自分は、〝信念〟を貫いているのだと粋がる気持ちを抱いていた。それが利休には鼻につく。

(流される筑前の地で悟り直せ)

利休はそんな気持ちで茶席に臨んでいる。床を飾る『生島虚堂』は、秀吉から表具をし直すようにと預かっているものだ。「出直す」気持ちを持てと宗陳に示すものだった。

利休は棚から四方盆を下ろした。載っていた尻ぶくらの茶入を左に下ろし、白地金襴の袋の緒(ひも)を解き、盆を拭いて袋を洞庫に仕舞った。皆はその所作の無駄のない美しさに魅入られていく。

そして茶巾、茶筅、茶杓を入れた天目茶碗を台ごと両手で棚の上から取り下ろして膝先に置いた。茶杓を袱紗(ふくさ)で拭って盆の上に戻し、茶筅は水下を置く畳の後ろに立てた。

次に水下を取って蓋置の次に置き、柄杓立から柄杓を取ると左手に預け、右手の袱紗を添えて釜の蓋を取り、台に載せた天目茶碗を少し先に押しやって、湯を少し汲み出して茶碗をすすいだ。

動きの中で衣擦(きぬず)れと水の音しかしない。半杓ほど天目茶碗に湯を注ぎ、茶筅を入れて暫くすすいだ。それが終わると天目を台から下ろし、茶筅を元の位置に戻し、台を袱紗で念入りに拭く。

皆それを見ながら、自分の体が利休の手で浄(きよ)められていくような錯覚に陥った。

そして天目茶碗を台に載せて姿勢をただし、右手で茶入を取って左手に渡し、茶入の蓋を三つ指で取って盆の角に置いた手で茶杓を取り、古渓宗陳には型通りに茶を一すくい半入れ湯を注いで茶を点てて出した。

濃いめの茶の好きな春屋和尚にはお茶を三すくい、濃茶好きの玉甫和尚には五すくい入れて点てて出した。そして本覚坊には台を離して茶碗を進めた。

格式法儀の厳重な台子の茶でありつつも、客の好みに応じて茶の量を変える気配りに皆は感じ入った。

「人はそれぞれ違うのだ。自分の了見だけで人を見る狭量は捨てよ」

そう利休は、宗陳に無言で言っているのだ。

そうして床の墨跡の話になった時、これは秀吉から表具をやり直すようにと預かっているものだと告げた。

宗陳はどきりとした。貪(とん)・瞋(じん)・痴(ち)の仏道でいう三毒、無くさなくてはならない三つの煩悩……中でも難しいのは痴、愚痴・嫉妬だとされているが、自分がそこをズバリ指摘されたと気がついたのだ。

この茶席で心が無になったことで、利休が「宗陳和尚は嫉妬の心を滅していない！」と怒る心が分かった。

（これは自分への同情の送別茶会ではない！）

そう悟った宗陳の表情を見て、利休は言った。

「今日の茶会でこの墨跡、飾るお許しは関白殿下に得ておりません。どうぞ、ご内密に願います」

そうやって自分にも、厳しさを示したのだ。

客全員が改めて深く頭を下げた。

その後も利休は茶の湯御政道に忙しく立ち働いた。

東山大仏殿に造営中の方広寺にも茶室を造るように命じられて様々に思案をしていた。

「茶の湯の場である茶室、茶庭、露地……どう新しくするか？」

利休は自分があの茶室待庵を造ったことで、茶の湯を変えてしまったことを思った。

「しかし私は室町以来の『冷・凍・寂・枯』の美は守って来たつもりだ」

能楽師の世阿弥や連歌師の心敬が、冷・凍・寂・氷・寒・長・痩・静……の文字で表そうとした美の至境、そんな茶を創ろうとする心は変わっていない。

「だが茶は単に湯を沸かし飲むものとも思う」

侘びとは本当は何なのか？　寂びとは一体何を示すのか？

利休は新たな茶室を造ることになって改めてそれを考えていた。

「あの世とこの世の境、結界、茶庭や露地の木戸、躙口、茶室での扇子……そういうものがあるだけで、すっと心の持ちようが変わる……それら道具は、ある意味、便利なものだ」

利休は茶とは何かをもう一度考えようと思った。

「己だけではなく弟子と称して私の茶を求めて集まって来る者たち、彼らをもう一度見直してみよう」

そしてもう一人、ここからのあり方を見直さなければならない人物がいる。

関白秀吉だ。石田三成の話では秀吉は山城に茶々の屋敷を設け、頻繁にお忍びで通っているという。

「あの男は化け物だ。その精力は衰えることがない。それを良しとして伸ばしてやるのが私の役目だ。そして天下泰平の世を成した後で秀吉がどうなるか？　それを見るのも面白い」

利休はそこであっとなった。

「茶は……やはり人なのだ」

今を生きる人間との茶、茶と人、それを見直してみようと思ったのだ。

細川忠興は、大坂玉造の細川屋敷で一人茶を点てていた。

「この時だけは……気持ちが落ち着く」

屋敷の茶室の設えは、全て忠興が考えて造らせたものだ。

北野大茶会で忠興は影向松（ようごうのまつ）の根元に茶席を構えて、松向庵と名付け関白にも茶を点てた。

茶の好きな忠興は、妻の玉にも以前は頻繁に茶を点てていた。

その頃は玉も忠興の茶を飲むことを殊の外好んでいた。

「なんと美しい……」

忠興の茶に漂う気品、芯に凛としてある厳しさ、それを玉は感じた。

明智光秀の娘として複雑な立場にいる自分、主君信長を弑逆した父親が今は別の人間となり関白の茶頭を務める存在であること……そんな自分の全てを夫として受け入れていると、忠興が茶で示してくれる。

「茶とはなんと素晴らしいものか……」

玉は今焼の黒茶碗で薄茶を飲みながらそう思っていた。

夫の忠興が利休の茶の弟子として、特別に可愛がられていることが嬉しかった。

それは利休にとって忠興が婿であるということでなく、真に茶の湯を究めようとする心と精神があるからだと玉には分かる。そのことが、玉にはまた嬉しかったのだ。

忠興は我に返った。

「あの頃は……よかった」

玉と持ったそんな時間のことだ。

しかし今、その玉の存在は細川家の中で大変な問題となっている。

玉は屋敷の中で秘密裡に幽閉状態にされている。

忠興は思い立ってその玉に会いに行った。座敷の前には小姓が二人、守りを固めている。

忠興を見てさっと頭を下げ襖を開けた。

そうして忠興は中の間に入り、さらに奥座敷への襖を開けた。

そこに見る光景が忠興の頭痛の種だ。

(相も変わらず……か)

玉は十字架に向かって跪き祈りの言葉を唱えていた。周りの侍女たちも同様だ。

「おい!」

声を掛けると玉は祈るのを止して忠興を見た。その顔つきは明るく輝いている。玉のその表情を見る度に忠興は複雑な心持ちになる。

(デウスを信じるとこうなるのか……)

だが今、忠興はその玉に舅、明智光秀の若き日の面影を見たように思った。

「あれは……」

忠興は舅との初めての茶の席を思い出した。


忠興が織田信長に仕え、戦で武功を挙げたのは天正五（一五七七）年十月。信長の嫡男、信忠の軍に従って松永久秀の与党を大和片岡城に攻めた時のことだ。

その時の名は与一郎、弟と二人で城に一番乗りし天守閣に攻め上った。

「行くぞッ!!　斬りまくれ!!」

物凄い数の敵の矢や鉄炮の玉が飛んでくるのをものともせず勇猛果敢に戦い、百五十余人を討ち取った。信忠はこの時に自分の一字を与えて忠興と名乗らせたのだ。

そして小姓として信長のそばについた時には、非凡な感性を見せる。

ある日、信長が座敷を出る時に床の花入を直しておくように命じた。そうして戻ってみると床の真ん中に正しく置いてある。

「忠興は大物になる」

信長はそう言った。

そして茶席で舅となる明智光秀を見たのは、天正六（一五七八）年正月、安土城での茶会だった。小姓として控える忠興は十六歳で並み居る武将たちの茶席でのあり方を見ていた。

信長の前に居並ぶ大名衆は十二人、羽柴秀吉や父細川藤孝、明智光秀らの面々で茶頭は松井友閑だった。

「絢爛たる道具立てだったな」

忠興は思い出し目を細めた。その頃から自分が道具好きだったことに気がついた。

玉澗『彼岸』の絵が掛けられ『松島』『三日月』の茶壺が飾られ、茶入『万歳大海』、そして珠光茶碗……。

「だがなんと言っても舅殿の所作の美しさが忘れられない。あの頃から今に至る特別なものを持っていらした」

千利休が明智光秀であるということは、豊臣政権を担う者たちが共有する秘密であり茶の湯御政道の〝秘事〟だ。

「茶を通じると……その秘密が不思議なほど快く心に収まる」

利休の茶の真髄がそこにあるように思うのは自分だけだろうかと忠興は考えた。

玉とも決してその話はしない。

千利休のことは話題にしても、明智光秀のことは逆賊として禁忌であるのは変わらない。そして今、その娘である玉のことが細川家の禁忌となっているのだ。

「玉は不憫。明智光秀は死に千利休として生きているが、玉はどこまでも明智光秀の娘であることを変えることは出来ない……それが玉を苦しめ、切支丹への入信に至らせてしまったのか……」

聡明で美しい妻の玉を愛おしいと思う自分の心は、二つの〝秘事〟によってさらに強められているのかもしれないと忠興は思った。

玉は首に掛けたロザリオを握ったまま、忠興をじっと見詰めている。

「どうだ？　たまには茶でも飲まんか？」

そう優しく声を掛けた。

忠興は自分を見詰める玉の目に茶での舅との良い記憶を思い出した。

「舅殿が舅殿としておられた……あの団欒の茶会は忘れられない」

天正九（一五八一）年四月十二日に十九歳の忠興は茶の振舞いを初めて持った。

丹後宮津での茶会、そこには明智光秀、細川藤孝、連歌師の里村紹巴（じょうは）、茶人の津田宗及、山上宗二、大坂平野の町衆で著名な名物蒐集家の平野道是（どうぜ）という茶の湯の世界では錚々（そうそう）たる面々が揃っていた。

集まった者たちの持つ深い教養と茶の素養、それは特別な雰囲気を醸し出していた。

「あの時あの場でないと味わえない雅な趣があった」

皆で飾り船に乗って天橋立（あまのはしだて）に出かけ、文殊堂で忠興は茶を点てた。

突然、ザッと夕立が降って来た。

すると藤孝が一首詠んだ。

　夕立の今日疾（はや）き切戸哉

すかさず光秀が続く。

　植える体、松は千年のさなえ哉

さらに藤孝が、

　夏山映す水のみなかみ

最後に紹巴が締めた。

夕立の後さりげなき月見えて

「あの時の舅殿の歌の意味……どこまでも天下泰平の世を望んでおられたということ」

その茶会の翌年、本能寺の変は起こった。

「本能寺を攻められる前に舅殿は密書を父上に送られ、決して動くなとされた。表向きに行う助力の依頼は全て無視せよとされた。そのお陰で今の細川家はある。そして……」

明智光秀が生きていることを知る。

光秀は千利休となり秀吉の茶頭、軍師として天下泰平の世の創造をしている。

その豊臣政権の一人として、今の忠興はあるのだ。

だが利休にも、切支丹となった玉のことは秘している。

玉は、忠興が関白秀吉の九州攻めで遠征して留守の時に切支丹に入信していた。

屋敷の近くの南蛮寺を訪れ伴天連に様々に質問をぶつけ、その上で納得しての入信だった。

自分の人生が受難の連続としか呼べない状況をデウスに重ね合わせた玉は伴天連の勧めに従

ってまず侍女たちを次々に入信させた。そして切支丹となった侍女が細川屋敷内で玉に授洗するという手段に出て、洗礼名ガラシャを貰っていた。

だがその直後に伴天連追放令が出され、京や大坂の南蛮寺は全て破壊された。

玉には大変な衝撃だった。特に忠興と親しい切支丹大名の高山右近が追放となったことは、夫を大切に思う玉に重く伸し掛かった。

驚いたのは、戻って来た忠興だ。

自分の妻が切支丹になっていたのだ。

「これが知れたら……切腹だぞ」

忠興は玉に棄教させようと説得を試みたが聡明な玉は夫の論を次々と破る。

そして、挙句の果てに言うのだった。

「どうぞ離縁して下さいませ」

だがそれは豊臣政権下では簡単に出来ない。大名の妻子は皆、秀吉の重要な人質なのだ。

忠興が取れる手段は一つだけだった。玉を屋敷内に幽閉すること……。

それでも玉は信仰を守れると喜んだ。


千利休は、大坂の自分の屋敷での茶会に細川忠興を招いた。

明智光秀としての自分にとっては娘婿であり、千利休にとっては優れた弟子である忠興だが九州攻めから戻って様子が変わった。

どこかいつも緊張の面持ちでいる。

「戦は人を変える。九州では九死に一生を得るような場面があったのだろう」

戦にも様々なものがある。

利休は自分がこれまで関わって来た戦について考えてみた。

金ヶ崎の殿戦、比叡山焼き討ち、長篠の戦い、本願寺や一向一揆の戦い、そして山崎の戦い……凄惨な戦いも数多くあった。

「戦に綺麗も汚いもない。裏切り、騙し討ち、それらも全て戦だ。勝つか負けるか、生きるか死ぬかしかない」

忠興は若い頃から勇猛果敢な武将だった。丹波亀山城攻略戦、十五歳の忠興の先走りを光秀が抑えて事なきを得たこともある。

「正面切っての戦いも出来、裏の謀略も出来る……武将として深い男だ」

本能寺の変直後で細川の領地が混乱する中、旧丹波守護家の一色満信を「饗応する」と宮津城におびき出し、忠興は自らの手で誅殺している。

利休はそんな忠興を頼もしいと思う。

だが九州遠征から戻ってからどこか落ち着かない。それは茶席で分かる。

忠興は何かを忘れようとして茶に臨んでいるように、利休には思えて仕方がない。

「おそらく高山右近の追放だろう」

友情を結んでいた右近が『伴天連追放令』で改易されたことを忠興が気に病んでいるのだと利休は思っていた。

今も利休は忠興からそんなものを感じる。

「豊臣政権の中枢で天下泰平を目指す者として、ならんものはならんとして、さっさと捨て去らねばならん感情だ。どれほどの友、親兄弟であっても政権に反するものは要らぬもの。切らねばならない」

利休は実務の話題を出してみようと思った。

「方広寺の普請、まだまだ時間が掛かりますかな？　私の数寄屋の茶庭の石をお願いしたいと思っておりましてな」

忠興は普請奉行の一人として東山大仏殿の造営に関わっている。

茶席に不釣り合いなことを訊(き)かれて忠興は少し驚いた顔つきで答えた。

「承知致しました。手配致します」

利休はお手数をお掛けします、と慇懃に礼を言った後で思い出したような表情になった。

「確か忠興様も方広寺の石垣となる大石をお引きになったことがありましたな？」

忠興は笑顔になった。

「ええ、関白殿下が大石の上に着飾ってお乗りになって音頭を取られ、それに合わせて皆で引いたのでございます。京童たちもそれを見てやんやの喝采でございました」

利休も笑顔になった。

「実は昔、私も同じように石を引いたことがございましてな。将軍足利義昭様の新御所造営を上様がなされた折、細川様のお屋敷にあった藤戸石という巨石を新御所に設えようと言われて……。その石は綾錦で包まれて数十本の綱が掛けられ、色とりどりの花で飾られ、上様が傾奇者姿で上に乗られて鳴り物も入れて音頭を取られた。その折、私も綱を引いたのです」

明智光秀時代の話だが利休は屈託なく楽しい思い出として話をする。

「それは見ものでございましたでしょうな」

忠興は笑った。そして自分が石を引いた時のことを思い出した。

「あの後に関白殿下から『時雨茶壺』を賜ったのです」

その頃、忠興は賤ヶ岳の戦い、小牧長久手の戦いなど多くの秀吉の戦に参戦して軍功を挙げ、それに対しての褒美だったのだ。

それを聞いて利休は頷いた。

「あの信楽の茶壺は後小松天皇の愛蔵品、それが武野紹鷗に伝わり関白殿下の手に渡ったもの。これからも忠興様の口切りの茶会では主役となるものでございますな」

忠興はまさにそうでございますと頭を下げた。そして思い出した。

「あの茶壺を拝領した折、利休様に色々と道具に関して拙い意見を申し上げました」

利休も覚えている。

「そう、忠興様は道具はどこまでも古き由緒のあるものが良い、不易こそが茶の湯の核であると仰せられた」

忠興は恥ずかしさで下を向いた。

「何も分かっておらぬ若輩の戯言(たわごと)でございました。利休様の今焼茶碗や茶室のあり様、そこにある不易流行こそが茶の真髄であると分かってから、あの言葉を早く取り消したいものだと思っておりました」

利休は首を振った。

「よいのです。茶はどうにでも捉えてよいしどうにでも変えてよい。ただそこに亭主と客、一期一会での互いへの思い、それが真髄としてあればよい。古きも新しきもない。忠興殿の茶の感性があれば、その心だけあればよいのです」

忠興は顔を曇らせた。

玉のことを思い出したのだ。

暫く考えてから、忠興は訊ねた。

「茶の精神を映すのが点前であり道具であり所作である。棗を袱紗で浄めたりする所作を利休様はなさいますが……あれは切支丹の伴天連が南蛮寺で行っている儀式を模したものでございますか？　そこには切支丹の精神があるのですか？」

利休は、ふっと笑った。

「何か目に見えない途轍もない力、捉えどころのない力を思う時、人は崇敬の念を抱くものです。その力に対して何かを捧げようとした時、自然と汚れや穢れを払おうとする。日の本の古来の神の下でも榊によっての祓い(はらい)を行う。それは古今東西で変わらぬ人の心の奥底にあるものでございましょう。私はそこで茶の力、茶が持つ崇高なものに対して、茶席を務める亭主として尊ぶ気持ちを持って〝浄め〟を形としているだけでございます」

忠興は、その利休に厳しい顔つきで訊ねた。

「切支丹の教え……それは決して邪(よこしま)なものではないと考えます。何故、関白殿下は伴天連追放令を出されたのでございます？　信長公以来、天下を目指す者は皆、切支丹に対して寛容でありました。それが何故？」

決して関白やその政権の側近には訊ねられないことを利休に訊ねた。

忠興は驚いた。

「忠興殿にまず申し上げておく。伴天連追放は私が関白殿下に進言したもの」

利休の表情が、一変している。

(舅殿の目！　明智光秀の目だ！)

忠興は瞠目した。

利休の表情とその言葉に気圧された忠興に利休は言った。

「切支丹の教えそのもの……私はそれを人が信じ生きていくことに何の異存もございません。そこには尊崇の念すら覚える。しかし……」

忠興はその利休をじっと見た。

「しかし、そこに組織があり、その裏に国がついている。イエズス会があり葡国やエスパニアがついている。切支丹はその組織や国の都合で動いている。都合次第でその信者をどうにでもしている。畿内では上様始め武将たちが強い為に切支丹は大人しくしておりましたが九州の地ではやりたい放題、神社仏閣を邪教と称して破壊し、信徒とならぬ者たちを奴隷として他国に売り飛ばしていた。その先鋒を務めるのが伴天連、奴らの本性を私は関白殿下に依頼して草を使い徹底的に九州で調べさせた。その結果は……それはもう非道いものだった。

それが切支丹追放の一つの理由。だがもっと大きな理由がある。それはこの国の民の心だ」

忠興は利休の本性に触れ、震えるような思いで聞いた。

「あの一向一揆……上様が何十万と殺しまくり根絶やしにし大本の本願寺法主を臣従させたことで終息させたが……一揆の根本はこの国の民の心の裡にあると思っている。それは土のようなもので、その土へ種が……種とは、目に見えないもの、極楽浄土や切支丹の天国といった目に見えないものが蒔かれ、民がそれを信じる、つまり芽を出し草木となり、勢いを得るると大変なことになるということだ。そのようになった民が世を支配する者に力で歯向かうとどうなるか？　死を恐れない何十万何百万の民が襲ってくるのだ。信じるということは恐ろしいことなのだ。この国の民は信じると〝次々と・成る・勢い〟を得てしまう底力がある。それは大地の土のように、ある。だから、種を蒔かせてはならんし、芽を摘まねばならんのだ」

忠興は利休の鋭い舌鋒に何も言えない。利休は続ける。

「恐いのは種を蒔く者だ。その者は純粋に目に見えないものを信じている。その言葉は清らかに聞こえる。徳を持った人間のように思える。だから大勢を信者にすることが出来る。高山右近はそんな代表だった。あの男はとことん切支丹を信じている。その裏に何があるかを見ようとしていない。切支丹に染まる全てを信じてしまう。伴天連もイエズス会も葡国もエスパニアも……全てをだ。そしてそんな純粋な人間の言葉は人を惹きつける。多くの者を切支丹にするのだから恐ろしい。右近を追放したのはそういうことだ」

忠興はかっと目を見開いて言った。

「舅殿に申し上げなくてはならないことがございます」

そうして利休の前に手をついた。

「た、玉が切支丹になっております。私の九州遠征の最中に入信しておりました。棄教を強く求めましたが、聞き及ばず、信仰の為に離縁してくれと申します。が、大坂居住の大名の妻子は皆関白殿下の人質、離縁もままなりません」

利休は顔面が蒼白になった。そして暫く黙った後に、薄く笑って言った。

「玉は聡明な女、そして純粋な心の女……そうなった以上は是非に及ばず」

えっと忠興は驚いた。

「忠興殿、玉に私からと伝えて下され。切支丹として生きるなら一人切支丹となれと。決して徒党を組むなと。そして……忠興殿」

利休は忠興の目を見据えて言った。

「忠興殿が『ここまで！』と思われたら躊躇(ちゅうちょ)なく、玉をお手打ちになさって下さいませ」

忠興は瞠目しながら、ゴクリと生唾を飲み込んだ。

第十章　利休、家康に助言する

「なにッ!?」

千利休は石田三成からその話を聞いた時、驚くと同時に嫌な感覚に包まれた。

少々のことでは動じることのない利休だが、これで自分が思い描く天下泰平の画を描き直すことになるかもしれないと思ったのだ。

秀吉に、子供が出来るという。

信長の妹、お市の方の長女で茶々。北荘城落城で柴田勝家と共にお市も亡くなった後、叔父の織田長益のもとにいたのを秀吉が見初めて愛妾にし、山城に屋敷を与えていた。

その茶々が、懐妊したというのだ。

三成は笑顔で言った。

「関白殿下はその知らせに、もう天にも昇らん勢い。あれほど喜ばれた殿下を私も見たことはございません」

秀吉は茶々の為に山城の屋敷を城にする改築を命じ、普請は弟の秀長を後見に、細川忠興を補佐として行うという。

利休はそれを聞いて複雑な表情になった。

「生まれて来る子供がもし男なら……やっかいだぞ」

利休は人の心の奥底を読む。その人間が、何で動いているかを考える。

天下人にまで昇った秀吉という人間は、一体何によって動いているのか、その核を捉えてこれまで仕えて来た。

利休が捉える秀吉の核、利休以外の誰も捉えることが出来ない途轍もなく深いところにあるものは、厭世観だ。

「秀吉は自分に子がないこと、実子を持てないが故に厭世観を抱いて来た。それは上様よりも深いものだ」

信長が持っていた厭世観。それは仏教の輪廻転生や切支丹の神の国などを信じず、「死ねば無になるだけ」と考え、あらゆる既存の観念を拒否する唯物論だ。それ故、この世で生きる限り何ものにも縛られず自分の思い通りに生きる。信長の心の核は虚無だ。

「上様とは性格が全く違う秀吉、と表面だけを見て皆は思っているが、その心の核は同じ虚無。秀吉は子供を持てない自分は、死んだ後に何も残さなくていいと思っていた。今を生き尽くす。この世にある限り、全てを支配し栄華を享楽し尽くすだけと考えていた」

利休は、それ故に秀吉を信頼していた。

「死んだ後に拘りを持たず力の限り天下統一、天下泰平に尽くす。その秀吉が獲得を目指す世の画をこちらが先に描いてやり、それを実現させる。それで天下泰平の世を確実に創ることが出来る」

その利休の人生観も厭世観で出来ている。だから操縦を間違えない。

秀吉の持つ厭世観、それを現実世界では大らかで派手なものとして実現させてやればよい。分かり易いが故に秀吉を信頼していた。

「その秀吉に子が出来る。もし男子で世継ぎとなると……秀吉は変わる！」

利休はそう読む。秀吉は、自分の後継者は、弟の秀長や甥の秀次でよいと考えていた。そこに深い思い入れなどない。秀吉にとっては、どうでもよいことだったのだ。

「生きている間に夢のような世を創り、そこで楽しむ」

それが、秀吉の心の核であり生きる原動力だ。

しかし、自分の子供が出来、その子が世継ぎとなると厭世観は吹き飛ぶ。可愛い我が子の為の世、我が子の天下というものに変わる。そこには執着が生まれる。子供への執着は秀吉のような人間にとって途轍もなく強いものになる可能性がある。

「やっかいだ」

生まれて来る子供の為に早速築城を始めたと聞き、秀吉の親馬鹿ぶりがもう出ていることに深い懸念を持った。利休は秀吉が子供に狂うと考えた。これまでのように動かすことは出来ないと見た。

「天下泰平の世を第一義に秀吉が判断を下すと思うと間違える。画は描き直さなければならないかもしれん」

利休は生まれてくる子供が、男子でないことを祈った。


天正十六（一五八八）年暮れ、千利休は堺の屋敷で過ごしていた。

弟の千宗易と、田中与四郎の供養について話を進めていた。

「私もお前も生前あれだけ世話になり、亡くなった後も生きているものとしてお前が成り代わらせて貰っている与四郎殿の恩に報いなければならん。与四郎殿には申し訳ないと思い続けて来たが……ここできちんと供養をして差し上げようと思うのだ」

与四郎の骨は秘密裏に堺の南宗寺に葬られているが、それを大徳寺塔頭の聚光院に移し供養しようと言うのだ。

「よろしゅうございますね。ですが、どのような形で致します？」

利休はそれを思案したという。

「どうだろう？　与四郎殿の父母と亡くなったお子を追善するという名目は？　加えてお前

たち夫婦の逆修という形を取るのは？」

宗易はそれがよいと同意した。

そうして天正十七（一五八九）年正月、聚光院に墓と石灯籠を立て永代寄進を行った。石灯籠には朱で、宗易と妻の宗恩の名を入れた。

大徳寺での法要を終えてから、宗易は利休に話があると困った表情で言う。

「法要がきちんと済むまでこの話をするのは控えておったのですが……」

秀吉が宗易の娘、お吟を側室に差し出せと言って来たというのだ。

（あの男……）

利休には、今の秀吉の心の裡が分かった。

茶々に子供が出来たことで調子づいたのだ。まだまだ自分は子供が生せる。そうなると新たな女人を側室に迎えて子供を作りたいとの欲望が俄然湧いて来たのだ。

「英雄色を好むだが……まぁ、その話は私が上手くとりなして無いものとするから心配するな」

宜しくお願い致します、と宗易は頭を下げた。

宗易と別れてから利休は思案した。

「やっかいだな。今、この話を断ると……あの話は承知しないとへそを曲げるかもしれん」

それは、九州に流罪になっている古渓宗陳の赦免だった。

「子供が出来て機嫌の良い機会に赦免の話を持っていこうと思ったが、どうする？」

まだ築城途中ではあったが、淀の存在を明らかにしたかったのだ。

秀吉は正月、茶々に淀城を与えると正式に表明、茶々を淀殿と呼ぶよう周囲に伝えた。

「淀殿は御懐妊の由」

それは、秀吉の血縁の間で騒動となる。

利休は淀城の普請の責任者となっている秀長に会った。

「風邪をこじらせ具合が今一つで……」

秀長の顔色が悪い。

利休は気にはなったが、茶を点てようかと言うと秀長の顔が明るくなった。

「お願い致します」

誰もが利休の茶を飲みたがる。

利休は、その場で秀長の道具を借りて茶を点てた。

「やはり……利休様の茶は旨いですな」

利休はふっと笑った。

訊ねた。

本来なら皆様お喜びのことでしょう、と言わなければならないところを敢えて利休はそう
「ところで……淀殿御懐妊の件、御家中の皆様は……如何です？」

そうですな、と秀長は頷いた。

「そう言って頂けるのが何より。茶は旨くないといけません」

秀長は利休はお見通しだと思い、何とも困った表情になって言った。

「男子でなければよいのですが……」

まさに本音だ、と利休は思った。

「男子であれば……色々と難しくなりますな。関白殿下の御性格からするに嫡男誕生でこれまでの御政道を全てお変えになる可能性がある。豊臣の御家中の心中をお察し致します」

秀長は嫌な予感がしてならないと言う。

「そうなると豊臣の血縁がばらばらになるような……そんな気がするのです。これまでの兄の心の拠り所であった家族が変わってしまう。血縁に対する思いが薄くなるでしょう。兄は天下取りに執心しながらも……どこか達観したところがあります。それが御政道を正しくさせて来た。しかし、嫡男誕生となるとそこにだけ心を置く、執着するようになる気がしてなりません」

利休は秀長は流石だと思った。自分の秀吉観と寸分違わない。

「御嫡男だとそれほど殿下は変わられると思われますか？」

秀長は大きく頷いた。

「兄の親への思い、弟や姉妹への思いは本当に強い。この世の誰よりも強いかもしれません。私は兄が天下人になったのはその思いがさせたと思ってもいました。しかし、嫡男誕生となればその思いは恐らく一点に集まる。全てはその嫡男の為となる。この世で最も息子を猫可愛がりする父親が誕生する。それは決して天下人としてよいことではないでしょう」

利休は秀長の意見に心の奥底で強く賛同しながらも、「全ては関白殿下のお心次第」とだけ言って秀長のもとを辞した。

そして秀吉から宗易への、娘を側室に出せとの要求は、馬耳東風でいこうと決めた。

「のらりくらりを通せ」

その後、秀吉は宗易に対して怒気を交えて娘をよこせという場面があったが……子供が生まれるとケロッと忘れてしまった。

五月二十七日、男子が生まれたのだ。

だがそれは、利休の目指す天下泰平にとっては戦略の転換を要するものになった。

「これで間違いなく秀吉は変わる。どうする？　どう考えておく？」

利休は深く思案した。

徳川家康は、上洛中に秀吉に嫡男が生まれたことを知った。

早速、聚楽第に秀吉を訪ね祝意を表した。

家康は秀吉の異常なほどの喜びの様子に驚くと同時に思った。

「関白は変わるぞ」

六月三日に家康は若君のお七夜祝いをし、帰国する前に千利休の茶に呼ばれた。

「驚きました」

家康の言葉に利休は頷いた。

「関白殿下の喜びよう……あれほどとは」

家康は幼い頃から人質となって親から離されて育ち、自分の長男を信長の命令で殺さなくてはならなかった過去などから肉親への愛情は圧殺して生きて来た。その家康には、秀吉が見せた嫡男誕生への異様なほどの喜びは微笑ましいよりもそら恐ろしさを感じさせた。

利休はそんな家康の心の裡を見て取っていたが、どこまでも秀吉を立てる。

「関白殿下は近頃、徳川様の御正室始めお身内の多くが臥せっておいでになり、お心を痛めておいでででした。その分、喜びもひとしおなのでございましょう」

家康の正室となった秀吉の妹、朝日姫の体調が悪く今回の家康の上洛も朝日姫の快復を待って行われたものだった。家康は帰国するが、朝日姫はこのまま暫く聚楽第で静養することになっている。そして秀吉の弟、秀長も長患いから有馬温泉で療養を続け、秀吉の母、大政所も臥せっているなど、秀吉の血を分けた肉親は病で総倒れ状態だった。

家康もその利休の言葉に頷いた。

「そうですな。殿下にとって家族は何より大事なもの。それは義兄弟となってよく分かりました」

家康はそう言ってから続けた。

「何にしても御嫡男の誕生、豊臣政権はこれで盤石でございますな」

その家康の言葉に利休は暫く間を置いてから応えた。

「恐らく……殿下はこれまで以上に敵味方をはっきりと区別されるでしょう。幼い嫡男の為に天下を盤石なものとして残してやろうとなさる筈。そこには深い思慮なく、なりふり構わず、敵だと思えば必ず滅し、敵にすると恐ろしいと思われる者は……遠ざけてしまわれる。豊臣政権の盤石はここからそうやって創られるように思います」

家康はドキリとした。

利休は、その家康に微笑んで訊ねた。

「北条殿はその後、如何でございます？　徳川様には色々と難しいお立場でご尽力を頂いておりますが……」

利休は敢えて、北条のことに水を向けた。

北条と同盟関係にある家康は前年、自身の上洛中に家臣の朝比奈泰勝を北条氏直の叔父氏規のもとに送って上洛を催促し、「出来れば自分が在京の折に上洛されたい」と求め、天正十六年八月二十二日に氏規が上洛して秀吉に謁見した。

秀吉は氏規上洛を以て北条氏が臣従したものとし、秀吉の臣下である真田昌幸と北条との争いの懸案であった上野沼田領を三分の二は北条領、三分の一は真田領とすると裁定し双方は和解した。だがそれに対して北条が不満を持ってくすぶっていることを利休は知っていたのだ。

家康はずっと真田との戦で苦い思いをして来たことからその裁定には正直不満はあったものの、秀吉の臣下となっている以上、一切そのような素振りを見せなかった。

だが利休はそんな家康の立場を知って、ここからの動きに注意せよとしたのだ。

それに対して家康は言った。

「もし北条が殿下の裁定に従わねば、この家康、先陣となって北条を討つまで」

そう言って頭を下げた。

利休は満足そうな顔をした。

「徳川様のそのお心、まさに関白殿下が望んでおられるもの。何卒宜しくお願い申し上げます」

だがそこから家康は利休に対して刃を切り返すように訊ねた。

「茶の湯御政道での利休様は関白殿下を凌(しの)ぐ存在。御嫡男誕生での茶の湯御政道、関白殿下はどう盤石とされるでしょうか？」

利休は苦笑した。

(家康らしいな)

他の茶人大名ならこのような問いは絶対にしない。何故なら皆、茶で自分が屈服させているからだ。しかし、家康は違う。家康は茶が好きではないのだ。

それを利休は分かっている。茶の湯御政道は、家康に通用しない。

(それが家康の強み)

その家康が利休に投げ掛けた問いは鋭い。

「秀吉は千利休を、明智光秀を、恐れているのではないのか？」

そう家康は、訊ねたのだ。

利休は苦笑の表情を続けながら言った。

「殿下が茶の湯御政道を御嫡男の為に我が物としたいと思われ、千利休が邪魔だと思われれば……私に切腹を申し付けるだけでございましょう」

家康は驚いた。

そして利休の目はそこから変わった。

家康は武将の目を見た。

その武将は言う。

「私の命、明智光秀としての命は、関白殿下にお預けしてあるもの。本能寺の変の後、腹を切るつもりであった者が、茶に出逢い、茶を大成したいが為にその命を使わせて頂いておるもの。茶の湯御政道で天下泰平の世を創る為、関白殿下にお預けした命。それを関白殿下が私に返すと仰せに成れば、即座に腹を切るだけでございます」

家康は瞠目しながらその言葉は本当だと思った。

(凄い！　武人としての明智光秀は生きている！)

家康はさっと笑顔を作った。

「関白殿下にとって茶の湯御政道は利休様あってのもの。どうかこれからも豊臣政権の為にご尽力願います」

だがその家康に、利休は本音を言った。

「恐らく……関白殿下はここから御嫡男に執着されるでしょう。他には何も見えず、ただただ御嫡男の為の世を創ろうとなさる筈。それが天下泰平に繋がればよいのですが、そうでなければ……」

利休は家康をぐっと見据えた。

「徳川様が代わって天下泰平の世をお創り下さい。それが出来るのは徳川様だけ」

家康は目を剝いたまま黙った。

（恐ろしいことを言う……）

だがそれは軍略家・明智光秀の真の言葉であると受け留めた。そして同時に思った。

（明智光秀……我が軍師として欲しい！）

関白秀吉の嫡男は、「棄（すて）」と呼ばれることになった。棄て児（ご）はよく育つとの言い伝えに従ってのことだ。

禁裏から産衣（うぶぎ）などの祝儀の品々が届けられ、公卿や大名武将が先を争って祝辞を述べにやって来た。祝いの品々は産屋に山積みにされ、京や堺の町衆からも紅の袷（あわせ）の綺麗な産衣が贈られてくる。中でも秀吉が気に入ったのが、蒲生氏郷が、その先祖 俵藤太（たわらのとうた）藤原秀郷が近江の三上山の大百足（おおむかで）を射殺したという矢の根を刀に仕立てた魔除けの品だった。

秀吉は「お棄、お棄」と息子を呼んでは悦に入った。そしてその後は「鶴松」と長生きに因んだ名前に改名された。

千利休は喜びに浸る秀吉を訪れて言った。

「関白殿下にお知らせがございます」

上機嫌の秀吉が何かと訊ねると、嫌な人間の名前が出た。

「九州に流罪となりました古渓宗陳和尚が今回の御嫡男誕生への祝着をお伝えすると共に自分が思慮浅い馬鹿者であったこと、心よりお詫び申し上げますと伝えて参りました」

茶々を側室にするなと横槍を入れたことをここに及んで心より後悔の念を持って関白殿下に謝りたいとしているというのだ。

秀吉はそれ見たことかという表情になった。

「あの坊主の言うことに従っていたなら鶴松は生まれなんだ。儂の子が豊臣の家を継ぐこともなかったのだ！」

だが利休が言うには、宗陳は深く自分の言動を恥じて悔いているという。

「如何でしょう？　古来災い転じて福となすと申します。今回のことを奇貨とされて宗陳和尚をご赦免下されば、殿下の広いお心がさらなる豊臣家の発展を呼ぶことと存じますが？」

機嫌の良い秀吉はその利休の言葉を素直に受け入れた。

「そうじゃな。儂があの坊主の間違いを天下に正せた上に寛容を示したとなると神仏のご加護が鶴松に降るであろう。よし、分かった！　そのようにしてやろう」

利休は有難き幸せと頭を下げた。

古渓宗陳は秀吉の九州平定後、小早川隆景の領内となった筑前博多の地で謫居（たっきょ）生活を送っていた。

小倉城主の毛利勝信や神屋宗湛らを招いて茶会を行うなど、それはそれで宗陳にとって気楽なものだったが、やはり流罪の身は肩身が狭い。利休からは赦免の為に動いているとの書状が来ていた。そして小早川隆景から吉報が届いた。

「……御赦免か」

七月に入り、正式に関白の許しが下りた。

千利休にとって、武将との茶は特別だった。

「武将で茶人となる者の茶は面白い」

町衆の茶は頭から入るが武将の茶は形から入る。

戦いの道具である武器、鎧（よろい）や刀、鉄炮というものが機能という点から突き詰められてこれ以上ない美しい形になっていくのを武将たちは知っている。

茶でも様々な道具の形を見て、そこにどんな機能が潜んでいるのかを自然と考えるのが武将たちだった。

形の美しさ。

それを知る感性は武将茶人の方が町衆茶人よりも優れていると利休は思う。

利休自身も元は炮術師から武将となり、戦場を駆け回り、無数の他者の死を見詰め、自己の死に迫る究極の緊張を経験している。

「死との対峙が武将の茶を面白くさせているのかもしれない」

利休は常々そう考えていた。

町衆茶人たちは商人の感性で茶を創る。

そこにはどこか微温甘いものが纏わりついているように利休には思える。

しかし武将の茶は死を下敷きにしたような冷え冷えとしたものが自然と備わっている。

町衆茶人の中にもそんな存在はいる。

武野紹鷗などは茶で失敗すれば死ぬ覚悟を持って茶席に臨んでいたという。

「だから新たな茶の湯を大成出来たのだろう」

死と茶の関係。

茶席は戦場であり、刀や鉄炮を道具や作法に代えて行っていると考えると……すっと腑に落ちる。

茶は道具と所作で出来、道具や所作で限りなく死に近づくとすれば、面白いと思うのだ。

「この男は本当に面白い！」

利休が心からそう思う武将がいた。

古田織部（おりべ）、美濃の山口城主を継承し十七歳の時に織田信長に仕官した。

身の軽さを買われて戦場では使い番（伝令）として働き、その頃は左介と言った。

子供の頃から祐国寺の学僧に学び、深い教養を身につけていた。そしてその他にも楽しみがあった。美濃で盛んな焼物の窯場での粘土遊びから器作りを覚えて手慰みにしていた。

信長の口利きで茨木城主、中川瀬兵衛の妹を娶り、山城国に移り住んだ。

そこから様々な戦いに従軍し、荒木村重の謀反の際には村重についた義理の兄の瀬兵衛を説得して信長側に寝返らせることに成功し信長から高い評価を得た。

本能寺の変で信長が横死した後の山崎の戦いでも戦功を挙げ秀吉の臣下となった。

秀吉の下での戦では根来・雑賀攻めや四国の長宗我部征伐にも参戦した。そして従五位下織部正（おりべのかみ）として三万五千石の大名となったのだ。政権の仕事で織物や染物など物品調達を行う奉行としての役割を持つ。

子供の頃からの焼物好きが高じて嘗て信長が尾張瀬戸の陶工から『瀬戸六作』を選んだ故智に倣い『織部十作』を選定、優れた美濃の焼物を広く世間に知らしめる。

その織部が秀吉の茶の湯御政道の秘事としての千宗易を紹介された時、驚愕と共に喜んだ。

「本能寺の変の真相が分かる！」

そうして二人きりとなれる茶に呼ばれることを心待ちにした。だが宗易から利休となってその茶を巨大にしていく様に圧倒され、そんなことはどうでもよくなった。

「茶とはこれほど凄いものだったのか！　これこそ自分が求めていた世界ではないか！」

その思いを強くしていく。

織部が利休の茶に見出したのは自由自在ということだった。

「茶とはただ茶を沸かして飲むだけ」

その原点から無限に広がる自由、そして自在というものから生まれる美しさ。

今焼の茶碗、割れた井戸を継いだ碗、竹の花入、そして黄金の茶室……。

織部は思う。

「自由ということの恐さ。決まり事があるが故の平穏と安心……。そのせめぎあいの中から生まれる美を求める心」

織部は利休との初めての茶会で他にも客がいる中で訊ねた。

「利休様、茶とは何でございますか？」

他の客はその問いにギョッとした。

(織部は馬鹿か!?)

だが利休は、ふっと微笑んでみせて言ったのだ。

「茶とは何か？　茶は点ててみないと分かりません。そして……飲んでみないと分かりません」

織部はその場で平伏し、ありがとうございましたと深く納得して言ったのだ。

その瞬間、織部は完全に利休に落ちた。

そして、そこから自分の茶を創ろうと思ったのだった。


「それで……どうだ？」

利休は織部に訊ねた。

これまでも織部とは、道具のあり方について様々に議論をして来ていた。

特に色について織部は興味を持つ。

〝利休好み〟というものが茶の湯御政道の中で出来上がっていた。

竹の花入、水指、棚もの、箸などは木材そのまま自然を好み、今焼茶碗、棗、膳椀は黒を好む。塗りは無地だけ。黒の色は利休の基本だ。

「黒は古きこころ」

そして黒は死に最も添う色だ。

利休はその黒を瀬戸黒の茶碗でさらに深めたいと考えて織部に相談をしていた。

『織部十作』を束ねる織部に様々に作陶の技術で助言を貰い、また織部は自分の好みの焼物も作って持って来る。

まずその日に利休に見せたのは、頼まれた瀬戸黒の茶碗だ。

瀬戸黒は、窯で焼く途中に引き出して急速に冷まして作る。それはまさに〝利休好み〟の漆黒釉の茶碗だった。

薄作りの筒形の茶碗、高台は小さく削り出し端厳な趣がある。

暫く両手で弄んでから、利休は笑顔になって頷いた。

「織部は私の好みを本当に分かっているな」

その利休に織部は頭を下げた。

「百個以上作らせましたが……これが一番とお持ちしました。後は全て割りました」

たった一個を持って来るところの潔さが、織部らしいと利休は嬉しくなった。

「これは貰おう。どこか庶民の女の凜としたところを思わせるから……銘は『大原女』とでもするか？」

織部は笑顔でよろしいですねと応えてから言った。

「如何でございます？　関白殿下に御嫡男も誕生したことですから、派手な色目の茶碗をお創りになっては？」

利休は難しい顔をする。

「私の茶はそういうものではない。今焼の茶碗は自分の茶会では黒にしたい」

やはりご自分の茶には厳しいなと織部は思った。織部はそこで言った。

「では、茶碗ではなく、こういうものは如何でしょう？」

そう言って包みを開いた。それは黄瀬戸の花入だった。

「ほう……」

鼓の胴を立てたような姿をしている。底は土取りが厚くどしりと安定が良い。

轆轤は慎重だが、上半身は斜め上方へ一気に引きあげられた為か、口縁近くでやや反って肉薄となっている。

亀裂が出来ているのが景色になっている。底は正円に近い高台がつけられている。

釉薬は全体によく溶けていて黄みがあるが、釉だまりでは緑みを含み透き通って見える。

胴の中ほどを指先で支えたのであろう、指先大の茶褐色のあとがある。そこに目が行って土味を感じさせる要素となっている。

「これも織部が指示して作らせたものか？」

利休は手にとって嬉しそうだ。

「はい。こういう作為があるともないとも分からぬ面白さも茶器にあってよいのではと思い十個作らせたものの中から選びました」

利休は大きく頷いた。

「これも貰おう。真ん中が窪んでいて横にすれば枕になる。銘は『旅枕』としよう」

ありがとうございます、と織部は頭を下げる。

そして、そこで真剣な表情になった。

「実は利休様に言われて瀬戸黒の茶碗を作るうちに、あるものから思いついてとんでもない茶碗を作らせたのですが……見て頂けますか？」

利休は織部が真剣な顔で、とんでもない茶碗と言うのが面白くなった。

「瀬戸黒の茶碗を作る際には真っ赤なうちに金鋏（かねばさみ）で取り出しますが、窯内の焼物の釉薬の溶け具合を見る為に取り出す〝捨て碗〟がございます。当然歪（ゆが）んでおるのですが、これが瀬戸黒ですと面白い味わいがあります。そこで釉薬で絵付けをしてわざと歪ませた茶碗を作ったのでございます」

　そう言い、包みから出して利休の前に置いた。

　それは木履（ぽっくり）のような形で口縁は緩やかに段丘を作り胴は押さえこんだように窪みがあり、箆でさらに強弱をつけてある。轆轤は使っているが歪んでいる為に見込みの茶だまりの中心点が分からない。

（茶碗が動いている！）

　利休が見て驚いたのはそこだった。

　利休は真剣な面持ちで、その茶碗を持って長い時間眺めた。

「織部」

　はっと織部は手をついた。叱られるのを覚悟したのだ。

「お前は……次の茶を創る者だ。私にこの茶碗は扱えんが……新たな茶をこの茶碗で、お前の茶を、創ってくれ」

　織部は予想もしなかった利休の言葉に唖然となった。

「この茶碗は数寄屋だ。私は数寄屋の茶室を造ったが、織部は茶碗を数寄屋にした。いやはや、織部たるもの……いやいや茶は面白い！」

　利休は愉快だった。

秀吉の嫡男誕生からの予測の出来ない世の流れ、不穏な空気が立ちのぼる中で〝とんでもない茶碗〟の登場は嬉しい誤算になると思ったのだ。

茶は面白い……。利休は何度もそう呟いた。

千利休は古渓宗陳の赦免が成った後、大徳寺に大きな寄進をした。

山門を修築して重層にすると、共にその周囲を整える寺観づくりをなしたのだ。山門楼上、天井と柱は長谷川信春(しんしゅん)に絵筆をふるわせ、内部に釈迦(しゃか)三尊像と十六羅漢像を安置させた。

この年、天正十七年十二月八日、利休は菩提寺とした大徳寺塔頭聚光院で父親の五十回忌を催した。それは表向きで真のところは田中与四郎とその先祖供養だ。

古渓宗陳が、導師を務めた。

宗陳の後に大徳寺を任されていた玉甫紹琮は、総見院を空けて宗陳を住持に迎えようとしたが宗陳は固辞した。そして都の北の市原にある常楽庵での庵居を決める。常楽庵は東福寺末寺で廃寺となっていたものを修造して住んだのだ。

「田舎の庵(いおり)の方が今は心が休まります」

宗陳は利休にそう言った。

「和尚にはまた大徳寺をお任せしたい。そのお気持ちが湧きましたらいつでも関白殿下に申し伝えますので……」

宗陳の高い寺営能力を買っている利休は、そう言った。

秀吉の嫡男誕生により宗陳との関係修復が出来たことで利休は安堵した。

「つまらんことで人と人との関係は壊れるものだが、改善も出来る。その良い例となった」

利休は古渓宗陳の赦免に向け秀吉には、宗陳を慮らせる為の工夫を怠らなかった。

「鶴松の無病息災の為、神仏のご加護を得る為に遺恨を滅して宗陳を許し取り立てる」

秀吉はそう心に決めている。

「人の心は難しい。上手く持っていけば黒も白となる。だがどんなに努力しても駄目な時は駄目だ。今回は上手く秀吉の心を持っていけたからよかったものの……次はどうなるかは分からん」

それは他人だけでなく、自分もそうだと利休は思っている。

それだけ秀吉の鶴松への執着心は強い。

他は何も見えなくなっている。

「若君中心の世、それで豊臣政権が上手くいくよう考えなくてはならんが……」

利休は思案をし続けていた。

その思案に疲れると、ある場所に出かけた。

それは絵師、長谷川信春の仕事座敷だった。

利休は信春をそう思っている。そして信春もまた利休を特別な存在だと思っていた。利休が大徳寺山門楼上の天井画や柱絵を手掛けさせた信春が、その礼として利休の肖像画を描かせて欲しいと言って来たことから、その座敷を度々訪れることになったのだ。

信春の仕事はいつも速いが、この肖像画に限っては時間を掛けた。利休と対話する時間が欲しかったからだ。

「この男は天才だ」

利休は利休で複雑になる豊臣政権運営を考えることに疲れると、信春のところに来て何も考えずに絵の題材となって座ることで心が休まった。

「ただ黙ってじっとすることがこんなに快いものだったのか……」

そんな時間が新鮮だった。時おり休憩をして信春と話をする。

信春は能登国の大名である畠山家家臣の奥村文之丞宗道の子として七尾に生まれたが、染物屋長谷川宗清に養子として出される。養父は絵の心得があった為にその指導の下で絵を描き始め、その後雪舟の弟子等春からも学んだ。そうして仏画を得意とする絵師として徐々に有名になっていった。

養父母が亡くなったのを機に妻子を連れて上洛、狩野永徳の門下に学ぶが一門の排他性に嫌気がさし、狩野派を離れて独自の画境を求めた。その頃から堺の町衆と交流し注文も入り評判になっていった。

「ここらで勝負に出よう！」

信春は、大徳寺の春屋宗園和尚に塔頭の襖絵を描かせて欲しいと頼み込んだ。

「禅寺の襖に絵は無用」

にべもなく断られた信春だったが簡単には諦めない。宗園の留守中に三玄院に入り込んで勝手に襖に山水図を描いてしまう。

その水墨画のあまりに見事な出来栄えに宗園も感じ入って許したことが評判となり、多くの寺院からの注文が入るようになった。その後は長谷川派と呼ばれる絵師集団を率い、狩野派に対抗するところまでになる。

狩野派は天才、狩野永徳を中心に禁裏の仕事を独占している上に、信長など大名と結びつき揺るぎない地位を築いていた。

そんな信春を引き立てたのが千利休だった。

秀吉に口をきき聚楽第での障壁画を狩野派と共に担当させ、大徳寺の塔頭や山門の仕事を広く任せたのだ。

利休は狩野派とは距離を置いていた。安土城の障壁画を思い出すのが嫌だったのだ。

「上様が持っていたあの重い力、無理やりでも全てを圧し潰そうとするような力……それを狩野派の絵には感じてしまう」

信春の絵にはそれがない。絵の中に自由自在を秘めた明るさがある。そして信春は対象の真を捉えて描いているように思う。

「狩野派は狩野派が代々継承する真を描くが、信春は対象の真を描く。だから絵が動く」

それは利休が古田織部の歪んだ茶碗に感じたものと似ている。

「織部の茶碗も動いている。自分の意思で動こうとする。だから自由自在と思えるのだろう」

そんな利休に、信春は訊ねる。

「利休様は武野紹鷗様が藤原定家の歌の世界、

見渡せば　花も紅葉も　なかりけり

浦のとま屋の　秋の夕暮れ

寂びた世界、それを茶として表されたものをさらに深められたとお聞きしますが、どのような心境から出発されたのでございましょうか？」

利休は信春のような天才が発するそんな問いが好きだった。

利休は正直に答えた。

「私が初めから死んだ者だからだ。本来は死んでいる者、どこまでも土の中で冷たく寂しく屍となっていなくてはならない男。そんなところから出発したことがあるのだろうな」

信春は驚いた。それは自分が明智光秀であると公言しているのと同じだからだ。

利休は笑った。

「まぁ、今言ったことは身も蓋もない本音だが、そこから道具を創った。茶室を、待庵という茶室を創って、そこで私の茶が始まった。血も涙もない道具が、人である私に茶を創らせた。正直そう思うのだ。そうして生まれた茶の世界を敢えて信春が持ち出した歌で言うなら……藤原家隆の歌になるだろうな。

花をのみ　待つらん人に　山里の
雪間の草の　春を見せばや

兎に角……全てを、この世の全てを通り越したところに茶を創りたいと思った。そこに立ち現れて来る美を見たいと思った。それはこの世では『雪間の春の草』に似たものではないかと思うのだ」

信春はその言葉に深く感じ入った。

そして、さらに訊ねた。

「その世界は、美は、立ち現れて来られましたか？」

利休は、茫洋とした表情で言った。

「一期一会、その時その時、世界が、茶に立ち現れて来る。茶とは何か、人の媒介に過ぎないものなのだが、その場にいるもの、あるものの真が映される。亭主の真、客の真、道具の真……それが何より面白く、そして恐い」

信春は、その言葉にはっとなった。

「私も人や物、景色を描いていて恐くなることがございます。それは今、利休様が仰られた真に触れた時なのでございましょうね」

利休は頷いた。

「だから信春の絵は面白いのだ。生きている。真を映すから生きる。動く。お前の絵は百年二百年、いや千年経っても残るだろう」

勿体ないお言葉と信春は大きく頭を下げた。

「ところで、利休様にこれまで最も凄いと思わせた茶人は誰なのでございますか？　茶の何も知らぬ馬鹿者の問いと受け留めて頂いて結構でございますが……」

利休は真剣な顔つきになった。

「それは関白殿下、いや秀吉。あの男の茶は面白い！　誰より面白い！」

そう言いながら利休は胸の裡で呟いた。

(面白かった……ということになるのか？)

信春は利休の複雑な表情を見て「これだ！」と思い一気に筆を走らせた。

ここまで数十枚描いた利休の素描の中で、自分が利休を捉えたと確信した一枚になった。


天正十七年十月、豊臣政権に臣従したと思われていた北条が思わぬ動きを見せた。

上野沼田領、北条と真田の間で領有を争っていた地、それが秀吉の裁定で治まった筈であったものが、真田領内の名胡桃(なぐるみ)城を北条が攻略するという暴挙に出たのだ。

北条に裁定を無視された形となった秀吉は十一月二十四日、五ヶ条からなる弾劾状を北条氏直に送ると共に、各大名にも知らせた。

秀吉は北条攻めの相談の為に家康に上洛を求め、家康は十二月十日に聚楽第に赴いた。

そこで上杉景勝、前田利家らと共に軍議が開かれた。

家康が驚いたのは秀吉が軍議の途中でも鶴松を見て来ると言って中座することだった。そして戻って来た時には、鶴松を抱いている。

(ここまで子供に狂うものなのか……)

他の大名はそんな秀吉の親馬鹿ぶりを微笑ましいと笑っていたが家康はぞっと恐ろしいものを感じた。

そして以前、千利休が話したことを思い出した。

「殿下は嫡男鶴松様の為に豊臣の天下を残すことだけをお考えになるでしょう。その為にここで敵味方をはっきりと区別し、敵は早く滅してしまう。そして敵となっては恐ろしい者を遠くへ追いやる」

その言葉を真剣に考えなくてはならない、と家康は思った。

北条攻め、小田原征伐は決定された。

翌天正十八(一五九〇)年正月二十五日に家康、二月五日に織田信雄、そして三月一日に秀吉が出馬と報じられた。

家康は出陣の準備に帰国する前に利休に会った。

様々な懸念を利休に相談しようと思ったからだ。

「そうですか……それは良くございませんな」

聚楽第でずっと静養している家康の正妻朝日姫のことだった。快方に向かわずむしろ悪化しているという。

秀吉は朝日姫の快復祈願として家康に命じて、霊峰富士から方広寺大仏殿の柱とする木を伐(き)って運ばせていた。

「病ばかりはどうしようもございません」

そう言う家康の心の裡を利休は読んで言った。

「そんな中での小田原征伐……徳川様は殿下への臣従の深い深いお心をお示しにならねばなりませんな」

流石は利休だと家康は思った。深い深いと重ねるところに意味がある。

「ここで徳川様は殿下の終生のお味方であることをお示しにならねばなりません。万一ということもございます故」

利休は冷たい目をしてそう冷静に言った。

朝日姫が死ねば秀吉との義兄弟の結びつきが消えることになる。

家康は暫く考えた。今の秀吉に対しては先手先手でその心をしっかり摑んでおかなければならないと利休は言っているのだ。家康はきっぱりと言った。

「十一歳になります嫡男、長丸を正月早々に関白殿下にお預けしようと思いますが、如何でございましょう？」

秀吉から命じられる前に大事な嫡男を人質に出し、北条への寝返りの疑いを一切持たせないようにする意図がある。

利休は頷いた。

「それが良いでしょうな。ただ……ここであからさまに人質を出されたとなれば徳川様も関東向けに何かと不都合でございましょうから……私の方から殿下には上手くとりなすように進言申し上げます」

ご配慮痛み入りますと家康は頭を下げた。

利休はそこで戦の話ですが、と断ってから言った。

「北条氏政、氏直の親子、関白殿下の御出馬前に降ることは決してございませんでしょうな？　嘗て上杉謙信の十万の兵に囲まれた時にも籠城戦で持ち堪えた小田原城がある限り、抗戦を諦めないでございましょう？」

家康はそう思った。

（明智光秀の目だ）

家康は頷いた。

「そうですな。必ず籠城して戦うと存じます。それは殿下の思うつぼと？」

利休は微笑んだ。

「この戦、殿下の戦の総仕上げと致します。つまり天下泰平の世での戦。大らかに派手に、そして戦場をまるで市井の如きにして……」

家康は目を剝いた。

(最初から途轍もない数の将兵と月日を掛けて北条を落とすということか？)

そして利休は、家康にここだけの話だと断ってから言った。

「この戦で徳川様は戦ではなく国作りをお考え下さい。関東の地の国作りを……」

家康はギョッとなった。

「ま、まさか戦の後に私に国替えを!?」

利休は冷たい目になっている。

「今の殿下は鶴松様の為の世しか頭にございません。敵は滅し、敵にすると恐ろしいものは遠ざけておく。殿下にとって最も敵にして恐ろしいのは徳川様……。北条という敵がいる間は徳川様に強い盾となって頂けた。しかし、北条が滅した後には……その徳川様を関東の地へ遠ざけることを殿下がお考えになるやもしれません」

家康は訊ねた。

「北条が降った場合、殿下は豊臣政権に臣従させることはないとお考えですか？」

利休はそれはないと断言した。

「殿下が御出陣となってからでは全ては遅いということ。殿下は必ず北条を滅ぼすと存じます」

家康は暫く黙った。一瞬、北条と組んで秀吉と戦うとなればどうなるかを考えた。

利休はその家康の心の裡を読んで言った。

「徳川様、関白殿下が御存命の間は豊臣と事を構えるお気持ちは、ゆめゆめ持たれぬように……」

家康は目を剝いた。利休の後ろに蒼白いものが揺らめいているのを見たのだ。その利休が明智光秀となって言った。

「秀吉は化け物だ。あの男には誰も敵わない。あの男は私に……本能寺で上様を討った後の天下を取らせてやろうと思わせた。あの男の持っているもの……よく回る頭、明るさ、速さ、しなやかな強靭(きょうじん)さ、人たらしの妙、高い感性、それに……底知れぬ恐ろしさをも備えている。秀吉の天下取りはそれら道具立てが全て揃ってのもの。他にそんな武将はいない。それが分かっている者なら秀吉には絶対に歯向かわない。北条は愚かというほかない」

利休はそこまで言って目を閉じた。

「私はその秀吉の天下取りに茶の湯御政道という強力な武器を与えた。そして軍師としても働いて来た。それが出来たのもあの男の特別な力があったからこそ。利休の茶も秀吉があってこそ生まれた。明智光秀としての軍略も秀吉があってこそ活きた。私の目指す天下泰平の世が……秀吉によって実現されることがたまらなく嬉しかった。それはもう直ぐ成されようとしている。だが……」

利休は目をかっと見開いた。

「君子豹変す。嫡男の誕生は秀吉を変えた。これまでの秀吉には執着は無かった。天下取りだけを考えて走り、結果としてあらゆるものがついて来ただけ。しかし、今の秀吉は違う。嫡男の為に天下を残してやろうとする。それは執着を生む。天下人の執着、それは途轍もなく危険なものだ」

家康は背中に嫌な汗を流しながら利休の話を聞いていた。

改めて家康は訊ねた。

「殿下は北条を滅した後、私に国替えを命じるおつもりと？」

利休はふっと我に返った。

「聡明な徳川様のこと、冷静に情勢を読めば自ずと次は見えてらっしゃるかと……」

確かに利休の言うことは戦略的に正しい。

先祖代々の三河の地を離れることなど考えもしなかったが、それを受け入れることが次に繋がるのかと家康は考えざるを得ない。

「ところで徳川様はお幾つになられた？」

唐突な利休の問いに、家康は拍子抜けするように思った。

「来年、四十九になります」

利休は頷いた。

「上様が本能寺の変でお倒れになったのと同じ年齢でございますな」

そう言われてあっと思った。

そして家康は同じことを利休に訊ねた。

「人間五十年……ということですか」

ふっと微笑んで利休は言った。

「利休様はお幾つでございます？」

「来年で七十になります」

家康は驚いた。

「正直、十歳以上お若く見えますな！」

そこで利休は自分が毎朝牛の乳を煮て飲み、どくだみを煎じて飲み、日が落ちた後で走って汗を流していることを教えた。

「徳川様、長生きすることです。誰より長生きして天下を。誰より長く生きて……」

秀吉が死ぬのを待てと言うのだ。

家康は次への覚悟を決めた。


健康でいること。

あらゆる人間にとって、それは何より大事なことだ。

そして長生きすること。

長生きも実力のうち。

政治の世界やビジネスの世界、あらゆる業界でそのことを発揮している人物はいる。

取り立てて実績も実力もないのにその世界で長寿で健康でいることで〝重鎮〟〝ご意見番〟などと呼ばれて公然と、あるいは隠然と力を発揮している人物がいるのが現実だ。

健康で長生きの秘訣は何か？

正しい食生活や適度な運動……などというのは十分条件であって必要条件ではない。

必要条件は、〝欲〟だ。

どこまで〝欲〟を持ち続けられるか。

食欲、性欲、金銭欲、収集欲、権力欲、名声欲……どんなカテゴリーでも〝欲〟を持ち続けた人間が長寿によって歴史に名を残しているのが事実だ。

人間、年を取ると丸くなるとか物分かりが良くなるとか大所高所から物事を見るようになるなど、極少数の例外を除いて、ない。

どんな聖人君子とされる長寿の人物でも〝嫉妬〟の対象は必ず持っている。それは〝欲〟の裏返しだ。

徳川家康は織田信長が拓き、豊臣秀吉が貫いた天下を最後に奪う。

そこには家康の果てしなき〝欲〟があった。

「どんなことをしてでも天下を取る」

それが、この国の歴史を創ったのだ。

あらゆる歴史は〝欲〟の産物であるという真理、それを理解しておかないと歴史は分からない。

第十一章　利休、暇乞いをする

天正十八（一五九〇）年正月、徳川家康は嫡男長丸を豊臣秀吉のもとに送った。

利休の勧めもあり、北条攻めに際して秀吉を安心させる意味での人質の供出だった。

秀吉は養女にする予定の織田信雄の娘を長丸に娶らせるとした。

だが長丸が京に着いた翌日、秀吉の妹で家康の正室朝日姫が聚楽第で死去してしまう。

「家康には申し訳ないことになってしまったな。家族に見守られて養生すれば良くなると思っておったが……」

聚楽第の茶室で秀吉は千利休に茶を点てていた。秀吉は肩を落として朝日姫の死を嘆いた。

家康を臣従させる為、朝日姫に無理強いして嫁がせたことは秀吉にとって肉親への負い目になっていた。

「仲睦まじかった前夫から引き離して家康に嫁がせた。朝日の病は寂しさ、前夫恋しさの気鬱から来ていた。儂は朝日に申し訳ないことをした」

朝日姫の政略結婚を画策したのは利休だ。

涙を落としてそう言う秀吉に、利休は眉一つ動かさずに言った。

「殿下は徳川様を落とされた。完全に落とされた。この度、嫡男長丸様を上洛させられたのは徳川様の殿下に対する心からの臣従の何よりの証。徳川様に嫁がれた朝日姫は何よりお喜びのことと存じます」

天下人としての非情な判断に、反省は禁物であると利休は言っているのだ。

「殿下には鶴松様がおいでになります。鶴松様を朝日様の魂がお守りになる。天下人としてお生まれになった若君はそのように周りの魂を惹きつけてお強く育たれる宿命なのでございます」

秀吉はその言葉で気が晴れた。鶴松の健やかな成長に結びつけられると全てが明るく感じられる。

「そうか！　鶴松が天下人として強く育つ為に朝日は人身御供となったのか！　そうか、そうじゃ！」

そこで利休は微笑んで言った。

「如何でしょう？　正室の朝日様がお亡くなりになった徳川様も悲しみはひとしおの筈。嫡男の長丸様は一旦徳川様のもとにお帰しになっては？　徳川様にはお気持ちだけで結構と……ここで示されれば、徳川様のお心をさらに殿下に惹きつけると存じますが？」

あぁと秀吉は頷いた。

「そうじゃな。そうしてやろう。北条を滅ぼした後、長丸には官位を与えてやるという約束を添えて帰してやろう」

それが宜しゅうございますと利休は頭を下げた。

「さて、小田原攻め。どうするかのぉ？　九州攻めのように電光石火でいくか？」

利休は少し考える様子を見せた。

「北条の得意な形に持ち込んでやり、油断をさせて落とすというのは如何でございましょう？　勝負を急ぐと見せかけての長陣という軍略は？」

秀吉はその利休をじっと見た。利休は続けた。

「北条氏政は嘗て上杉謙信の兵十万に小田原城を囲まれながら守り切りました。籠城には絶対の自信を持っておりますでしょう。こちらが根負けして有利な和議に持ち込める……そう考えるのが見えます」

そして秀吉が驚くような戦術を話す。

「北条が得意と考える籠城戦に入らせ、それが甘かったと思わせる途轍もないこちらの長陣、何年も腰を据えるのかと思わせる長陣、小田原城の周囲を完全に関白殿下の城下町に……小田原城の真正面に城を築き、大名屋敷を周りに築かせ……そこで将兵を暮らさせる。つまり、大坂を小田原に移すのです。大名たちには大坂に置いている正室側室を呼び寄せさせる。茶会を頻繁に行い、能や歌舞音曲を入れての遊興、それを小田原城内の北条の目と耳に入るものとする。そうすれば兵糧が尽きる前に家臣や兵たちの心が荒(すさ)び降伏せざるを得なくなる……というのは如何でございましょう？」

秀吉は喜色満面となった。

「途轍もなく大きくド派手にいくということかぁ！　エエなぁ……だがこちらの兵糧は大丈夫か？　謙信の十万は兵糧切れで退散したのだろ？」

利休は陸路だけでなく海路でも兵糧を運び清水湊(みなと)から陸揚げすれば二十万以上の将兵が十分に養えることを石田治部に確認させたと言った。

「よしッ!!　それでいこう!!」

二月十日、まず徳川家康の軍勢が駿府を出た。二十一日には富士川に船を並べ、そこに板を渡して橋を造成、大軍の移送を可能にさせるようにしておき、沼津に陣を構えた。

その家康を先鋒とした軍勢が駿河、伊豆の国境に続々と集結し、前田利家、上杉景勝の軍は北から関東に侵入、各地の北条の属城を攻撃した。

三月に入ると秀吉本隊が出陣、その数は総勢で二十万を超えた。

家康は秀吉を織田信雄と共に駿河の三枚橋で出迎えた。

家康はその軍勢の様相に驚いた。

「なんと!?」

秀吉は能役者、連歌師、さらには白拍子(しらびょうし)、遊女まで連れて来ている。勿論、千利休以下の茶頭衆も一緒だ。

同時に清水湊には大船団が到着、続々と武器弾薬、兵糧が陸揚げされていった。

「徳川殿ッ!　ご苦労でござる。小田原見物、物見遊山、楽しみましょうぞ!」

三月二十九日、緒戦の幕が切って落とされた。

北条方の最前線である伊豆山中城を半日で陥落させ、続く足柄城も攻め落とした秀吉は北条氏菩提寺の箱根早雲寺に本陣を進めた。

一方の北条方は敵大軍の襲来を見て主力を小田原城に集結させる籠城作戦に入った。

その小田原城を蟻の這(は)い出る隙間もない数で秀吉の軍勢が囲み、眼下の海は長宗我部、九鬼、毛利などの水軍がびっしりと埋めた。

秀吉は小田原城の目と鼻の先となる笠懸山(かさがけやま)に本陣とする総石垣造りの城を四万の工兵を動員してあっという間に築いてしまう。石積みは近江の穴太衆(あのう)による野面積みで長期戦に備えた本格的な城構えにした。

築城にあたっては山頂の林の中に塀や櫓(やぐら)の骨組みを造り、白紙を張って白壁のように見せかけ、闇に紛れて周囲の樹木を伐採。夜が明けてそれを見た小田原城中の北条の将兵は「一夜のうちに城が!?」と驚愕した。

「さて、ここからはゆっくり楽しませて貰う」

秀吉のもとには佐竹、宇都宮、結城などの関東の大名、最上（もがみ）、岩城（いわき）ら奥羽の大名が続々と参陣し謁見に訪れた。訪れた者たちは皆、秀吉の陣のあり様に驚く。

「こ、これは……城下町ではないか!?」

白拍子の踊りがそこここで披露され、能も演じられ、茶室が幾つも設けられている。

関東や奥羽の武将たちは度肝を抜かれ、早々に秀吉に恭順の意を示してよかったと心から安堵するのだった。

「伊達政宗はまだ来ぬか？」

秀吉が「関東を任せる」としている家康を通じ、小田原参陣を求めた関東奥羽雄衆の中で政宗がまだ来ない。

「そろそろ五月に入ろうかというのに……」

政宗の遅参にイラつく秀吉に茶を点てながら利休は微笑んだ。

「ここに及んで……まだ関白殿下に従わず形勢を観望しようとしているとすれば、よほどの馬鹿か豪胆かのどちらかと存じます。奥羽の大名たちが皆、政宗を恐れておるのを見るに……お味方とすれば役立つ武将かと思われます。参りました折にはこちらも特別に対応を考えておいた方がよいかと……」

秀吉はそうだなと頷いた。

「利休、お前に任せる。政宗の首を落とすも繋ぐも、お前が会うてみて判断してくれ」

承知致しましたと利休は頭を下げた。

そうして六月に入ってようやく伊達政宗は小田原に遅参して現れた。

しかし、秀吉は謁見を許さず箱根の底倉に留め置いた。

利休はその政宗の周辺に「関白殿下の遅参へのお怒りは収まらず。伊達政宗には切腹申しつけられる由」という話を流した。

そうして暫く日を置いてから利休は政宗を茶に招いた。

(ほう!)

利休は政宗を一目見て気に入った。何とも凛々しい雰囲気を持っている。

弱冠二十四歳の隻眼の武将はどこまでも落ち着いている。

利休の点てた茶を飲んで政宗は言った。

「今生の別れに天下一の御茶頭、千利休様のお点前で茶を頂戴出来ましたこと……何よりの喜びでございます」

　利休は微笑んだ。

「伊達様、そんなに死にとうございますか？」

　政宗は少し考えた。

「小田原に参りまして関白殿下のお力の凄さをしかとこの目で見て、北条との成り行きを見てやろうなどと思った己の浅はかさ、悟りましてございます」

　利休は正直で良いと頷いた。

「もし伊達様が立場が逆ならどうされます？　ご自分が殿下のお立場なら伊達様をお許しになりますか？」

　政宗は大きく頷いた。

「関白殿下のお力に感服し切った伊達政宗に奥羽をお任せになれば……未来永劫、奥羽は殿下の仕置きのまま、何の心配もございません」

　利休は笑った。

「大変な自信でございますな？」

　政宗はその利休を見据えて言った。

「事実でございます」

こいつ、と利休は思いながらも、秀吉へのとりなしは良い形にしてやろうと決めた。

千利休は小田原に来て茶三昧の日々を過ごしていたが、一つ気掛かりなことがあった。それは利休の弟子を称して憚らなかった山上宗二のことだ。利休の弟、千宗易と堺で長く茶を競う仲だったが、茶室待庵を見て以降は利休に深く心酔していった。

茶の湯に関する知識に於いては利休をも凌駕し貪欲に記録して後世に伝えようとする。信長や秀吉にも茶を指南し、細川忠興の最初の茶の師匠でもある。

秀吉の茶頭の一人となったところまではよかったが……直言居士の宗二は茶に関しては歯に衣を着せることがない。

自分の眼で良いものは良いといい、駄目だと思ったことや物、所作や道具立てに対しては相手が誰であろうと駄目を出す。それで秀吉の勘気に触れて追放となったものを利休がとりなして茶の世界に戻した。

しかし天正十四（一五八六）年十月六日の豊臣秀長の茶会で茶頭を務めたのを最後に無断で姿を消し高野山に入って修養に努める。

安養院、成就院で住職相手に三百日に亘って茶の稽古をつけ、その印可の証として二十年の茶人生で記した茶道具名物記『山上宗二記』の書き写しを住職に許した。

その後、小田原に下向し知己である北条臣下の皆川山城守広照に茶の指南を行っていた。利休は秀吉の北条攻めが始まると宗二に対して城から出るよう草を使って伝えた。宗二は広照を説得しその家臣百人と共に投降させた。

秀吉は宗二が広照を調略したことで無断で消えたことを許し、宗二を茶に同席させたいとしていたが……それが利休の不安の種となっていた。


秀吉はある朝、宗二と二人だけの茶の時間を持った。

「高野山におったそうだな？」

秀吉の言葉に頷きながら宗二は茶を点てる。

「何をしておった？」

ぶっきらぼうな言い方で秀吉は訊く。

「茶を点て、書き物をしておりました」

その言葉を聞かなかったように秀吉は言う。

「高野山には沢山の宝物があったであろう？　その中の大半は比叡山延暦寺の焼き討ちの際に持ち出し高野山に運び込んだものだ。上様がおられなければ高野山の宝物は微々たるものだったということだ」

宗二はそんな話には全く興味がないという風にして茶碗を秀吉の前に置いた。

「宝物は……見まへんでした。ただ毎日、茶を点て、書き物をしとりました」

秀吉は面白くなさそうに茶碗を取った。

「お前が茶頭を止して突然いなくなってから秀長は病に臥せってしまった。今回の北条攻めにも参陣しておらん」

宗二も利休から秀長のことは聞いている。

「大納言様のご快復、心より祈っとります。出来ますればまたお茶を点てて進ぜたいと存じます」

秀吉は宗二の茶を一口飲んで茶碗を置いた。

(この男の茶は苦い)

露骨に不味(まず)そうな顔をする秀吉に宗二は訊ねた。

「お口に合いまへんか?」

秀吉は頷いた。

「相変わらずの偉そうな味の茶だ。利休のように客を思う茶を点てたらどうだ?」

宗二も負けない。

「私の茶は御政道の茶とちゃいます。町衆の茶、茶人の茶です」

武人の無骨な茶ではないとの反論だった。

秀吉はすっと冷たい顔つきになった。

「御政道、茶の湯御政道は認めんということか？　お前が師匠と仰ぐ千利休や関白秀吉の茶を？」

宗二はその秀吉をじっと見詰めた。

「私には分かりまへん。茶の湯御政道とはどんなもんか……」

次の瞬間、秀吉は立ち上がり次の間に消え、戻ったと思ったら太刀を握っていた。

「!?」

抜刀した切っ先を、秀吉は宗二の喉元に突き付けた。

宗二は言った。

「これが……茶の湯御政道でっか？」

そして豪胆にも秀吉が飲み残した茶を自ら飲み干し、その茶碗を切っ先に被せるようにした。

「この茶碗……幾らすると思う？」

茶碗の重みを刀を握る腕に感じながら、秀吉は訊ねた。

赤い今焼の茶碗だ。

「出来た時はせいぜい二百文、利休好みとなった時に五百貫、関白殿下の茶会に使われて一千貫……それが茶の湯御政道での値付けとちゃいますか？」

そうして次に切っ先を宗二の両の目の間に持っていった。

秀吉は刀を振って茶碗を座敷に転がした。

「宗二、お前にとっての茶とは何だ？」

秀吉は異様なほど落ち着いている。宗二は信長を思い出した。

（似てるな）

数多（あまた）といる武将の中でも、天下人にまで昇り詰めることが出来る資質を持つ者は似ているのだろうと思った。

（茶道具もそういうもんかもしれん……）

ふとそんな風に思った。大名物、天下一となるものは茶碗であれ茶入であれ掛軸であれ、似た資質を持つのではないかと思ったのだ。

そして秀吉の質問に答えた。

「茶とは私にとっては永遠に学ぶもんです。茶の湯を学ぶには書物やのうて、古き唐物を仰山見、上手な茶人と茶会を催す。昼夜に亘りそうやって茶の湯を数寄（すく）覚悟のあること……。その覚悟が他ならぬ茶の湯の師でございます」

秀吉は刀を握ったまま訊ねた。

「そうか……お前は茶を学ぶことが大事ということなのだな？　どんな時でも茶を数寄であることが？」

その通りでございますと宗二は言った。

「命よりも茶は大事か？」

秀吉はすっと刀を引いて笑った。

宗二は秀吉を見据え「命を懸けて茶を学ぶのが私の使命」と答えた。

宗二も異様な緊張から解放され秀吉の笑顔につられて微笑んだ。

秀吉は笑顔のまま言った。

「では儂がお前の茶への思いがどれほど強いものか試してやろう。お前が耳を削がれ、鼻を削がれても茶を欲するかどうか？　殺せと言わず茶を欲するかどうか？」

宗二は瞠目した。

「おい！」

秀吉が声を掛けると、二人の小姓が現れて宗二の両腕を取って立ち上がらせた。

「刑場に連れ出し、まずは両耳を削げ。そして訊ねよ。茶を点てたいか？　苦しみから逃れて死にたいか？　そして次に鼻を削いで訊ねよ。茶を点てたいか？　死にたいか？　死にたいと申せば……首を落としてやれ」

そう命じた。

「────」

宗二は口もきけず、その場から連れ出された。

利休は知らせを受けて飛び出した。

「こんなことにならんように、手を打っておかねばならなかったのに……」

利休は後悔の心で走った。

かっと照った炎天の刑場に出ると目が眩(くら)んだ。

砂利の上には剃髪した首と着物姿の胴が小さな肉片と共にあった。利休は羽織を脱いで敷きその首を置いた。耳と鼻を削がれた宗二の首だ。

無骨な宗二の顔が、どこか笑っているようにも見える。

「しまった!!」

「宗二……」

利休は、明智光秀時代の宗二との茶会を思い出した。

天正十（一五八二）年正月七日の朝、京の明智屋敷での茶会だ。

招いたのは津田宗及と宗二の二人。光秀は床に信長直筆の書を掛けていた。

茶室の床の掛物というものは禅僧の墨跡や唐絵、古い和歌を用いるのが常識だが光秀はそれを破って信長の書を、それも決して達筆でも麗筆でもない信長の書を掲げたのだ。

釜も信長拝領の八角釜……。

宗二は信長の書を見て言った。

「おもろい字でんな」

光秀は聞こえない振りをして、宗二を見ようとせず茶を飲んだ。

飲み終えると光秀は言った。

「全ては天下布武、未来はそこで静謐に輝く。上様による美しい世が誕生する」

宗二はそれを聞き、吐き捨てるように言った。

「茶はそんなとこにあらへん」

光秀はその場で宗二を一刀両断にしようかと考えた。

当の宗二は蛙の面に小便という風だ。

その宗二から光秀は〝古きもの〟、懐かしい大事なものを感じ……心が静まっていった。

「茶はそんなところにはない……か」

光秀はそう呟くと宗二に微笑んだ。宗二はその光秀に気圧された。

それまでどんな人間からも感じたことのない途轍もなく大きな〝魂の鼓動〟を光秀から聞いた。そしてその後、本能寺の変を経て待庵を見た宗二は利休の茶の感性の凄さに圧倒され、そこから師と慕うようになったのだ。

利休は宗二の首を抱いて言った。

「茶はそんなところに……なかったな」

嘗ての宗二の言葉を自分の言葉として利休は呟いたのだった。

千利休は山上宗二が殺された翌々日、供の兵を連れて小田原の竹藪(たけやぶ)を歩いていた。

竹を見ながら呟いた。それは自分、茶人としての自分に対する〝嫌〟だった。

「嫌になる……」

関白秀吉は宗二の遺体を犬にでも食わせろと放置していたが、利休は刑場にいた兵に命じて首と削がれた耳鼻を丸櫃に一緒に入れさせた。首から上は懇ろに弔ってやろうと考えてのことだった。

その時、その兵が水筒としている竹筒に目がとまった。

(良い形だ!)

利休はその水筒を見せるように言った。兵は驚きながらも竹筒を差し出した。

「この竹はどこで手に入れた？」

近くの韮山で切った竹だと言う。

「そうか、こんな良い形の竹がこの辺りにあるのか……」

そして翌々日、その兵を連れて竹藪に入ったのだ。

「弟子の惨殺体に対面しながら美しい形を見ると心がそちらに動く……茶人の心とは嫌なものだ。本当に嫌になる」

利休は小田原の竹の姿の美しさから良い花入が出来ると直感したのだ。

そうして竹藪の中でこれはと思った竹をその兵に命じて幾つか切らせ陣中に持ち帰った。

陣中に設えた数寄屋の座敷で利休は竹の花入を作っていた。

「失礼致します」

細川忠興が現れた。座敷の中に何本も竹が転がっている。驚きながら忠興は、利休の前にすっと座った。

「宗二様……」

残念ですと言おうとして忠興は止した。関白の命令で殺された者に同情など見せてはならないからだ。

利休は鉈を器用に扱って花入を作りながら訊ねた。

「忠興様の最初の茶の師匠は宗二でしたな？」

その通りですと忠興は言った。

「それは厳しく教えられました。何度『阿呆！』と言われたか知れません」

利休は頷いた。

「あの男に初めに教えられたから忠興様の茶は見事なものになった。忠興様は本当に運が良かった」

忠興は黙った。そしてじっと利休の手元を見た。ザックリ割った竹が見事に整えられて花入になっていく。

（利休様は何を考えてらっしゃるのだろう？）

宗二が関白の勘気に触れて殺されたということは、宗二の性格を十二分に知る忠興には納得出来る。

「あれだけ茶に厳しいお人だ。相手が誰であれ茶に関しては自分を通された筈。それは殿下でも同じ。それで殺されたのなら分かる」

だが、分からないのは利休だ。何故今この状況で花入作りなのか……。

その忠興に利休は驚くようなことを言う。

「私がこの竹を竹藪で切らせ運ばせた兵は宗二の首を落とした者」

忠興は息を呑んだ。

「この辺りには良い竹があります」

そうして完成した花入を忠興の前に差し出した。

忠興はそれを手に取って……途轍もなく美しいと思った。

「宗二の首がこうして花入になった……茶は良いものでございましょう？」

忠興はドキリとした。

嘗ての茶の師が殺され、茶はもう沢山と思った忠興の心の裡を刺した言葉だったからだ。

「嫌になりますなぁ……茶の良さ。耳鼻削がれた宗二の首をこの手に抱いている中、茶道具に良いと思うものを見つけてしまう……そちらに心を持っていかれる。恐ろしいものです、茶というものは……」

そう言って笑い「茶を差し上げましょう」と利休は立ち上がった。

二人は三畳間の茶室に入った。床には先ほど利休が作ったばかりの竹筒の花入を置いた。

「弔いの茶、と致しましょう」

そう言って今焼の黒茶碗で茶を点てる。忠興はその利休の姿に微塵も迷いがないことに今更ながら驚いた。

そして床の花入を見ながら思った。

「宗二様の死がなければ、あの花入はない。この茶事もない」

忠興は一体これまでどれほどの茶会に出て来ただろうかと考えた。一つ一つ思い出そうと思えば全て思い出せる。

阿呆！　と忠興を叱る宗二の声は明確に思い出せる。

「あれは人の声だったのか？　それとも茶の声だったのか？」

利休は茶を点てている。何事もなかったように、当たり前のように茶を点てている。そこには悲しみも怒りもなく、ただ茶を点てるということだけが時の流れの中にあるようだ。

利休が大きな体を屈(かが)め、ごつい指で茶筅を動かすのを見るのが何故これほどまでに快く感じるのか。忠興は改めて茶とは何かを考えた。

黒茶碗が忠興の前に出された。飲み干して忠興は言った。

「宗二様は唐物、古いものがお好きでしたが、利休様の弟子となられてからは、やはり〝利休好み〟になられていたのでしょうか？」

利休はふっと笑った。

「好みとは何でしょうな？　このところ高麗茶碗を紫の褥(しとね)や金襴の衣に包み、幾重にも箱に納める者もおりますが……元は貧しい庶民が日々の食事に用いた飯茶碗、粗末な食器に過ぎないもの。それに無上の美しさを見出したのは茶の先人たち、いや茶がその美を見出させたと言った方がよいでしょう。それが〝好み〟の源。そこに全ての不思議がある。〝なかった〟ものが〝ある〟ものになる。飯茶碗の作り手は名もない朝鮮の陶工、だがそれを抹茶茶碗に創り変えたのは名の高い茶人たち。彼らの眼がなかったら器は凡々たる飯茶碗のまま……。だが、ここで考えなくてはならないのは、飯茶碗がなかったら抹茶茶碗はなかったということ。それが最大の不思議ですな」

「今焼の茶碗や竹の茶道具、それが〝利休好み〟とされると何千貫の価値となる。それも同じなのでしょうか？」

危ういことを、忠興は訊ねた。

利休は、ゆったりと頷いた。

「私の眼が、茶が、それらを創らせた。そんな眼を持つ者を茶が選んだということ。私はただ茶に選ばれただけ。待庵を創ったことで茶に選ばれた。躙口を創ったことで茶を別の世のものに出来、棗を袱紗で浄めるなどの所作が茶をさらなる高みに押し上げた。天上でのこと、かくあるように思わせる。創り物の世界がそこにある。それは茶がやらせただけ。そこでの物やことに人は価値があると思う……それは今一時のことかもしれませんし、未来永劫その価値は認められ続けるかもしれない。そして価値は銭に繋がる。それは仕方のないこと。銭は常に何ものかを媒介するもの……茶器に価値があると思われればそれを媒介する銭は大きくなるだけのこと」

忠興はその利休の言葉を受けて訊ねた。

「茶とはこの世で特別な存在なのでしょうか？　何故そのようなことが茶では起きるのでしょうか？」

利休は少し考えた。

「私は待庵を創ったことで茶に選ばれた。待庵は元々私がそこで腹を切って死ぬために造ったもの。つまり死が核になっている。おそらくそこに……茶の不思議、茶の特別があるのでしょう。死と茶は結びついている」

そう言ってから利休は、床の竹筒の花入を指さした。

「あそこにあるのは宗二の死。どれほど茶の湯を究めようと悟ろうと、力あるものには敵わないことを示した死がある。冷え冷えとした死がそこにある。だがその死が茶ではこうして報われる。それほど茶とは恐ろしい大きさの器を持つ。宗二はただその茶に飲まれたということ」

忠興は頭を振った。

「では茶の湯御政道とは何なのでございますか？　天下泰平の世でこそその茶ではないのでし

ようか？」

利休は首を振った。

「茶は天下泰平の道具ではない。私はこの小田原で宗二の耳鼻削がれた首を抱いてみてそれが分かった。この茶は……どこかで終わらせなければならん」

忠興は瞠目した。

「この茶、私が死んで終わらせる。茶の湯御政道は終わらせる」

そう言って利休は忠興に向き直った。

「関白殿下は北条を滅ぼした後、私から茶をお取り上げになるでしょう。その後の茶……茶の湯御政道でない茶、真の茶を、忠興様に継いで頂きたい。私の真の茶を継げるのは貴殿と古田織部だけ……」

忠興は唖然とした。


天正十八年七月五日、北条氏直は豊臣秀吉の軍門に下り小田原城を開城した。

北条氏は改易、氏直の父氏政と叔父氏照は切腹、氏直は助命されて高野山に入り……五代続いた小田原北条氏は滅亡した。

十三日、秀吉は小田原城に入り参陣した全大名を前に知行割りを行った。

「天下泰平の為、国替えを行う」

秀吉は前触れなくそう告げ、徳川家康を北条領の関東六ヶ国に移し、家康の現領土、駿河など五ヶ国に織田信雄を移すとした。

(やはりか……)

家康は千利休から国替えを匂わされていたことから狼狽えず、「有難き幸せ」とさっと頭を下げた。しかし、信雄は違った。

「織田家代々の地、尾張を離れることなど出来ん！」

その信雄に秀吉は冷たい目をして平然と言い放った。

「信雄、改易じゃ」

唖然とする信雄だったが思慮が足らなすぎた。公の場での関白の下知への反発を大罪とされて領地没収、下野那須に流罪とされた。

カッとなり易い信雄の性格を読み切っての秀吉の策略にまんまと引っ掛かったのだ。

全ては秀吉による〝嫡男鶴松の天下〟の実現だ。家康が治める東海地域は豊臣秀次、池田輝政ら豊臣系大名が配されることになった。これまでの〝人たらし〟秀吉とは明らかに違う〝根回しなし、問答無用〟の剛腕政治の始まりだった。

(危ないところだった……)

家康は項垂れる信雄を見て、利休の助言を改めて有難かったと思い心の裡で呟いた。

「長生きするぞ。そして関東の地から秀吉の後の天下を取ってやる」

北条領地の仕置きを終えた秀吉は七月十七日に小田原を発ち、豊臣政権による関東奥羽支配を知らしめる進駐行軍に出て威風堂々、北上した。二十六日に宇都宮に着き、伊達、南部、最上ら奥羽の大名を引見、八月に会津に入った。秀吉は蒲生氏郷を会津に置き、伊達、最上らの旧領の大半は安堵とする仕置きを行い、八月十二日に帰洛の途についた。

「天下人か……」

京に戻る豪奢な駕籠の中で秀吉はそう呟いた。

しかし、大きな感慨はなく頭に浮かぶのは可愛い鶴松の顔だけだ。

「嗚呼……早う会いたい。鶴松に会いたい！」

これまでは夢の天下取りだったが、取れてしまった。そしてその天下は鶴松のものだ。

「天下人……儂は全てを手に入れた。その全てと鶴松は同じ重さ。早うあの子をこの手に抱きたい！」

その時、ふと気がついた。

「儂の心から……茶が消えた？」

あれほど執心していた茶への思い、数寄がなくなっている。まるで狐憑きが落ちたようなのだ。

「何だ？　これは？」

関白をも上から見る不遜な茶の態度を改めなかった山上宗二を小田原で殺してから……茶がどこか浮いてしまったような気はしていたが、今はその茶が消えている。

秀吉は宗二に死を命じた時の自分の心中を覚えている。

「茶が幾らのものかッ!!　たかが茶ではないかッ!!」

茶など大したものではないとする自分の心が宗二を死に追いやったことを思い出した。

秀吉はそこで千利休を思った。

「利休は自分の弟子である宗二のことで、何一つ恨み言を言わなかった。茶席の道具でそれを示すかと思っていたが……それもなかった。あの男は小田原では儂が命ずるまま、ただ淡々と茶を点てるだけだった」

利休は既に京に戻っている。

「何故だ？　あれほど飲みたいと思った利休の茶を儂はもう欲していない……」

奥羽への進駐行軍には利休を連れて行かなかったのは……茶を遠ざけたからだ。

秀吉は茶の湯御政道というものを利休と共に創った。その核には自分の茶数寄というものがあった。秀吉は茶が好きで好きでたまらなかった。

「何故あれほど茶が好きだったのだ？　いや、何故今、茶が心から消えたのだ？」

その時、あっと思った。

「茶は……儂の子供のようなものだった？」

秀吉にとって茶の湯は無から有、何もないところに何かを生み出すものだった。

「禁裏の茶も、北野大茶会も……黄金の茶室も山里の茶室も、茶そのものが儂の子供だった？」

道具もそうだ。

「大名物一つ一つ、皆、子供のように愛しいと思った。だからもっともっと欲しいと思った……えッ？」

自分に沢山の男女の養子がいることに気がついた。政略的な人質としての養子もいるが、自分に子が出来ないことでぽっかりと空いている心の隙間を埋めるように次々と養子を取って来たことに気がついた。

「儂にとって、茶と子供は同じだったということなのか？」

茶と子供、ということを考えると利休のことが頭に浮かんだ。

「あの男は産婆か？　茶の湯御政道という産婆だ。天下泰平の為の茶を様々なところで産ませ続けた産婆だったのか！」

秀吉の心がすっと一点に落ち着いた。

「その儂に本当の子が出来た。そして天下統一が成った。するとどうだ。茶が儂の中から消えた……」

実の子が出来、その成長が楽しみになると……新たな茶、新たな道具、新たな茶室という茶の成長への心が失せたのだ。

秀吉から茶の核が消えていた。そしてまた利休のことを考えた。

「千利休、明智光秀……茶の湯御政道を司る茶頭であり、影の軍師……儂が臣従させたいと思う武将たちにその存在を知らしめ、恐れさせる。千利休が明智光秀であることを茶の湯御政道の秘事とすることで、絶対口外してはならない秘密を共に持たせることで、その心を支配してしまう。儂の天下取りの最強の影の武器だった」

そうして、天下を取ることが出来た。

同時に自分に子供が出来た。嫡男、自分の取った天下を継がせる者が出来たのだ。

秀吉はそれまで自分の死を恐れたことは無かった。死に縛られていなかった。

「死んだらそこまで。この世で生きる間に手に入れられるもの全てを手に入れ、楽しみの限りを尽くす。自分が好む通りに生きる」

だが、今は違う。鶴松がいる。鶴松の生きる世がある。

「鶴松の為の天下、儂が手に入れた天下を可愛い鶴松に残してやらねばならない」

秀吉は初めて自分の死んだ後を考えなければならなくなった。

鶴松が出来る前の秀吉は自分が死んだ後など、どうでもよかった。豊臣政権など甥の秀次にやろうと思っていたが、本当は誰が継ごうとどうでもよかった。

「死ねばそこで終わり」

それは秀吉が仕えた信長と同じ死生観だった。それ故、我武者羅に走ることが出来た。死を恐れては露のような自分が天下を取ることなど出来なかった。だが今は違う。

「今儂が死んだらどうなる？　鶴松はどうなる？　秀次が天下を自分のものにしようと……鶴松を殺めるかもしれんではないか。鶴松の天下を誰が支えてくれる？」

そこから秀吉にとっては今まで描いたことのない世の画を描くことになった。

秀吉は生まれて初めて恐怖を覚えた。

「儂は自分が死ぬことなどどうでもよい。だが儂が死んだら鶴松はどうなる？　まだ弱々しい鶴松はどうなる？」

それは途轍もない恐怖になった。

そして秀吉は無意識のうちに鶴松の敵を、自分が恐ろしいと思う敵を排除していた。

敵に回すと最も恐ろしい徳川家康を関東の地に追いやり、主家だと名分立てて自分に刃を向ける可能性のある織田信雄は流罪とした。

そして秀吉は考える。まだ自分にとって恐ろしい者はいないか？　今自分が死んだらその恐ろしい力を直ぐにでも発揮する者はいないか？

一人の男の顔が浮かんだ。自分より十歳年上だが壮健で生気に満ちている。陣羽織を着て戦場で指揮を執る姿が似合う。

鶴松のいる大坂城をその男の指揮する数十万の軍勢が囲み、大砲や鉄炮、矢を無数に打ち込む様子が目に浮かび秀吉は胴震いした。

「もし今儂が死んで、あの男が、多くの大名を心酔させているあの男が、鶴松の天下を奪おうとしたら……どうだ？」

その男が動けば十分に可能だと思った。その男の持つ表の力と裏の力、それを使えば簡単に秀吉亡き後の天下を奪うことが出来る。

秀吉は恐ろしくなった。こんな恐怖を覚えたことは一度もない。

「あの男は今、何を考えている？」

秀吉が天下統一を成し遂げられた今、その恐ろしい男の胸の裡を知りたいと思った。

そしてまた秀吉は驚いた。

「あの男を欲していた自分、あの男の茶を飲みたいと思っていた自分が、いない？」

秀吉はその男の名を呟いた。

「利休、千利休……光秀、明智光秀」


千利休は毛利輝元に茶を点てていた。

輝元は小田原攻めで留守となる大坂城を預かっていた。過去秀吉の難敵であった輝元をそこまで信用して任せる秀吉の〝人たらし〟の妙が見られる。

秀吉はまだ関東、奥羽から凱旋帰洛していない。

利休は輝元と毛利家重臣たちの大坂守護に対する慰労の茶会としたのだ。

まずは輝元と二人だけ、その跡見の茶会を毛利家の重臣たちに行う。

輝元は利休の点前を見ながら何故これほどまでに利休の茶に魅かれるのかを考えていた。

「千利休が明智光秀だということが茶の湯御政道の秘事……それが利休の茶を魅力的なものにしているのだろうか？」

利休は利休で輝元のことを考えていた。

「毛利輝元……大らかでありながら律義さを備えている。秀吉が信頼し留守中の京大坂を任せたのも頷ける」

そうして輝元が黒の今焼の茶碗で茶を飲み干すと訊ねた。

「毛利様が本能寺の変を知ったのは、いつでございました？」

輝元はドキリとした。

(そんなことを訊くのか!?)

利休は微笑んでいる。輝元は正直に言おうと思った。

「関白殿下、当時の羽柴秀吉殿との和議が成った翌日でした」

利休は頷いた。

「何故、秀吉軍を追撃しようとなさいませんでした？　毛利様のお力を以てすればそれで秀吉は一巻の終わりだった筈」

恐ろしいことを言うと輝元は思った。

(これが……明智光秀の恐さだ)

輝元は、それにも正直に答えた。

「家臣たちは追撃すべきと申しましたが……和議を結んだ以上、それでは信義に悖ると思い致しませんでした」

利休は頷いた。

「追撃していたら……と後悔はされておられませんか？」

輝元は首を振った。

「私に天下を狙う心があれば……そうかもしれません。しかし、私にそんな心はない。取るべき者が天下を取ればよい。関白殿下の天下となってどの大名も隣国との争いがなくなり領民も安寧のうちに暮らせる。全ては天の采配と存じます」

利休は厳しい顔をした。

「ですが……家臣たちは如何です？　もっと禄を増やせ、土地を与えろと申しませんか？」

輝元は微笑んだ。

「それは世の常、人はもっともっととなるものでございますな」

利休は厳しい顔のまま言った。

「明、朝鮮攻め……近頃は〝唐入り〟と殿下は申されますが、家臣たちの為にもこの戦、必要だと思われませんか？」

輝元は少し考えた。

「これまでの日の本では誰もやらなかった戦をやること。真の意味で天下統一を成された関白殿下の差配の下であれば〝唐入り〟を成功させ家臣や領民たちに新たな世を与えてやることが出来ると存じます」

そう言った輝元にもう一服如何かと利休は訊ねた。

「有難く頂戴致します」

利休は次の間に下がって替え茶碗を支度して戻った。高麗茶碗だった。

それでまた茶を点てながら利休は言う。

「新たな世の獲得、その為の戦の勝利は兵站に懸かっております。武器弾薬、兵糧の十分な確保、海を渡った彼の地でそれを間違いなくやる為にも……畿内、中国、九州の地に間断ない供給網を陸路、海路共に備えておかねばなりません。その要は毛利様でございます」

輝元は瞠目した。

（もう次の大戦への準備をしておけと明智光秀は言うのか!?）

そうして、井戸茶碗が輝元の前に出された。

「日の本の武将たちはこれまで海を渡っての遠征をしたことがございません。〝唐入り〟の成功は誰もが考えたことのない兵站網の設計と運営に懸かっております。毛利様、その要として何卒宜しくお願い致します」

輝元は茶を飲み干すと言った。

「利休様の仰せの通り、万全な兵站網の準備を致します。そして我が水軍、さらなる強化を行い〝唐入り〟を成功に導きます」

利休は満足げに頷いた。

そして次の輝元の家臣たちへの跡見の茶会では関白の輝元への絶対的な信頼を述べ、皆に改めて輝元への忠誠を誓わせた。

利休は秀吉のいないところでも政権の次を見据えた動きを取っていた。

だが最悪の事態は頭から離れていない。

徳川家康に語ったように秀吉は鶴松への執着から敵となっては困る者を遠ざけ、排除しようとする動きを止めようとはしないと思っている。

「千利休による茶の湯御政道、そして明智光秀の隠然たる力が秀吉に牙を剝く可能性を考えた時、秀吉は利休を切りに来るだろう」

利休はその時どうするかを考えた。

「茶でやりたいことはもう全てやり尽くした。元々は本能寺の変の直後に自裁を決めていた身だ。秀吉に一旦預けた命を返して貰い、その命を己で絶てばよいだけ。日の本の天下泰平の形はこれで完成した。あとは〝唐入り〟の段取りを間違いなくやってやればよい」

利休は自分から頃合いを見て、秀吉に暇乞い（いとまご）しようと考えた。

「茶の次にやりたいことがある。それで〝唐入り〟後の新たな世のあり方を設計してみたい」

利休は次の人生を考えた。明智光秀としての人生から千利休としての人生を生きた自分がさらに別の人間になることを考えたのだ。

「人は無限に生きられる。こんな面白いことはない」

茶は弟の千宗易に任せ、自分は露のように消えてしまう。

「こんな面白いことはない！」

利休は無常を受け入れることが楽しくて仕方がない人間だったのだ。


天正十八年九月一日、関白秀吉が京の都に凱旋してきた。

「やはりな……」

秀吉は遠征の疲れも知らず鶴松とばかり過ごし茶会を催そうともしない。

利休の方から「凱旋のお祝いの茶会を」と連絡を入れてもなしのつぶてなのだ。

「暇乞いするなら早い方がよい」

利休は「公儀に関わるお話があり、内々の茶席でそれを……」と秀吉の側近に告げた。

そうして九月十三日の朝、ようやく天下統一後、初めての二人の茶会になった。

聚楽第の二畳の茶室に正客秀吉、相伴に秀吉の秘書、柘植左京亮（つげさきょうのすけ）を招いての茶となった。

秀吉は赤い今焼の茶碗の茶を飲みながら、やはり以前のように利休の茶を旨く感じない自分を思っていた。

「茶は儂から消えたのだ」

それよりも鶴松と遊んでいたい。それだけではなかった。

「鶴松を産んでくれた淀との夫婦（めおと）の時間をもっと持ちたい。もっと子供が欲しい。自分の子を産めるのは淀だけだ」

小田原に淀殿を呼び寄せ、水入らずで長く過ごしたことで夫婦の喜びを得ていた。

その為に精のつくとされるものはどんなものでも口にしていた。高麗人参はもとより、蝮（まむし）の胆嚢（たんのう）、鼈（すっぽん）や鰻（うなぎ）など様々な調理法で食べていた。

そんな秀吉には茶の趣への心はなく、茶は御政道だけのものになっていた。

利休は茶室に入って来た秀吉を見てそのことを悟った。秀吉が持っていた茶への喜びを感じられなかったからだ。秀吉はさっさと茶を飲み干すと訊ねた。

「公儀のこととは？　何だ？」

利休は恐れながらと暇乞いをした。秀吉はギョッとなった。

（この男、儂が考えていたことを先回りしよった！）

秀吉は平然とし、表情を崩さずに訊ねた。

「何か不服があるのか？　宗二のことか？」

利休は薄く笑って言った。

「殿下による天下統一が成り、これで天下泰平の世が定まりました。茶の湯御政道もお役御免、それで宜しいのではと存じまして……」

利休は平然とそう言う。間にいる左京亮はとんでもないことを目にしていると思い息を殺していた。秀吉はじっと考えた。

「それで？　暇を取ってどうする？」

利休は微笑んで言った。

「高野山に入ろうと思います。余生は仏道を学びたく思っております」

そうかそれはよいな、と秀吉は思わず言いかけて止した。

(この男が本当に大人しく坊主として生きていけるか？　あれほど大勢の利休の茶に心酔している大名がおるのに……誰かがこの男を使えば国をひっくり返すことは出来る)

恐怖を思い出した秀吉は言った。

「駄目だ。暇乞いは許さん。儂の茶頭としてこれまで通りいてくれ」

そこで利休はかっと秀吉を見据えた。

「本能寺の変の後、山崎にて羽柴筑前殿に預けた命、惟任日向守にお返し願いたい。さすれば直ちに腹を掻っ切って果てまする」

秀吉は瞠目した。

第十二章　利休、追放される

千利休は堺の利休屋敷で弟の千宗易に関白秀吉に暇乞いをしたことを話した。

宗易は驚いた。

「殿下は何と？」

利休は首を振った。

「暇乞いは認めんと……。ならば腹を切るまでと言っておいた」

その利休の言葉は、本心であることが宗易には分かる。

「ですが、何故今そのような御決心を？」

利休は遠くを見るような目になった。

「秀吉の天下統一で泰平の世の仕組みは出来た。次は〝唐入り〟によって武将たちに海の向こうの地での新たな世を創らせる。これで日の本は強く豊かな国になる。その豊かさは民百姓にまで行き渡るだろう」

利休は戦を海の外で行わせることで国内では平和が保たれ、人、物、銭が永久に拡大し続ける理屈を語った。

「日の本が葡国やエスパニアのようになるということでございますね？」

利休は頷いた。

「その通りだ。この仕組みで大丈夫だ」

だが宗易には解せない。

「でも何故、ここで兄上が殿下のもとを去らねばならないのです？」

心だと利休は言った。

「秀吉の心がこれまでとは大きく変わった。天下統一を成し遂げ、時を同じくして望外だった嫡男が生まれた。今の秀吉にはもう鶴松の為の天下しか頭にない。その為味方となっている者であっても敵に回すと恐ろしい者は遠ざけ排除する。家康を関東に国替えし信雄を改易したのはその表れだ。そして秀吉は私を恐れている。茶の湯御政道によって私が大名たちの心を摑んでいるのを恐れている。だから先手を打ってやったのだ。秀吉は心の裡でほっとしておる筈だ」

宗易は、利休にこれから何をやりたいのか訊ねた。

「茶の湯の次を考えてみたいのだ。まずは高野山に入って仏道を自分なりに学び直してみたい。仏道の真を捉えて、それから新たな時代に必要なものを考えてみたいのだ」

宗易は驚いた。

「茶はもうよいのですか？」

利休は頷いた。

「もういい。私は私の茶をやり尽くした。いや、待庵を創った時に千利休の茶は完成していた。私の茶はここまでだ。あとはお前や細川忠興、古田織部が茶を継いでくれる」

ですが、と宗易は言った。

「千利休がいなくなれば千宗易はどうなります？　利休と共に宗易も消えるべきではないでしょうか？」

利休は暫く考えて黙った。

「私も兄上が千利休を止されたら千宗易を止します。茶は息子たちに譲ります」

驚いた顔をした利休に宗易は言う。

「私もそろそろ潮時の年齢です。茶も商いも全て息子たちに譲り、得度を受けて南宗寺で堺の町衆の菩提を弔いながら余生を過ごしたいと思います」

それがよいかもしれんと利休は賛同した。

「秀吉は千利休の茶の湯御政道の全てを消し去ろうとするかもしれん。それを考えればお前のそのあり方が一番安全だ。茶から離れた方がよい」

宗易はそれで進めて参りますと言った。

秀吉はずっと利休のことを考えていた。

そこには茶を通しての利休はない。鶴松の世にある利休のことだ。

「あの男は恐ろしい力を持っている。茶の湯御政道は見えない力だ。それを持っている以上、たとえ仏門に入ろうと恐ろしい」

秀吉は利休が自分から離れようとしていることを既に公の茶で示していることを知って何とも嫌な気分になっていた。その話は〝唐入り〟で重要な人物としている神屋宗湛から聞かされたものだ。宗湛は秀吉の天下統一祝いの為に上洛していた。

様々な祝いの品を持参し、中でも鶴松への土産とした南蛮の玩具を秀吉は殊の外喜んだ。

その時に利休の茶の話が出た。利休は宗湛と古渓宗陳を招いて九月十日に聚楽第の利休茶室で茶会をしたという。

「その折に利休様は今焼の黒茶碗をお使いになったのですが……茶を飲み終えると茶碗を持ち去り、代わりに瀬戸の茶碗をお持ちになって台子にお載せになりました」

茶から心が離れている秀吉だが、その話は気になった。

「あの男が台子を使ったのは宗陳和尚がいたからだろうな……普段は使わん。それにしても何故わざわざ黒茶碗を仕舞い、台子に瀬戸の茶碗を飾ったのだ。訳を訊ねたか？」

秀吉は宗湛の茶への探究心を知っている。茶会の全てを記録し、疑問に思ったことは必ず訊ねる。

宗湛は少し考えた風にして言った。

「黒茶碗は関白殿下のお好みでない故、お膝元の聚楽第での茶席では瀬戸の茶碗を飾り、殿下への尊崇を示したのだと仰いました」

これは宗湛の咄嗟（とっさ）の脚色だった。

利休は秀吉への尊崇など一言も言わなかった。そして本当のところは、秀吉は黒茶碗が好きではないと言いさらにこうも言っていた。

「今焼茶碗の赤は〝雑なる心〟で心を散らすが、黒は〝古き心〟によって侘びの本性を立ち上がらせる。どちらが良い悪いではなく、どちらをも解するようになれば良し」

聡明な宗湛はそんな話は秀吉にはしなかったが、人の心を読むことにかけても天下一である秀吉は利休が茶会で自分への否定を示したのが分かった。

「その利休、どうする？」

茶頭として置き続けるか、望み通り暇を取らせるか、それとも腹を切らせるか……。

天下取りの為に二人三脚であった利休との茶の湯御政道、そして純粋に楽しめていた利休との茶……それをどうするか？

秀吉は考え続けた。

「茶のことは茶で決めよう」

そう思った秀吉は利休との茶に臨んだ。

九月二十三日朝、聚楽第で秀吉主催での茶会を開いた。茶頭は利休が務める。

客は黒田孝高、針屋宗和、津田宗凡——武将として秀吉の最側近と京、堺の町衆茶人の代表たちだ。

茶室の床には北条征伐の戦利品である牧谿筆『遠浦帰帆図』、床柱の前には武野紹鷗所持の天目茶碗の中に茶入『鴫肩衝』が入れて置かれている。

皆が驚いたのは、肩衝と天目の間に一本の野菊が挟んであるのだ。尋常な茶の湯のあり方ではない。

亭主の秀吉が、仕組んだものだ。

(利休、お前と儂との間のこと……それをどうする?)

その問いかけを秀吉は茶席で行ったのだ。

囲炉裏は一尺四寸、五徳には秀吉好みの責紐の釜が掛けてある。

客が手水を使って戻って来てからも、床の様子は同じだ。

茶頭の利休が出て来た。面桶の水下を持って炉の横に坐り、洞庫から瀬戸の水指と柄杓を取り出し、床の前ににじり寄った。

(野菊を利休様はどうされるか？)

客の三人は固唾を呑んだ。

利休は菊をまるで埃でもついていたかのようにスッと取り上げて床の畳の上に横たえ、肩衝を天目の中に入れたまま座に戻り、茶を点てて客に出した。

秀吉も勝手から出て来て、座に加わって相伴した。

茶が飲み干され、皆が『鴫肩衝』を拝見している間に、利休は天目茶碗と水指を洞庫に仕舞い、拝見の終わった肩衝を床の間に飾った。

秀吉はそこからの利休を見ていた。

(野菊をどうする？　茶碗に菊を活けて床に飾れば儂と繋がっている印と見るが？)

利休は野菊を手に取るとどうでもよいものを扱うように床の勝手側の隅に寄せ席を退いた。

何ともいえない空気が、茶室に残された。

その時、秀吉は決心した。

「千利休……殺す」


この後、十月から暮れまで利休は次から次へと茶会をこなしていく。武将茶人、町衆茶人などこれまで茶を通して知った者全員と茶を行っていくような勢いだった。

「自分の茶の全てを皆に見せて終わらせる」

そんな勢いが利休を動かしていた。その最中に奥羽で大規模な一揆が起きた。

「本当か？」

秀吉は会津を任せた蒲生氏郷から一揆を扇動しているのが伊達政宗だという報告を受けた。半信半疑の秀吉は氏郷の援護に細川家の重鎮、松井康之を現地に派遣した。

利休は旧知の康之と様々な情報のやり取りをした。

「あいつ……これはあいつの仕業だ」

伊達政宗のことだ。奥羽の支配は一筋縄ではいかせんと裏で手を回したのが分かる。だがこれが秀吉に知れては政宗の命取りになる。

「あの男をここで終わらせるのは勿体ない。何とか収めてやらんといかん」

そうして利休は草を使って政宗に連絡を入れた。

そこには——氏郷、康之らと協力し早期に一揆を鎮圧すること。その後、速やかに上洛し秀吉に一連の騒動に関する詳細な報告を行うこと。秀吉は裏切りを絶対に許さないからその際どんな手を使ってでも一揆の扇動に関しては潔白だと言い張ること。そして最後に、減禄や国替えを命じられても素直に聞き入れることを助言として伝えた。

伊達政宗はその利休の密書を読んで従うことにした。

「秀吉の影の軍師としての仕事はこれで仕舞いとしよう」

利休は自分に茶を点てながらそう呟いた。


石田治部少輔三成は聚楽第にある関白秀吉の二畳の茶室に呼び出された。

内密の話がある時、秀吉はここで一対一の茶を点てる。

(見事なものだな)

三成は秀吉の点前を見てそう思う。

様々な茶会を経験してきた三成はお世辞抜きで秀吉の茶の趣は高いと思っていた。

(正統な茶も侘茶も派手な大きな茶も、全てご自分のものになさっている。まさに茶の湯御政道とは関白殿下のもの)

感性が鋭く頭の回転が速く気も回る三成はそう思いながら秀吉が差し出した天目茶碗の茶を飲み干した。

そうしてゆっくりと味わって茶碗を置くと秀吉は言った。

「利休に咎ありとするには……何があるか徹底的に調べよ」

三成は驚いた。

「ど、どういうことでございましょうか？」

秀吉は無表情で何を考えているか読み取れない。

「兎に角、調べよ。京、大坂、堺……各々の地やこれまでの茶会、利休に咎ありとして罰することを調べ上げよ」

三成はさっと頭を下げて畏まりましたと言った。

（利休様を罰する？　それにしても何故？）

秀吉は利休の咎のあるなしではなく〝咎あり〟を調べよ、つまり必ず見つけろ、捏造してでも見つけろと言っているのだ。三成は直ぐに調査を開始した。

天正十九（一五九一）年正月十三日、千利休は聚楽第内の利休屋敷で茶会を開いた。

正客は関白秀吉、相客は前田利家と秀吉の従医、施薬院全宗だった。

二畳座、床に月山筆『雀図』を掛けてあり、これを後に仕舞って備前の壺を飾った。

釜には桐の紋が入っていて、わげ水指、尻ふくらの茶入というところまでは秀吉を客とする茶会によくある道具立てだった。

普段であれば茶碗は秀吉好みの薬師堂の天目か『筒井筒』などを利休は使う。

しかし、この日は違った。

秀吉は心の裡で舌打ちをした。黒の今焼茶碗が出されたからだ。利休は秀吉が三成を使って身辺を探らせていることに気がついていた。

それを知らしめる為の黒茶碗だった。

秀吉はそれに気がついた。そして茶を飲み干した後で秀吉はにこやかな表情で言った。

「替え茶碗でもう一服貰おうか」

利休はすっと頭を下げて次の間に下がった。

そして黄瀬戸の茶碗を持って現れ、茶を点て始めた。

(赤ではなくて黄か……)

秀吉はここでも利休と対話をしていた。

他の二人の客は何やら分からないが妙な空気が、茶室に流れているのを感じた。

秀吉は赤の楽茶碗が出てくれれば、利休の暇乞いを認めてやろうと考えていたのだ。

利休はそんなことはお見通しだというように、黄の茶碗を出した。

秀吉はその利休に微笑んで言った。

「さて、どうするかの?」

利休はその秀吉に同じように微笑んだ。

「どうぞ、殿下のお好きなように……」

そう言って頭を下げ、座敷を後にした。

その月の二十二日、大納言豊臣秀長が大和の郡山城で亡くなった。長く患った末の死だった。豊臣政権の表と裏、表を秀長が担い、裏を利休が務める。そんな場面が幾度となくあったが……秀長はここで消えた。

「表が消えれば裏も消える……やはり潮時ということだな」

利休は、弟の宗易にそう語った。

「大納言様を失われた関白殿下は、やはり兄上を必要となさるのではないですか？」

利休は頭を振った。

「秀吉はこれで〝古き心〟は終わったと思っているだろう。石田治部が秀吉の命を受けて嗅ぎまわっている。恐らく何らかの理由をつけて私に切腹を申しつけて来る」

驚く宗易に利休は淡々と言った。

「これでいいのだ。上様を本能寺で討った後に自裁するつもりであったものが、茶との因縁でここまで来てしまった。茶では大いに遊んだ。望んでいた天下泰平の世も成った。もうここに及んでは秀吉に預けた命を返して貰い自分の手で葬るまで。お前や家族のことは問題ないように信頼出来る者たちに話をつけておく。安心しろ」

宗易は、利休の決心が固いことを知った。

「兄上」

利休はその宗易を見た。

「兄上にとって、茶とは何でございますか？」

利休は少し遠い目をしてから言った。

「忘れた。茶を前にすれば体は動き手は動く。道具を揃え作法も整え、四季折々、一期一会で人と人との結びつきをも茶で行える。だがその中にある心はもうない。自分にとって茶が何であるかは……忘れた」

宗易は予想もしなかった利休の言葉に唖然とした。

「茶は決して美しいものではない。楽しいものではない。良いものでも悪いものでもない。いや、茶は美しいもの、楽しいもの。良いものであり、悪いものでもある」

利休は笑った。

「不思議なものだ、茶というものは。私の茶は私が死ねば終わる。廃れるだろう。だが茶は続く。百年先も二百年先も、いや千年先も続く。そこでも侘び茶は云々されているだろう」

そして最後に、利休は言った。

「茶とはそういうものだ」

千利休は関白秀吉を最後の茶会に誘った。

正月二十六日、聚楽第内の利休屋敷に秀吉と織田有楽斎（長益）を招いた。

亡くなった秀長を偲んでの会だ。

利休は茶と懐石を振舞った。

全てが正統の道具立てで茶の湯以外の何ものでもないという風だ。

そこでは秀吉も利休も打ち解けた会話に終始した。信長の弟の有楽斎を含め昔馴染みというように語り合っていった。

有楽斎が言った。

「今からするこの茶室での話は夢だと忘れて下されよ。正直に申しましょう。私は兄信長が本能寺で討たれたと聞いた時、自分も殺されることを考えるよりも何よりも、ほっと致しました。あの恐ろしい兄がいなくなった……そう思うと心が軽くなっておりました」

秀吉が、それに続いた。

「夢の中の話なら儂も続こう。儂も同じだった。あの恐ろしい鬼神のような上様が死んだと聞いた時、心が軽くなった。そうして自分の本性が心に現れたように思った。その本性が天下を取らせた」

利休は頷いてから言った。

「明智光秀は上様を討った。主君を弑逆した大謀反人でございます。謀反は大悪であるとすることで下克上は無くなる。世の安定は保たれる。上様が拓かれた天下統一の道は関白殿下が見事に貫通された。天下泰平の世は成った。日の本の万民が安らかに豊かに生きていける世を創られた。伴天連を追放され刀狩も行われた。天下を乱す芽は摘まれた。あとは〝唐入り〟を成し遂げるだけ。それによって武将たちに新たな世を与えられる。さすれば日の本の安寧は盤石でございます」

利休は秀吉への最後の言葉としてそう語った。

「明智殿」

秀吉は利休に向き直った。

「貴殿から預かった命、お返しする」

利休はさっと手をついて頭を下げた。それは武将としての作法だった。

そして秀吉は毅然として言った。

「千利休。いや、明智光秀！　主君織田信長公を弑逆した罪により切腹申しつける！」

有楽斎は目を剝いた。

だが、利休も秀吉も全て承知という風に落ち着いている。

利休は両手をついたまま頭を上げ秀吉の目を見据えて言った。

「謹んでお受け致します」

そして、大きな笑顔になって言った。

「羽柴殿、楽しかったですな。山崎の合戦の後、妙喜庵で貴殿とお会いしてからの十年弱、共に天下泰平を目指しての日々……。茶の湯御政道や様々な軍略、羽柴殿との天下取り、この上なく楽しゅうござった！」

秀吉は頷いた。

「明智殿には本当にようやって貰った。明智殿がおらなんだら儂の天下は無かった。心から礼を言う。この通りじゃ！」

そう言って手をついて頭を下げた。その秀吉に利休は言った。

「茶の湯御政道、私が死を賜った以上、仕舞いとなさって下さいませ。茶は恐ろしゅうございます。殿下が『ここまで！』と思われたところでお止しになって下さい」

秀吉は頭を上げ、あい分かったと告げた。利休は有楽斎に膝を向けた。

「この茶室でのこと、全て夢でございます」

そう言って微笑んだ。

「何だと!?」

その知らせに京、大坂、堺は騒然となった。

「千利休が追放!?」

利休を知る者たちには、訳が分からない。

理由が一体何なのか？　様々な憶測を呼んだ。

町衆や京童たちは利休が賂(まいない)を受け取って政に関与していて罰せられるのだとか、二束三文の茶道具を高額で転売し私腹を肥やしていたからだとか噂した。

だが暫くして公儀では、大徳寺山門に置かれた利休木像の存在が咎めの理由とされていることが分かった。利休が大徳寺山門の修築に多額の寄進を行い、寺側が感謝の証として利休の木像を作り楼上に置いた。

その山門の下は関白秀吉も通る。つまり利休は関白を足蹴にすることになる。まさにそれが不遜僭上(せんじょう)の極みであるとされての追放だというのだ。

武将たちは皆、〝追放〟が「死を賜った」ことだと理解した。

天正十九年二月十三日、追放令は利休の茶の弟子の富田左近将監知信(さこんのしょうげんとものぶ)と秀吉の秘書、柘植左京亮の二人が関白の使いとして聚楽第内の利休屋敷に訪れ利休に告げた。

利休は聞き終わると清々しい表情で「不肖千利休、お咎め頂戴致します」と言ってから茶を飲んでいかないかと誘った。

二人は流石に、それはと固辞した。

そうしてその日のうちに利休は、屋敷を出て船で淀川を下り堺の自分の屋敷に向かうことになった。

町衆茶人も武将茶人も公儀を恐れ見舞に来る者はいなかった。利休は親しい者たちには、秀吉の疑念を呼ばないよう決して自分には近づくなと密かに書状を出していた。

「大徳寺山門の木像の件、流石は能吏の石田治部、都合の良い理由を見つけ出してくれたものだ」

この件では大徳寺側に一切迷惑をかけないよう三成には言い渡してある。利休は全て抜かりなく整え終えていた。

利休は淡々と仕舞い支度をした。

屋敷を出ると冬の風が冷たい。

「京の都……足利義昭、織田信長、豊臣秀吉の三人に仕え様々に働いた地。その地も秀吉の手で大きく変わった。古き心などもう消えていいのだ。ただ朝廷が朝廷のまま、都が都のまま、形があり続ければそれでいい」

利休はゆっくりと噛みしめるように歩いた。

そうして、淀の船着場から船に乗った。

「これで京も見納めか……」

そう思って、ふと前方に動くものを見た。

川岸の葦(あし)が茂る陰から、二人の武将が姿を現した。

「あれは？」

細川忠興と古田織部だった。

利休は大事な弟子である二人との別れの茶会はそれまでに終えていた。

その二人が見送ってくれている。

忠興には自分の茶の継承を、織部には自分の茶を超えての茶の創造を頼んでいた。

二人は船で行く利休をじっと見詰めている。

「良いものだな」

利休はこんな別れがあることを喜んだ。

「これは茶会……淀の茶会だな」

淀川という茶室、利休の乗る船が茶碗で利休自身が茶、それを忠興と織部の二人が飲む。

利休は心の裡で呟いた。

「旨いか？　私の茶は？」

船はゆったりと下っていく。

二人は少し微笑んでから頭を下げた。

こうして淀の茶会は終わった。

そうして利休は、もう一人大事な人物との最後の茶を思い出した。

徳川家康との茶会だ。


「本当にこれでよいのですか？」

奥羽での一揆鎮圧を、秀吉に説明する為上洛した伊達政宗に付き添う形で京に上っていた家康は、突然の利休追放の知らせに驚いていた。

家康との茶会は閏正月二十四日朝に持たれた。

「潮時です。全てはそういうこと」

鶴松の天下を思う秀吉が自分亡き後で敵となれば恐ろしいものを遠ざけ始末するだろうと利休は以前にも家康に語っていた。

北条征伐が済んで天下統一が成った後に家康を関東に国替えしたのもその一環だ。

秀吉にとって大名として一番恐ろしいのは家康であり、茶頭そして軍師としてその力を最も恐れるのは利休だ。

利休は自分が死を賜るのは当然だと家康に淡々と語った。

「私亡き後、徳川殿にお願いしたいのは〝唐入り〟の成功を成し遂げて頂きたいということ。そして……」

利休は家康を見据えて言った。

「もし〝唐入り〟が失敗となった場合の、その時の天下の纏め、徳川殿にお願いしたい。また新たな天下泰平の世をそこで描かねばなりません。それが出来るのは徳川殿だけでございます。何卒宜しくお願い致します」

頭を下げる利休を見ながら家康は心の裡でずっと考えていた。

(ここで千利休、いや明智光秀を失うのはあまりに惜しい。自分の軍師として手に入れられないものか?)

蟄居(ちっきょ)となった千利休は、堺の利休屋敷で最期の時間を過ごしていた。

正式な切腹命令がまだ来ない。

「何か考えているのか？」

秀吉のことだ。

関白によるその茶頭千利休切腹への演出を派手に行おうとしているのだろうと考えた。

「それもよい。大らかに派手に、秀吉の天下に相応しいように死んでやる」

そう思って茶を点てているといつの間にか座敷に男が上がり込んでいる。町人の格好をしているが草だと直ぐ分かった。

「何者だ？」

利休が訊ねるとじっと利休を見た。

「伊賀の服部半蔵と申します。徳川家康様にお仕えしております」

利休は驚いた。

「徳川殿が何を……!?」

突然、利休は意識を失った。

半時ほどして目が覚めると、半蔵と名乗った男の姿は無かった。

頭が重く顔が腫れぼったい。それ以外は、周囲の何一つ変わってはいない。

「薬を使われたか？　だが……一体何を？」

利休は狐につままれたような心持ちだった。

天正十九年二月二十五日、大徳寺山門の千利休木像は聚楽第の大門、戻橋に設けられた獄門に縛られ磔にされた。

そして利休は、京に呼び出しを受け切腹の命を下された。

「秀吉が最後にくれる別れの門出か……悪くない」

利休は切腹の場である葭屋町(よしやまち)の屋敷に二十六日に入ったが、周りを上杉景勝の軍勢三千人が囲んでいたのだ。

びっしりと立ち並んだ数千の槍の穂先の眩(まばゆ)い光、数百丁の鉄炮の銃身の磨き上げられた鈍い輝きの群れが美しい。将兵の戦支度の衣裳も馬揃えを思い出させる壮麗さだ。

「これなら満足であろう？」

そう言う秀吉の顔が浮かんだ。

利休はそれに応じてやろうと武将明智光秀として勇壮な辞世の偈(げ)を残した。

人生七十　力囲希咄(りきいきとつ)
吾這寶剣(わがこのほうけん)　祖佛共殺(そぶつともにころす)
提(ひっさ)ぐる我得(わがえ)具足(ぐそく)の一つ太刀
今此の時ぞ天に抛(なげう)つ

そうして茶の支度をして検使を待った。

やって来た蒔田淡路守以下三人の検使に利休は茶を点て「お勤めご苦労にございます」として茶を振舞った後、白装束に着替えた。

切腹の為の脇差は柄に紙縒りを巻いて用意していた。

「介錯仕りましょうか？」

淡路守が言うと利休は最後に自分で自分に茶を点てて飲み、独りで逝くと告げた。

検使はその利休の言葉を了承し茶室を出た。

それから小半時ほどの間……茶を点てている気配、その後は何ともいえぬ自裁への気合が茶室の外に伝わって来た。

「!?」

天気が急変した。

物凄い雷鳴と共に豪雨となった。

庭には大きな雹の白い塊が降って来る。

「天が利休様の死を嘆いているのか？」

その後、全てを包み込む静寂が訪れ茶室に入った三人は……腹を十文字に搔っ捌き、見事に腸を曝け出した後、喉を突いて絶命している利休の姿に見入った。

「見事なお最期！」

蒔田はその首を落とし聚楽第の秀吉のもとに持参した。

「そうか……では木像に踏ませて晒せ」

秀吉は、首実検をせずにそう言った。

利休の首は鉋(かんな)がけに載せられその上に利休の木像が置かれた。自分の木像に首が踏まれるようにされ、戻橋に晒されたのだ。

連日大勢の京童が、見物に押し寄せた。

「利休……千利休って何もんなんや?」

「関白の茶の湯の師匠らしいで」

「茶の湯? 茶の湯て何や?」

「さぁ、何やろな」

エピローグ

いのだ。

それでも父である徳川家康が、突如仕掛けた天下分け目の戦いに馳せ参じなければならないのだ。

自ら率いる軍勢は疲れ切っている。

徳川秀忠は馬を走らせながら叫んでいた。

「何故だッ!! 何故こんな戦いになる!!」

慶長五（一六〇〇）年九月、東軍と西軍に分かれての大戦が美濃方面で行われる。

「父上は西軍とは和睦で纏めると仰っていたではないか！」

秀忠の徳川主力軍は家康から信州の平定を命ぜられていた。会津の上杉景勝を家康が遠征によって討伐する間、守りを堅めろとされていたのだ。しかし、家康方が西軍の重要拠点である岐阜城を落としたことで和睦路線を破棄、合戦に及ぶとして家康は突如出馬、秀忠には信濃平定を中止して美濃の関ヶ原への転戦を告げて来たのだ。

秀忠にとってはまず信濃平定そのものが難題だった。信濃を拠点とする真田は戦上手で簡単に倒せる相手ではない。それを突然、戦いを放り出して関ヶ原へ来いというのだ。

真田軍の追撃をかわしながらの転戦は将兵を途轍もなく疲弊させていた。おまけに悪天候が続き進軍は遅々とせざるを得なかった。

「合戦に間に合うのか？　まずいぞ！」

秀忠は焦る心を抑えながら軍勢を進めた。

九月十五日、関ヶ原で合戦は行われた。

圧倒的優位だと思われていた西軍だが、家康が調略を進めていた小早川秀秋の寝返りによって形勢は一気に東軍優位となり、そのまま勝敗は決した。

秀忠は、合戦には間に合わなかった。


九月二十三日、大津城で秀忠は家康と会った。

「申し訳ございませんでした！」

秀忠はまず遅参を謝った。

家康は笑った。

「真田相手に戦っておったのだ。無理な転戦を強いた儂が悪い。よく無事で来てくれた。礼を言う」

家康は、上機嫌だった。

秀忠は家康と二人だけかと思っていたら、家康の隣に老僧が控えている。

天海上人と呼ばれる家康の側近だ。

かなりの年齢だが、眼光鋭く矍鑠としている。

家康が秀忠に言った。

「此度の戦はこの天海上人のお陰で勝てたようなものだ。儂の思慮が足りず、勇み足をやってしまい危なかった。それを救ってくれたのは上人だ。お前からも礼を言ってくれ」

秀忠は、家康がそんなことを言うことに驚きながらも天海に礼を述べた。

「それにしても……こことというところでの形勢を見極められる御判断、見事でございますな。信長様が絶対的信頼を置いていらしたことが改めて分かりました」

家康が言う。

天海は何も言わず微笑んでいるだけだ。

(信長様？)

秀忠は訳が分からない。

家康は天海に訊ねた。

「さて、ここからどうしたら宜しいかな？」

天海はゆっくりと頷いてから口を開いた。

「豊臣政権の実権はこれで内府様（家康）のもの。あとは名実共に天下をお取りになるだけ……。ただ急いてはなりません」

家康は苦笑いになった。

「まだまだ長生きせねばならんのですか？」

天海はそうだと頷いた。

「内府様の天下は、盤石にせねばなりません。その為の画は拙僧が描きます。徳川の世、真の天下泰平の世を……百年二百年、いや三百年続くようあらゆる仕組みを考える所存にございます」

秀忠はただただ驚いた。

（この二人はこんな関係だったのか？）

「秀忠、近う寄れ」

秀忠は家康の目の前まで近づいた。

「改めてお前に紹介しておく。こちらにおられるのは、明智光秀殿だ」

秀忠は驚愕した。

「あ、明智……あの明智光秀！」

そしてさらに驚かせることを、家康は告げた。

「お前に茶を指南した細川忠興殿、忠興殿の茶の師匠がこちらにおられる千利休殿だ」

秀忠は口をあんぐりと開けた。

その秀忠を天海はじっと見据えた。

「ここからの天下、徳川による天下創り、それを成し遂げられるのは秀忠殿でございます。それをお支えするのが私。明智光秀、千利休、そして天海。三つの生を生きる私が秀忠様を万全にお支え致します」

秀忠は悪い夢を見ているのではないかと思った。背中に嫌な汗が流れている。

その秀忠に家康は言った。

「この世には裏と表がある。裏も表も制したものだけが天下を取れる。表の力と裏の力、それを得ることが天下人には必要なのだ」

天海はその言葉に静かに頷いていた。

この作品は書き下ろしです。原稿枚数723枚（400字詰め）。

ディープフィクサー　千利休（せんのりきゅう）

波多野聖（はたのしょう）

令和2年12月10日　初版発行

発行人――石原正康
編集人――高部真人
発行所――株式会社幻冬舎
〒151-0051東京都渋谷区千駄ヶ谷4-9-7
電話　03(5411)6222(営業)
　　　03(5411)6211(編集)
振替00120-8-767643
印刷・製本―中央精版印刷株式会社
装丁者――高橋雅之

幻冬舎文庫

ISBN978-4-344-43039-6　C0193　は-35-5

幻冬舎ホームページアドレス　https://www.gentosha.co.jp/
この本に関するご意見・ご感想をメールでお寄せいただく場合は、
comment@gentosha.co.jpまで。